万能女中コニー・ヴィレ2

百七花亭

Monakatei Presents

fairy kiss

この作品はフィクションです。
実際の人物・団体・事件などに一切関係ありません。

万能女中コニー・ヴィレ2

コニー・ヴィレはハルビオン城の女中だ。歳は十七。スピーディで丁寧な仕事ぶり、かつ常人離れした体力と膂力《りょりょく》を持つため、下働き全般の助っ人をしている。

半年前ほど前、母の再婚により彼女には五歳年上の義兄ができた。公爵家嫡男であり、第二王子騎士団の副団長リーンハルト・ウィル・ダグラー。泣き黒子《ぼくろ》が色っぽい白金髪の美丈夫様だ。城内でも知らぬ者はいないほどの女たらしで有名である。しかし、最近、彼はとある事件をきっかけに、自身に群がる女性を苦手とするようになった。

――ただし、義兄に関心を持たないコニーを除いて。

面倒ごとに巻き込まれまいと細心の注意を払っていたコニー。だが、十日ほど前に彼との関係が周囲にバレてしまった。口の軽い女中によって、「ダグラー副団長には女中の義妹がいる」と。

以来、彼女は様々な人に注目されている。

義兄に恋する令嬢、玉《たま》の輿《こし》狙いの同僚、男尊女卑の官僚、身分主義の貴族、噂好きの野次馬――そして、第二王子ジュリアンと義兄を邪魔に思う政敵、〈第一王子ドミニクの派閥〉に。

後者は身に危険が及ぶこともあるため、特に警戒が必要だ。

一章　対立する人々の序章

1　特に問題のない日常

暁星暦《ぎょうせいれき》五一四年　十二月二十三日

空からちらちらと小雪が舞う。城の裏手にある保管庫から、コニーは薪《まき》を運び出していた。早朝の屋外作業なので、いつものお仕着せである焦げ茶ワンピースと白エプロンの上に、灰マントをはおっている。モブキャップにきっちりまとめた藁色《わらいろ》の髪。容姿は十人並みで目元にはぶあつい丸メガネ。人混みに入ればその存在を難なく消せるほどの地味子ぶり――だが、今はほぼ人気《ひとけ》のない場所にいるので、ちょっとマズイかなと彼女は思う。せっせと薪を二輪の人力用荷車に積む。これを西塔の薬師《くすし》局へ届けるのが、今朝一番の仕事だ。

「おいっ、聞いているのか⁉」

「ダグラー副団長がお前を呼んでいるんだ！　さっさと来い！」

先ほどから背後でわめく二人の男がいるが、完全に無視だ。

「ダグラー副団長が謎の高熱で倒れたんだぞ！」

「心配じゃねぇのか⁉」

――あと二段ほど積めそうですね。

すでに自分の背丈よりも高く積み上げたが、まだいけると薪をひょいひょいと投げてバランスよく載せてゆく。最後の一本を載せようとしたら、薪を持った手を男に掴まれた。毛むくじゃらのごつい手に、ムッとする。目にも止まらぬ速さでビシリと振り払った。そして、メガネの奥から枯れ草色の目を細めて相手を見据える。

「何故、わたしが心配する必要があるんです？」

「「えっ⁉」」

問い返されて男たちは驚いた顔をする。

「義兄だからって興味ないんですよ。お引き取りください」

おそらく、その名を出せば飛びつくとでも思ったのだろう。義兄は女性に非常にモテるので。

想定外の冷めきったリアクションに、彼らは途端にしどろもどろになった。

「い、いや、でも、なぁ……」

「連れて来いって言われてるしよ……」

彼らは騎士服を身につけている。義兄と同じ第二王子騎士団のものだ。しかし、体に合っていない。先ほどコニーに手を払われた男は騎士服がぴちぴち、襟元のボタンをちゃんと留めることもできてないし袖や裾丈も足りない有様だ。もう一人の方は痩せすぎで身幅がだぶついている。兵舎か洗濯場から盗んできたのだろう、こちらの警戒心を削《そ》ぐために。むしろ不審感しか湧かない。

——第一、謎の高熱って何ですかね？　あの人、流行風邪《はやり》の時だって、ぴんぴんしていたのに。

コニーの仕事は下働き全般の助っ人なので、仕事場は固定ではない。複数の森を擁する広い城の敷地を、度々移動する。同僚でさえ彼女を捕まえるのは難しい。女中たちの予定を管理する女中頭でさえも、現場で自主的に仕事を増やすコニーの予定については、大雑把にしか把握していないのだ。

最近、〈義兄ワード〉で絡んでくる人たちが増えた。今までは、使用人食堂や洗濯場で待ち伏せされていることが多かったのだが……

そういえば、この薪運び——ふだんなら薬師見習いがするはずなんですけどね。女中頭をうまく丸めこんで、わたしの仕事にねじこませたのはどこのどなたでしょう？　それなりに地位のある方だと思いますが。

「と、とにかく、その荷車は運んでおいてやるからよ！　あんたは、そいつについてダグラー副団長に会ってくるといい！」

痩せた方の男がそう言って、ささっと荷車の前方に入りこんだ。仕事を取り上げれば言うことを聞くとでも思ったのか。だが、握り棒を掴み前進しようとして——まったく動かなかった。

「ちょ、重っ……これ、積み過ぎだろ！」

「どいてみろ、このオレが」

ガタイのいい毛むくじゃら男が位置を代わり、荷車に手をかける。真っ赤な顔で鼻息荒く、一歩二歩と足を踏ん張りながら動かすものの——これなら亀の方が歩みが速い。

「腰に力が入ってないんですよ。貸してください」

コニーは呆《あき》れたような顔で男をどかせる。いやいや、こんなもの女手で無理だろうと鼻で嗤《わら》う男たち。コニーは両手で荷車の握り棒を摑むと、たっと地面を蹴った。すると、車輪の音もかろやかに進みはじめる。まるで重さを感じさせないその移動に、彼らは顎を落としありえないと目を剝いた。次第に彼女の足は速さを増す。

「お、おい……!?」

猛スピードで去る荷車。追いつくことも出来ず、彼らは呆然と見送った。


コニーは城下街へと下りた。女中頭マーガレットに頼まれたお使いのためだ。

新人女中たちのお仕着せが出来上がったので、お仕着せ専門店へと受け取りに来た。今、王都の店は八日後の聖霊祭を控えて超多忙なので、配達を頼むと明日の夜になってしまうらしい。

聖霊祭とは、我が国に貢献した聖人たちの御霊《みたま》を讃えるもの。年末の前夜祭を含め、新年をまたいで四日間行われる。聖なる御霊を迎える儀式に始まり、ハルビオン城での年越し夜会、城下街にある大聖殿での新年の儀式、聖パレード等がある。

——新人さんたちには、古いお仕着せで我慢してもらっていましたからね。早く新しいものを届けてあげたいです。

自分と同じ焦げ茶色の生地で縫製された長袖ワンピースと白エプロン、それを十三人分×各二着。

髪型でどちらにでも変えられるよう、モブキャップと白ブリムが各一つずつ、そして靴下が各二足。これらを大判の布にくるみ背負い籠《かご》に詰めて、ひょいと背負う。あとは靴屋に寄って注文済みの靴を受け取るだけだ。表通りを歩いてゆくと前方に街娘の集団が見えた。その真ん中で囲まれているのは、長い白金髪を結った華やかな美貌の騎士。義兄のリーンハルトだ。

あら、意外と平気そう……ですね？

彼は上半身が女人という魔獣に追い回されて以来、自身に言い寄る女性が苦手になっていた……はずなのだが。いつのまに克服したのだろうか。彼らのいる方向に靴屋があるので、コニーは気づかれないよう人混みに紛れつつ道端を歩く。そして、集団に近づいて気がついた。義兄が無表情で女の子たちをあしらっていることに。

……目が完全に死んでますね。

もしかして、突然、囲まれて抜け出せなくなったのだろうか。すれ違いざまに虚《うつ》ろな義兄の目がこちらを見た。とたんに――彼の青い瞳にきらりと光が宿り、生き生きとした笑みが満面に浮かぶ。

「！」

コニーはさっと通りがかりの人の背中に隠れて、その場を走り去った。細い脇道に入り路地裏から靴屋を目指す。

最近の義兄はやたらとコニーを構いたがる。コニーの見た目が凡庸なことと、彼に興味がないというのが、心理的に負担を感じさせなくて楽なのだろう。しかし、それについてはいろいろと迷惑している。義兄目当ての令嬢に押しかけられたり仕事の邪魔をされたり、今朝の偽騎士たちの誘《おび》き靴屋に着いて注文済みの商品を待っていると、玄関についたベルがカラランと鳴る。

「どうして逃げるのかな？」

背後からかかる魅惑的な声に、ついため息が出た。王都の路地裏は複雑な迷路になっている。一体、どうやってこの場所を突き止めたのか。追いつくのが早すぎる。

「面倒事は嫌なので」

コニーが振り返ると、上機嫌な義兄が視界に入る。

「お使いに来たんだよね？　荷物持ちぐらいしてあげるのに」

「結構です、要りません」

――女中が騎士様に荷物持ちなんてさせたら、あなたのファンに刺されますよ。

「義兄なんだから頼ってくれても――」

窓の外を、目を血走らせた街娘たちがズドドドと駆け抜けてゆく。

「わたしを楯にするの、やめてくださいね？」

「待たせたね嬢ちゃん、これで全部だよ！」

店主でもある靴職人のおじさんが、女中靴の入った包みを抱えてやってきた。十三人分×各二足。

本来なら一人分ずつ箱に詰めてもらうのだが、かさばるので個別に粗紙で包んだものを、まとめて大布に包んでもらった。これなら両腕に抱えて持って帰れる。

受け取ろうと両手を伸ばすと、横からひょいと奪われた。

出しもまた然り――

「リーンハルト様！　それ、わたしの仕事ですから！」

慌てて抗議しながら取り返そうとすると、彼は背中を向けてさっさと扉に向かう。そして、顔だけ振り返った。

「送っていくよ、魔獣を連れて来ているんだ。他に用事はある？」

「……ないですけど。それより、あなたは今お仕事中なのでは？」

聖霊祭を目前に王都では人の流入が増えている。犯罪抑止のためにも、騎士団が巡回警備に当たっているはず。

「これから昼の休憩をとるところだよ」

そう言って扉を開けたまま、コニーが先に店を出るのを待つ。

「……そうですか」

靴屋の裏にある小さな庭へと向かうと、白馬に似た魔獣が柵に繋がれていた。真珠色の艶《つや》やかな毛並み。背中には一対の大きな翼、首の付け根に並ぶオパールのような鱗《うろこ》、長い鬣《たてがみ》と尻尾、ふさふさの毛に覆われた足元。穏やかな顔つきに神秘的な銀色の瞳。体軀も優美ながら大きい。

城の魔獣舎でもこれほど美々しいのは滅多にいないので、彼が個人的に所有する魔獣なのだろう。

「きれいなコですね。初めて見ました。魔獣というよりも聖獣みたいですね……」

魔獣は大陸中に棲息するが、聖獣というのは精霊の棲む〈天涯《てんがい》〉にいるものなので、地上ではそうそうお目にかかることはない。いるとすれば、魔法の使い手が〈天涯〉より召喚したものぐらいだろう。その姿形は輝かしくも美麗の一言に尽きるのだと云われている。

――これで上空から追いかけてきたわけですか。悪目立ちしそうですね……

先ほど、街娘たちが靴屋の前を走っていたのはこの目印を見失ったからだろう。

「見た目がこれだから間違われやすいけど、魔獣だよ。去年、知人から幼獣を引き取って、貴族街にある私の邸《やしき》で育てていたんだ。調教も済んだから最近使いはじめていて――」

有翼の白馬に寄り添う、翡翠《ひすい》マントに白い騎士服の義兄――そこだけ現世から切り離されて、一枚の絵画のように見える。

「ほら、そっちの荷物も貸して」

すでに靴の荷は、白馬の背の後ろ側にくくりつけられていた。

……強引ですよね、この人。

こうなっては押し問答するのも時間の無駄と思い、お仕着せの入った背負い籠を渡す。それをしっかりくくりつけてもらったあと、コニーは先に乗せてもらった。その背後にひらりと彼が跨《また》がると、白馬は石畳を蹴ってかろやかに空へと飛翔する。

「……！」

慣れない浮遊感でバランスが取りにくい。鞍前のそり返り部分を掴んではいるものの、これで全身を支えるのは心許《こころもと》ない。コニーの体は自然と前のめりの体勢になる。スカートの裾を翻《ひるがえ》し、足もとを吹き抜ける冷たい風。屋根がどんどん遠ざかり人が蟻《あり》みたいに小さくなってゆく。

いつのまにか、義兄の左腕が彼女のお腹《なか》に回って支えていた。

「魔獣の騎乗経験は？」

「――地上を駆けるものでなら、何度か」

子供の頃に乗り方は習ったが、実践の機会は少ない。そして、飛翔型の魔獣というのはわりと希少なので、乗ったことは一度もない。

「同じだよ。体をまっすぐ立てて、目線を上げて」

言われたとおりにゆっくりと体を起こした。

確かにこちらの方がバランスをとりやすいかも――

自分の腹部をしっかり支える白い手袋をつけた大きな手を、ちらりと見る。

――なんだか、すごく恥ずかしいんですけど。

しかし、まだこの浮遊感には不安を感じるので、手を離されるのも困る。意識をそらそうと視線を前に戻すと、高台にあるハルビオン城が目前に迫っていた。さすがに速い。白馬は城門の前へふわりと降下して着地する。いつもは脇にある小さな通用門を通るのだが、今回は義兄と一緒なので正門を通り抜けた。

以前、ゾフィという名の女中が、城壁内にて悪魔化するという事件があった。悪魔を人体に召喚できる〈黒きメダル〉を持ちこんだのが発端だった。もとより、そんなことが起きないよう、それが発する魔力を探知する魔道具が城門には設置されていたのだが――特殊な袋で魔力を覆い隠した〈黒きメダル〉はすり抜けてしまった。事件後、その袋に使われた特殊繊維に反応する魔道具が新たに設置されている。今のところ第二のゾフィは現れてはいない。

「ところで、最近困ったことはあるかな?」

新しい女中寮まで荷物を運んでくれたリーンハルトが、そう尋ねた。

――まぁ、たくさんありますね。主にあなた関連のことで。

しかし、それは彼が義兄だと周囲に知られた時点で予想できたこと。だから、答えておくべきはひとつだけ。

「最近、知らない人から呼び出されることが増えましたね。ダグラー副団長が事故に遭《あ》った、ダグラー副団長が暴漢に襲われた、またはケガをした、謎の高熱で倒れた……つまり死の床から息絶え絶えに呼んでいるので一緒に来いという感じで。日に一度、計十二回ほどお誘いがありましたが、すべて丁重にお断りしました」

リーンハルトの政敵による誘き出し未遂――だが、失笑するほど義兄ワードばかりだった。毎回違う人がやってくる。おそらくこれを指示しているのは、第一王子ドミニク派閥に属する者たちだろうが……皆、考えが同じというのがどうにも。

それに対し彼は若干、顔を強張《こわば》らせつつも言った。

「私の義妹が鋼の精神で安心したよ。……でも、ちょっとぐらい私の心配はしてくれたよね？」

「いえ、まったく」

だって見え見えの罠ですし。あなた、ものすごく丈夫ですし。

何故か、彼は近くの木に向かって片手をつきうなだれた。

「どうしました？」

「……いや、なんでもないんだ。このぐらいは想定内……っ！　そうだ、コニー！　これから一緒に食事を――」

　ぱっと、こちらを向いて笑顔で誘いの言葉を発した、その時。

「おぉ、いたいた！　リーンハルト！」

　近くの茂みが揺れ、いかつい黒髭のおっさん騎士が登場。風に翻《ひるがえ》る蒼《あお》いマントの下には黒基調の騎士服。義兄の上官である第二王子騎士団の団長ジン・ボルドだ。

「今ヒマか？　ヒマだな？　よしっ、書類の整理手伝え！　すげぇ量で終わらねーんだよ！」

「ヒマじゃないから！　なんで今ここに来た⁉」

　空気読めとばかりに睨みつける。

「なんでって、てめーのキラキラしい魔獣が城内飛んでたから追っかけてきたんだろ。城下で巡回中の野郎がなんでここにいるんだって話だ」

「休憩中の行動は自由だろ！」

「休憩中ならちょうどいいじゃねーか」

　ボルド団長はちらと、コニーに視線を向けてくる。

「破廉恥《はれんち》なことされてねぇか？」

「今のところは大丈夫です」

「……信用がないな」

　前科持ちの色男は不満げにつぶやく。

　また茂みが揺れると、今度は巨大な犬がのっそりと出てきた。いや、青藍《せいらん》の翼をもつ狼に似た魔獣だ。尾が二本あり、体長が三メートル近く、そのボディには特注の重厚な銀の鎧をつけている。ボルド団長の相棒だ。女中寮は城敷地の北隅にあるので、城や軍施設からも結構な距離がある。だから、ボルド団長はそれに乗って義兄を追ってきたのだろう。

荷運びを手伝ってもらった上、このまま彼が食事も取れずでは気の毒だ。そう思い、コニーは一言添える。

「リーンハルト様はまだ昼食をとられていないようです」

「奇遇だな、俺もだ。俺の執務室に飯用意させるから、そこで食えばいい」

「それは遠慮するよ」

とたんに義兄は嫌そうな顔で拒否。書類の山に囲まれ、おっさんに急《せ》かされながら食事をしたくないのだろう。すると、ボルド団長が「連れて行け」と左手で合図を出す。青藍狼が目にも止まらぬ動きで義兄の背後に移動した。ぱくっとその襟首をくわえる。

「ちょっ、待て！　それ危ないから――」

素早くボルド団長が相棒の背に跨ると、それは軽快に地を蹴り宙高く飛ぶ。

「コニー、また今度一緒に食事を――！」

問答無用で攫《さら》われる義兄の声が遠ざかる。白馬魔獣が慌てたように主人を追いかけて飛んでいった。事故なのかわざとなのか……白馬が近づいたタイミングで、青藍狼の口からぽとりと義兄は落とされて、白馬の背中にキャッチされた。

主人をフォローする魔獣たちの賢さに、コニーは感心する。

――さて、わたしもご飯を食べに行きますか。

女中寮の隣にある使用人食堂へと足を運んだ。

午後からは城の空き部屋掃除をする。西中庭を通り抜けて城に向かっていると、経理室長アベル・セス・クロッツェに会った。うしろになでつけた短い黒髪に精悍な顔つき。文官でありながら脆弱《ぜいじゃく》さのない引き締まった体軀。義兄とは対極の硬派なイケメンぶりである。

「コニー。最近、困ったことはないか？」

既視感のある言葉を頂いた。

「はい、おかげさまで」

コニーは週二日、経理室で臨時官吏として手伝いをしている。

アベルはコニーにとっての上官だ。こちらの職場でも女中とバレたため、暴言を吐く経理官たちが出てきたものだが――「コニー・ヴィレの登用については俺が責任を持つ。意見のある者は俺に言え」というアベルの強い釘刺しにより、さほど困った事態は起きていない。

まぁ、嫌がらせもないわけではありませんけど……

職場で使うコニーの机の引き出しに、生きた鼠《ねずみ》やカナヘビ、大量の蓑虫《みのむし》がびっしり入っていたり、時には春画がべたべた貼られていたり。だが、この程度なら些細なこと。陰湿な義兄ファンに比べれば可愛《かわい》いものだ。生き物は草むらに放し、春画は暖炉の火に放りこめばいいのだから。

義兄ファンといえば、小動物の死骸や生ゴミ、何かの臓物とか虫を固めた飴とかを匿名《とくめい》で差し入れてくる。それらに動じないコニーはともかく、その場に居合わせた同僚の女中が失神したり嘔吐したり、という弊害が発生している。

「女中の仕事も今は多忙だろう。コニーは夜勤もある上、来年まで休みなしだと聞いている。支障が出そうなら経理の勤務時間を調整するが……」

夜勤とは、コニーがアルバイトで行っている夜警のことだ。

コニーは本業で女中、臨時で経理官——さらにアルバイトで第二王子の諜報部隊〈黒蝶《こくちょう》〉を掛け持ちしている。三つ目については極秘なので、当然、知っている者は限られる。時間調整はしっかりしているので、これらの仕事が同時にかぶることもない。

確かにこの時期は祭前で忙しいが、それは城の誰もが同じこと。だが、気にかけてくれる上官がいるというのは嬉しいものだ。

「ありがとうございます。今は特に問題はありません」

そう答えて微笑《ほほえ》んだ。それから、アベルと別れて城の裏口へと向かう。

背後から弾んだ声が飛んできた。

「メガネちゃーん！　今日は経理室来ないのーッ!?」

愛嬌のある童顔に左右にはねまくった茶色の癖毛。経理官のジョン・ホルキスだ。

コニーの異常脅力を見て以降、何が心の琴線に触れたのか——やたら馴れ馴れしく好意をぶつけてくる。発情した犬のように両手を広げて駆け寄ってくるので、コニーはすかさずその腹部めがけて軽く蹴りを放った。

ドムッ
十メートルほど吹っ飛ばされ、彼は茂みに頭から突っこむ。

「いきなり抱きつこうとしないでください。非常識な」

冷ややかな一瞥《いちべつ》をくれるコニー。

「……メガネちゃんの愛が痛い……」

蹴られた腹の痛みにしくしく泣く駄犬に構わず、彼女はすたすたとその場を去った。

2　古館の掃除と濡れ衣

十二月二十四日

年末から始まる聖霊祭。例年より宿泊する賓客が多いというので、いくつかの小館を開放することになった。東の森にある先々代王の寵妃リーネが住んでいた古館もそのひとつだ。

本日のコニーの朝一の仕事は、ここの清掃である。リーネ館に着くと下働きのおじさんに会う。牛に似た魔獣一頭立ての荷車で掃除用具を運んで来てくれたようだ。

「おはよう、コニーちゃん！　早いな！」

「おはようございます。マーガレットさんから館の鍵を預かっていますので」

だから、他の清掃女中よりも先に来る必要があった。おじさんから掃除用具や梯子《はしご》を一式借りて、玄関の鍵を開けて中へと入る。そこは埃《ほこり》に覆われた薄曇りの世界。

コニーは担当場所である三階への階段を上った。三階フロアには寵妃の私室がある。居間、書斎、寝室、化粧室、浴室――と各部屋が扉で繋がっている。

まずは古ぼけたカーテンや敷物、シーツといった布類をすべてはがしてゆく。引っぱっただけでビィーッと嫌な音を立てて破れた。少なくとも十年か二十年は放置されていた感じだ。それらを廊下に出して積んでおく。梯子を使って天井にかかる蜘蛛《くも》の巣を箒《ほうき》で落とし、壁のレリーフや、シャンデリアにかぶる埃も羽箒で落とす。裏庭の井戸からバケツに水を汲んできて、天井から床までを拭く。焦げ茶のワンピースに白いエプロン姿の残像がいくつも見えるほどに、高速移動しながら磨いてゆく。汚れた水を入れ替えて、窓も隅々まで磨く。

蜜蠟《みつろう》ワックスですべての床を艶々に仕上げた頃、かすかなざわめきが耳を打った。おそらく下の階に掃除に来た女中たちだろう。

集めたゴミは麻袋に詰め、古い敷物などと一緒に抱えて階段を下りる。二階ですれ違う同僚に挨拶をしながら、コニーは一階まで下りて庭にあるカラの荷車にゴミを積む。三度ほど往復してゴミ出し完了。掃除用具を片付けるため再び三階に戻ろうとして、ふと一階の静けさが気になった。奥の方からかすかに漏れる話し声。コニーはそちらへと足を運んだ。

カーテンを閉め切ったままの薄暗いサロン。その真ん中で輪になり椅子に座る四人の女中と、七歳ぐらいの下男が一人。何をしているのかと様子を窺っていると。

「――どうして、この館がずうっと閉鎖されていたか知ってるかい？　先々代王の寵妃様が亡くなって以降、怪異が起こるからさ」

顔にそばかすのある田舎訛《なま》りの女中が語り始めた。

「寵妃様はとても悲惨な死に方をしたんだ」

他の面々は真剣に聞き入っている。怖い話と察して逃げようとした下男の肩を、隣にいる女中ががしっとつかんだ。

「先々代の王様は、近隣諸国に知れ渡るそりゃあ勇猛な美男だったからね、後宮には多くの美姫がいらしたのさ。リーネ様は特に美しさも群を抜いていたから、寵妃にとお目をかけられたんだ。そのせいで、やっかまれて毎日死にそうな嫌がらせばかりされてね。気の弱い方だったから精神的にも早々にまいってしまった。だから、王様は後宮から離れたこの館に彼女を移したんだよ。気配りのできる貴族の娘を侍女につけてね。――ところが、この侍女もまた王様に惚れててねぇ」

カーテンの隙間から差しこむ細い光を受けて、にやりと笑うそばかす女中。息を呑む女中たち。

「あろうことか、リーネ様の喉を毒で潰して、わざとその顔に熱湯をぶちまけて酷い火傷《やけど》を負わせたんだ。しかも王様の手前、熱湯は自らかぶったのだと嘘をついて。侍女はここで一芝居打ったのさ。すこし前に、大臣が後宮に自分の娘をねじこんだっていう噂が届いていてね、王様の関心がそっちに傾いたと嫉妬して、リーネ様は王様の気を引こうとしたんだと。『自分がお止め出来なかったばかりに！』ってね。真実を訴えようにもリーネ様は声が出ない。それも火傷のせいにされたからね」

五人とも話に夢中らしく、薄暗い部屋の中、コニーが近づいても誰も気づかない。

「侍女はその後、王様が見舞いに来るたびに、リーネ様を献身的に看護するフリをした。大した美人でもない侍女だけど、目の前に顔の爛《ただ》れた醜い女がいたから、数倍よく見えたんだろうね。まんまと王様の目を自分に向けることに成功したんだ。二人は人目も憚《はばか》らずいちゃいちゃするようになって――まぁ、あとはお察し。すっかり心を病んでしまったリーネ様は、深夜に三階の窓から身を投げてしまわれて――運悪く庭の石像に頭からぶつかってぐちゃっ――と」

「ヒッ！」

「王様がクズすぎるわ！」

「ひどいです!!」

思わず声を上げる女中たちと、ぶるぶる半泣きの小さな男の子。

「リーネ様が亡くなったあと、館の中で誰もいない部屋から物音がしたり、悲鳴が聞こえてきたり、視線を感じたりしてさぁ。後々、ここに住んだ貴族らは憔悴《しょうすい》して日に日にやせ衰えたんだって……それである日、忽然と姿を消すんだ。館の中でだよ？　いっくら探しても見つからないんだ。なんでかって？　リーネ様の祟りに決まってるだろ。この館はリーネ様のお気に入りだったんだ。勝手に我が物顔で住み着くやつらが許せなかったんだよ」

――ちなみに、この話は城にいる者ならお馴染みの怪談である。だいたい、下働きの先輩たちが飲み会などの余興で新入りに話す。昔の話なのでどこまで本当かは定かではない。

得意げに語るそばかす女中マルゴ・ボーレ（女中歴八ヶ月）、以外の三人は先月入ったばかり。

「悲鳴が聞こえるのは、きっと、リーネ様の怨霊に攫《さら》われた人の声なんだよ。今でもこの館のどこか、誰にも気づかれない場所に閉じこめられてるんだ。人間、飢餓状態が続くと虫や鼠だって食べるっていうからね。そうして生き延びながら、助けを求めて叫んでるに違いな──」

マルゴの熱のこもった妄想。それに水を差すべく、コニーはテーブルクロスの両端を摑んだ。

ビイィ──ィッ

不快な音に、五人はいっせいに椅子から飛び上がる。

「な、なによ、いきなり！」

「脅《おど》かさないでよ！」

「怖いじゃないですか！」

コニーに気づくと、彼女たちは抗議の声を上げた。話を遮られたマルゴは、無言でコニーを睨みつけてくる。ボロ布をテーブルに置き、手についた埃をはたきながらコニーは口を開いた。

「一階の清掃担当ですよね？　就業からもう二時間も経《た》っていますよ？　さっさと取り掛かってください」

すると、マルゴが食ってかかった。

「あんたに指図される覚えはないよ！　ここの掃除は夕方までに済ませればいいんだ！　いつ始めようとあんたに関係ないだろ！」

ずいぶんと威勢のいいサボリ宣言だ。しかも、他の女中もそれに同調する。

「女中頭は、終業時にチェックに来るって言ってたものね〜」

「ちょっとぐらい遅くなっても大丈夫だって！」

「むしろお掃除して大丈夫なんですか？　祟られませんか？」

「あの、ボク、もう、帰りたいんだけど……」

一階は一番広い玄関ホールに手がかかる。彼女たち四人が一日がかりでやってもギリギリなのだが……手を抜く気満々のようだ。下男はどうも巻き添えらしい。怪談にびびりまくった隣の女中がしがみついてるせいで、逃げられないようだ。

すでに手遅れだとは思うが、とりあえずコニーは忠告しておくことにした。

「抜き打ちで見回りに来ますよ」

「「「えっ」」」

「今の職場で不適合とみなされると、人事室長から異動命令が出ます。例えば、洗濯場や厨房へ。――当たり前のことですが、あまりに勤務態度が不真面目だと解雇されますよ」

三人の女中たちは大慌てで、箒や雑巾を手に掃除をはじめた。下男もあたふたと部屋を飛び出してゆく。荷車引きのおじさんの子供なので、そちらの手伝いに戻ったのだろう。

しかし、マルゴだけは動こうとはしない。それどころか腰に手をあてふんぞり返り、コニーを睥《へい》睨《げい》してくる。

「はっ、そーゆうあんただって、サボリなんだろ？　どの口がえらそうに言ってるんだい！」

「ここでの仕事は終わりましたので、文句をつけられる筋合いはありませんね」

新しい絨毯《じゅうたん》とカーテンを取りつける作業が残っているが、床にワックスがけをしたので時間を空けないといけない。それに品物が織物工房から届いてないこともあるので、作業は明朝になる。

マルゴはその団子鼻に皺《しわ》を寄せる。

「どこの部屋の掃除をしたんだい？　ちゃんとやってんのか、このあたいが見てきてやるよ」

――既視感を感じるセリフですね。でも、お断りします。

「それは女中頭の仕事ですから。あなたの確認は必要としません」

以前、迎賓館にて、ワックスがけの終わった床をマルゴに汚されたことがある。彼女があとがけしたワックスは下手くそ過ぎて、床にドジョウがのたうちまくったようなボコボコの筋が残った。他を完璧に磨いただけに、とても残念な気持ちになったものだ。そのままにしておくのは許せず、結局、コニーがやり直した。

「ほんとはろくに掃除してないから見せたくないんだろ？」

二度手間をかけさせたやつが、えらそうなことを言う。

「何言ってるんです。外国の使者を泊める部屋が汚かったら国の恥、外交問題になりますよ」

「どーせ、あとで他の誰かにやらせるつもりのくせに！」

「それは、根拠があって言っているのですか？」

フンッとマルゴは鼻息を荒く噴いた。

「あんたが女中頭に取り入ってるのは周知の事実さ！　ホントいいご身分じゃないか！」

マーガレットとの付き合いは九年と長く、信頼関係にある。ゆえにお使いで大金を預かったり、館の鍵を預かったり、貴人の泊まる部屋の掃除など、重要事を任されることもある。たまにだが、それをエコ贔屓《ひいき》だととる者もいる。そういった輩《やから》はそこに重責がかかるということをまるで考えていない。その責任は最終的にマーガレットがとることになるのだから。自分の首を危うくする者に重要な仕事を振らないのは、当然のことなのだ。

――まぁ、彼女の場合、わたしに攻撃的なのはそれだけではないでしょうけど。

実はこのマルゴこそ「ダグラー副団長には女中の義妹〈コニー〉がいる」と噂を流した張本人。彼女の友人談によれば、義兄の熱烈なファンであるらしい。同じ女中の立場で、自分が欲しいものを持っているからこそ突っかかってくる。面倒な人だ。

「ははっ、本当のことだから言い返せないんだろう！」

勝ち誇ったように団子鼻を鳴らし、こちらの顔を覗きこんでくる。ニヤニヤした顔が鬱陶《うっとう》しい。

コニーが無表情で突き刺すような冷ややかな視線を返すと、マルゴがびくっと顎を引いた。

「すべてあなたの僻《ひが》みからくる妄想ですよ。周知の事実？　そんなことを言っているのは、あなたとそのご同類だけ。まともに相手をするのも馬鹿らしい」

「なん……ッ」

コニーは、にこりと口許に笑みを刷く。

「さて、わたしは次の仕事がありますので、最後に一言。今更ですが、首が繋がるといいですね？」

「は？　何言って……」

立ち去るコニーの背中を視線で追いかけたその先に、マルゴは二人の人物がいることに気づいた。もう一人は黒いワンピースのお仕着せを身につけた四十歳手前の女性――女中頭マーガレット。

一人は美の化身のような青年。プラチナの長髪に灰色の官服、その冷たくも鋭い美貌は――

マルゴの血の気が引く。噂好きの彼女は間近で見たことがなくとも、その特徴だけで彼が何者であるか分かってしまった。

「あれって人事室長じゃ……な、なんでここに……やばっ！　どこから聞かれてた⁉」

御上《おかみ》には弱いタイプなのか、動揺を隠せない様子。

――あなたが怪談を話してる途中からですよ。

コニーは二人に丁寧にお辞儀をして、預かっていた館の鍵をマーガレットへ返却すると、三階へと掃除用具をとりに行く。

再び一階まで下りてくると、青い顔をしたマルゴがすごい勢いで玄関ホールをモップがけしていた。他三人の女中たちも同様、追い詰められた顔で必死に走り回る。怒《いか》れるマーガレットと呆れた人事室長アイゼンが、同時に「解雇」をちらつかせたせいらしい。

十二月二十五日

翌朝のこと。新品のカーテンと絨毯を荷車に載せて、コニーは再びリーネ館にやってきた。マーガレットも点検のためについて来る。綺麗《きれい》になった玄関ホールを抜けて階段をのぼった。

「そういえば、昨日のサボリ女中たちはどうなりました？」

「三時間延長で働いてもらったわ。もちろん無給よ。アイゼン人事室長は全員クビにしたがっていたけど……一応、反省はしているようだし、今回は思いとどまってもらったの。これから、祭でもっと忙しくなるのに人手を失うのは困るもの」

新しく雇うとまた一から教育をしなくてはならないし、今はそんな暇などない。

「アイゼン様は厳しいですからね」

「そうね、さすがに次はないと思うから、彼女たちにはきっちりお説教をしておいたわ」

三階の廊下を通って居間の扉を開けると、プンと湿った泥臭さが鼻をつく。広範囲にわたる床やテーブル、長椅子が黒ずんで汚れていた。大量の泥水が撒かれたような形跡。隅に転がる空のバケツが四つ。乾いているので、ずいぶん前に犯行に及んだと思われる。

「絨毯を敷いてなくてよかったです」

「冷静ね」

「でも、あのビロゥド張りの長椅子……染み抜きが大変ですので。犯人を見つけたらそこの窓から逆さ吊りにしてやろうかと」

「そうね。一日ぐらい吊るしてやればいいわ」

マーガレットも冷静に同意した。

「それにしても、どこから侵入したのかしら?」

玄関の鍵は先ほど開けたばかりだ。つまり、侵入は別口からになる。

「窓の鍵掛けは、マーガレットさんが行いましたか?」

「女中たちにしてもらって、私が最終確認をして回ったの。だから不備は……いえ、待って。確か、全員で玄関を出たあとに、マルゴがバケツを忘れたと走って中に戻ったから……まさか、その時にどこかを開けたのかしら？　でも、私もすぐに追いかけたのよ。彼女が入った部屋の窓も、ちゃんと鍵がかかっていたのを見ているし」

コニーもすぐにあのそばかす団子鼻が浮かんだ。いかにもヒステリー爆発なやり方なので、十中八九、犯人だろうと思う。

「一階はあとで調べましょう」

まずは、三階の他の部屋にも被害がないか確認することにした。

新品のカーテンなどは汚さぬよう廊下に置いて、続き間の書斎に足を踏み入れる。棚にあったはずの古書が床にバラまかれていた。その先にある寝室は特にひどかった。壁に掛けられていた多くの絵画は床に落ちて叩き割られ、姿見の鏡は蜘蛛の巣状にひび割れ、花瓶は粉々、年季の入った美しい造りのサイドボードや寝台は刃物で抉《えぐ》ったかのように深い傷だらけ。壁にも何かをぶつけたような浅い陥没痕があちこちに残っている。

――嫌がらせにしては度が過ぎてますね。この惨状を全部わたしのせいにするつもり？

マルゴの頭の中には、オガクズでも詰まっているのかもしれない。

まるで賊が大暴れでもしたかのような惨状に、マーガレットは「なんてことを……」と青ざめる。

破壊された花瓶や絵画、鏡は、寵妃リーネの愛用品で値打ちのある芸術品だ。これらは長年、館内にある隠し金庫にしまわれていた。だが、外国の使者をもてなすために――と昨日の夕方、マーガレットが宝物官立会いのもと、金庫より出してもらい飾っておいたものなのだ。

「そういえば、館の周囲に警備兵は配置されなかったのですか？」

「宝物官が手配しておく、と言っていたから任せたのだけれど……さっきもいなかったし……うっかり忘れたか、何かの手違いがあって来なかったのかも知れないわね」

さらに奥にある化粧室、浴室に被害はなかった。侵入経路を調べるため、二人で一階へと下りる。裏口と多くの窓を手分けして確認した。

——結果、廊下の窓がひとつ開いていたことが判明。マルゴがバケツのある部屋まで走り抜ける時に一度立ち止まり、マーガレットが追いつく前にすばやく鍵を開けたと思われる。その窓枠と床には、いくつかの侵入した痕跡が残っていた。夜間の湿った森の土を踏んだせいだろう——大きめの靴跡が二人分、そして、かなり小さめの靴跡が一人分。

「これはマルゴのものだわ。彼女、一番小さいサイズの女中靴を履いてるのよ。ほら、靴屋の印もくっきりついてる」

「残るふたつは、警備兵のものですね」

こちらも積雪の日、中庭などでよく見かける足跡なのですぐに分かった。マーガレットも頷く。

コニーはそこから推測されることを口にする。

「ということは、警備兵はちゃんと仕事をしていて、マルゴの侵入に気づいて、ここから館内へと入り追いかけたということになりますね。侵入時の靴跡がかき消されていないので、ここから三人がまた出て行った……ということはないでしょう」

——では、彼らはどこにいるのか？

先ほどスルーした二階へ行き、マーガレットと手分けして各部屋をチェックして回った。しかし、窓の鍵はかかっているし、誰かが潜んでいる様子もない。この古館に彼らはいないということだ。

不可解な気持ちを隠しきれない様子で、マーガレットは言った。

「あとは第二王子騎士団に任せましょう。呼びに行ってくるわ」

ハルビオン国には二人の王子がいる。彼らはそれぞれ自分の騎士団を持っていた。温厚で人望もある第二王子ジュリアン・ルーク・ハルビオン。その配下はよく訓練された礼儀正しい騎士団だ。

一方、彼の兄は、傲慢で品性に欠けた第一王子ドミニク・ミゲル・ハルビオン。その配下の騎士団も何かと評判が悪い。というわけで、頼るなら必然的に第二王子騎士団なのである。

マーガレットは急ぎ、兵の詰め所へと出かけていった。そこには、城と軍施設への連絡手段として通信の魔道具がある。それで第二王子騎士団に連絡をするつもりだ。

コニーは騎士たちがやってくるまでの間、もう一度、三階を調べてみることにした。

居間に撒かれた泥水には水草が混じっていたので、リーネ館の裏庭にある小さな池から汲んだと思われる。最も損壊のひどい寝室を再び見て、違和感を感じた。見回した高い天井部分にも浅く陥没した部分がある。あんな所まで一体何をぶつけたのかと首をひねる。

床に散らばる鏡片や花瓶の欠片《かけら》、その中から妙にまるく輝くモノを見つけて拾った。両手を合わせたほどの大きさで楕円形でうすっぺらい。滑らかで硬く朱色で貝のように美しい。いや、むしろこれは――

「鱗……？　――まさか、魔獣の？」

王都を囲む市壁と、ハルビオン城敷地を囲む城壁。これら二重の結界により、有害な人外や野良魔獣は弾かれる仕組みになっている。城で飼われる魔獣たちは調教されているため、屋内に乱入するなどありえない。だが、状況だけ見るなら、魔獣がここで暴れたと考える方が自然だ。だとしたら、どこから現れてどこへ消えたのか——

その後、リーネ館にやって来たのは第一王子騎士団の一隊だった。

マーガレットにこっそり問えば、現在、第二王子騎士団のほとんどが城外警備に人手を割かれていて、城敷地の警備が第一王子騎士団の担当になっているのだという。そこで、嫌な予感がしていたのだが、それはすぐに現実のものとなった。

寵妃リーネの宝物のうち、黄金の飾り皿が見つからず——部屋の掃除をしたコニーが犯人として疑われたのだ。

3　第一王子騎士団の団長

天井付近にある格子付の小さな窓。そこから夕陽が細く射しこむ。

軍施設の半地下にあるこの小部屋は、四方が石壁に囲まれている。テーブルがひとつ、丸椅子がみっつ。そのひとつにコニーは腰掛けていた。ここは尋問室だ。奥にある重々しい鉄扉の向こうには仮牢がある。仮牢とは、処罰の決まっていない犯罪者や、軽犯罪者を一時的に収容しておく場所。そして、尋問室に留《とど》め置かれるということは、あくまで容疑者止まりであるということ。

時を遡《さかのぼ》ること七時間前。リーネ館にて、第一王子騎士団の数人と揉めていると、彼らの上官であるグロウ団長がやってきた。

「まずは、キミの話を聞かせてもらおうか」

にこやかにそう言われ、ここへと連行された。さすがに、窃盗容疑をかけられて釈明なしで逃げるわけにもいかない。

「昨日の午前中、わたしはリーネ館の掃除を済ませました。以後、立ち寄っていません。証言なら洗濯場、温室、王宮厨房、西中庭で働く同僚や警備の方がしてくれることでしょう。それから、女中頭が寵妃様のご愛用品を室内に飾ったのは、終業の鐘より一時間程あとだと聞いています。わたしはその時間には自分の部屋に戻って休んでいました。以後の外出はしていません。それについても、官僚宿舎を警備する方が証言してくれることでしょう。調べて頂ければ分かることです」

コニーは一通り事情を説明。そして、自身による犯行は不可能であると告げ、現場不在証明の裏付けをとるようにと要求した。

「この件については調査をしよう。結果が出るまで、キミはこの場で待機するように」

グロウ団長はそう答えて席を立った。隣で調書を書いていた人とともに部屋を出てゆく。

すでに日没も迫っている。入口には鍵がかかっているし、訴えようにも鉄扉の外には誰もいない。

——一体いつまで放置するつもりなんですか！

今朝から仕事がまったくの手付かずで気が気ではない。マーガレットも一緒に連行されたので、この半地下のどこかの部屋にいるはずなのだが。

ふいに、室内が暗くなった。天井の小窓から誰かが覗いている。

「――退屈？」

ぽそりとした呟きが降ってきた。その声で知り合いと察する。アルバイト先である諜報部隊〈黒蝶〉の隊員だ。コニーは席を立って壁に近づいた。

「退屈してる暇なんてありませんよ。どうにか出られるように、手を回してもらえませんか？」

「コニー、働き過ぎ。すこし休む、いい機会」

ぼそぼそと片言で返してくる。

「冗談。休むなら自分の部屋がいいです」

温かい布団と同居の黒猫たちに埋もれて眠りたいです。

「そんなことをしたら確実に目をつけられます。逃亡の恐れありで仮牢にぶちこまれますよ」

「――じゃあ、扉の鍵、壊す？」

「――あいつ、コニー試してる。ダグラー副団長、城下から、そろそろ戻る頃。心配ない。乗りこまれないうち、コニー解放する」

そう言うと小窓から離れ、気配が消えた。再び射しこむ夕陽。

確かに、最近のあの義兄なら、この事態を知れば飛んで来そうな気がしないでもない。

わたしを試す、とはどういう……？

ガチャン、と大きな音がして鉄扉が開いた。グロウ団長と、その後ろから盆を手にした見習い騎士らしき少年が入ってくる。少年はテーブルに二つのカップを置くと、すぐに部屋を出て行った。

テーブル向かいの席に、グロウ団長は人の好《よ》さそうな笑みを浮かべて腰を下ろす。前髪を真ん中分けにした首筋までの銅色の髪。鼻筋高く、意思の強そうな太い眉に整った顔立ち。黒基調の騎士服に砂色のマントを身にまとう。エンディミオ・リ・グロウ――第一王子騎士団の団長であり、ドミニク王子が最も信頼を寄せる側近。グロウ伯爵家の次男で歳は二十四。紳士的で品行方正であると云われ、悪評つきまとう第一王子騎士団において唯一の〈良心〉とすら評される。後ろ暗い噂はまったくといっていいほど聞かない。

いや、コニーとしては、この寒い場所に長時間放置した時点で、その評価は嘘っぱちだと思っている。良心がカケラでもあるなら膝掛けの一枚ぐらい寄越すものだろう。

彼はもったいぶることなく、結果を口にした。

「前日のキミの行動の裏付けは取らせたがね。こちらの誤解であることが判明したよ、嫌な思いをさせてしまったね」

冤罪は免《まぬが》れた。コニーはさっと椅子から立ち上がり一礼をする。

「それを聞いて安心しました。お骨折り感謝いたします。では、わたしはこれで失礼を」

場を辞そうとすると、彼は片手を上げてそれを止めた。

「まだ個人的に話したいことがあるのだよ。座りたまえ。冷めないうちにお茶を飲むといい」

グロウ団長はそう言い置いて、自分の前にあるカップを持ち上げて一口飲んだ。コニーはしぶしぶと座り直す。

「何のお話でしょう？」

「最近、コニー・ヴィレという名をよく耳にしていた。キミがあのダグラー副団長の義妹――で間違いはないかね？」

何故、今さら聞くのか。調書を取るとき、はじめに名乗ったのに。

「――はい」

「噂というものはどうにも当てにならない。キミの風貌が雌《めす》ゴリラであるとか、獰猛《どうもう》かつ人を人とも思わぬ冷血な悪魔のようだと聞いていたからね。どう見てもふつうの女性で、少々拍子抜けしたのだよ。てっきり同名の別人だと思っていた」

「噂には事実とは異なる尾ひれが付きますから」

「まったくその通りだ」

彼は肯《うなず》いてからお茶を飲み干すと、テーブルにカップを置き両手の指を組んだ。

「ところで、オレには異母妹がいるのだが……ノエルという名で、キミと同じく女中をしている」

その名に心当たりのあるコニーはピンときた。どうやら、本題に入ったらしい。

「彼女の母親が病気で亡くなった折に、父が引き取った子なのだよ。だが、市井《しせい》育ちの彼女が伯爵家で暮らすのは、居心地が悪いらしい。働いて一人暮らしをしたいとの希望でね。城女中なら衣食住にも困らないだろうと……先月、新しい女中寮が出来て女中の増員があっただろう？　募集は締め切られていたが何とか入れてやりたくて、本家であるマーベル侯爵家の紹介状を用意したのだよ。しかし――」

グロウ団長は眉尻を下げて憂《うれ》うようにため息をついた。

「ノエルは内向的な子でね。せっかく入った寮や職場で孤立しているらしい。そこで、どうだろう？キミが仲良くしてやってくれないか」

ノエル・フォスト。痩せぎすの女の子で、コニーと同じ十七歳。マーベル侯爵家にねじ込み推薦された三女中の一人。

──彼女の面倒を頼むフリして、わたしの行動を彼女に監視させるつもりですね。

ずいぶんあからさまな作戦に出たものだ。別にグロウ団長の紹介でも女中頭は断れなかったはずなのに。あえて本家を介したということは、自身が関わったことを知られたくなかったはず。

おそらく、コニーがあの三女中との接触を完全に避けているので、きっかけ作りに出たと思われる。一女中の調書を取るのに、団長自らというのも引っかかっていたのだが──すべてはこの「仲良くしてやってくれないか」という頼み事を、受け入れさせるためだろう。

コニーに接触しようとしては「忙しいので」と避けられ、肩を落としていたノエル。

あの子は間者向きとは思えないのですけどね。内向的というのは演技ではないでしょうし。鈍《どん》くさいので仕事が捗《はかど》らず一日の仕事だけでへとへとになって、自分のことだけで手一杯という感じでしたし。

「勤務歴が長く女中頭の信頼もあり、騎士にすら自分の意見を臆さず話せる──キミのようなしっかり者が妹の傍《そば》についてくれると、オレも心配事が減って助かるのだが……どうだろう？」

褒めて持ち上げつつ、己よりもはるかに身分の低い相手に丁寧に頼んでくる。

コニーは口角をかるく引き上げ、隙のない微笑みを返した。

「申し訳ありませんが——わたしは常に複数の仕事場を移動しておりますので、個人的にノエルさんのお相手をすることは難しいと思います。ですが、そういった事情であれば、彼女が孤立しないように周囲によく声かけをしておきましょう」

「……それはありがたい」

「では仕事が残っていますので、これで失礼いたします」

今度こそコニーは席を立つ。

「体が冷えているだろう、お茶を飲んで行くといい」

断っているのに引き止めるなんて、そのお茶……何か入っています？

「残念ですが、体が冷えていますので。お花を摘みに行くのが最優先なのです」

しつこい勧めには、生理的欲求の限界を理由に断るに限る。今度は引き止められなかったので、外に待機する騎士に鉄扉を開けてもらい、そそくさと部屋を出た。階段を上って半地下を出たところで、少し前に解放されたというマーガレットが心配しながら待ってくれていた。


その日、消えたマルゴと二人の警備兵が見つかることはなかった。マルゴの住むアパートにまで捜査の手は及んだが——そこにも居らず。隣人の証言では、昨日は帰宅しなかったのだという。

監督不行き届きで役職を解かれそうになったマーガレットだが、リーネ館における不審点が多いこと等もあり、現時点での処罰は保留となった。

十二月二十六日

日付も替わった夜半過ぎ。コニーは広大な城の敷地をぐるりと囲む城壁の上にいた。目線を下に向ければ、軍の鍛錬場が見える。現在、アルバイトの夜回り中。目立たぬよう黒マントを羽織りフードを被って、胸壁の内側にある影の中を歩く。今夜は月が明るいので、用心深く周囲を警戒していた。

もうすこしで城壁塔に着くところで足を止める。いつのまにかそこに騎士がいる。

月光を浴びた白金髪と翡翠のマントが幻想的に輝いていた。目が合うと嬉《うれ》しそうに微笑む。

コニーはくるりと身を翻し、もと来た道をすたすたと足早に引き返す。

「ちょっと待って、コニー！　どこに行くんだい⁉」

ざっと翡翠のマントが翻って、目の前に彼が現れた。

今、壁を蹴って跳躍しました？　そんな高度な身体能力、女中の進路妨害に使わなくていいのに。

「あら、リーンハルト様も夜回りですか？」

「なんで、たった今気づきましたって風を装ってるのかな？　さっき目が合ったよね？」

――それは条件反射です。

第二王子騎士団の副団長であるリーンハルト。この義兄に関する厄介ごとは――以下略。なので、つい本能的に避けたまで。しかし、それを説明するのも億劫《おっくう》なので「気のせいでは？」と、返しておく。彼はめげることなく大仰に言った。

「可愛い義妹に避けられて悲しいよ。私は君に会える時を楽しみにしているのに……！」

義兄は最近ずっと、城下街の治安維持のため城外勤務だ。それなのに、日に一度は必ずどこかで会う。接触する時間はわずかなものだが……偶然ではないと思う。

「ご用件があるならさっさと言ってください」

「あぁ、そうだ！　昨日、君が冤罪で監禁されたと聞いたのだけど……」

この度のことを、マーガレットがボルド団長に直接伝えると言っていたので、そちらから耳に入ったのだろう。

「第一騎士団の連中に、脅されたり暴言を吐かれたり暴力を振るわれたりしなかった？」

「紳士的にほぼ放置でしたので」

「半地下のあの部屋では冷えただろうに、体は大丈夫かい？」

「この通り平気です」

「他に何か言われたり、要求されたりは？」

「大したことではないのですが……グロウ団長の妹さんと仲良くしてほしい、と言われましたね」

「彼に妹？　聞いたことがないけど……」

怪訝な顔をする義兄に、先月入った新人女中にグロウ団長の異母妹ノエル・フォストがいることを説明した。社交界の情報に精通する彼が知らないとなると、ノエルは非公式の存在なのだろう。

コニーがリーンハルトに話す可能性は織り込み済みのはず。公爵家の力で調べればすぐ分かることなので、偽者という線は薄い。

「個人的に構う余裕はないので、とお断りしました」

「よい判断だね」

ふと、義兄の考えが気になった。

「リーンハルト様は、グロウ団長をどんな人物だと思われていますか?」

「人あたりがよく品行方正なエリート、人間らしい粗《あら》を絶対見せないタイプかな。上官の不正を告発し正すことで出世してきた人だから、そこは評価していたけど……無実の女の子を監禁するようではね。少なくとも、君や女中頭の話に耳を傾けていたなら、本当に怪しいのは誰かぐらい見当もついただろう。自分の利になる時にしか正義をかざさない、怠惰な愚物《ぐぶつ》だということがよく分かったよ。まぁ、もとよりドミニク王子の側近だからね。信用はしていないよ」

後半から青い瞳を冴え冴えと光らせ、痛烈に批判する。

「君は彼についてどう思った?」

「自然体で嘘をつける人だと思いました」

彼は軽く目を瞠《みは》る。そして、柔らかい声音で告げた。

「——そう。今後はグロウ団長についていかないようにね。どんなにマズイ状況だと思っても逃げるんだよ。あとは私が引き受けるから」

その直球の好意に面食らう。

トラウマ発動の心配がない唯一の女性だからこそ、好意を向けやすいにしても——

大抵のことは自分で何とかする自信のあるコニーである。今回は表面的にも相手が紳士的に出たので、あえて解放されるタイミングを大人しく待ったのだが——

心配されてちょっと嬉しい——などと感じてしまうのは、理不尽な暴力と暴言ばかりだった過去の義兄どもと比べてしまうからだ。冷えた頬に熱が集まりほんのり染まる。しかし、義兄と懇意にしていると周囲に思われては、ますます注目され身動きが取りづらくなる。

「お気遣いなく、大丈夫ですから」

いつも通りの塩対応で返し、くるりと背を向ける。

「遠慮しなくてもいいのに」

月明かりの中をひらひらと雪片が舞う。コニーは頬を隠すように、黒いフードを深く被り直す。その場を去るべく足早に歩き始めた。だが、何故か彼が背後から追いかけてくる。

「ちょっと待って、コニー！」

「なんでついてくるんですか……！」

「まだ聞きたいことがあるんだ、リーネ館の部屋荒らしのことで！」

「——わたしの冤罪を知ってるなら、当然、流れでその話も知っているのでは？」

「大体の話はね。第一騎士団は調査を終えるまで、こちらに手出しをされたくないようで詳細を開示しないんだ。だから、当事者である君の話を聞かせてほしい」

「……そういうことなら、仕方ないですね」

足を止めて彼に向き合う。

「女中頭がお伝えした話と内容がかぶると思いますけど、それでもよければ。あと、見回り中ですので歩きながらでもいいですか？」

「いいよ、私も夜警番なんだ」

コニーは再び歩き出し、二日前のマルゴとのやりとりから、荒らされた部屋を見つけるまでをかいつまんで話をした。

「――これはわたしの推測になりますが、天井の陥没痕はふつうの人の力では無理だと思います。寝室には十五センチほどの鱗らしきものが複数落ちていましたので、魔獣が侵入していた可能性があります。ですが、他の部屋には痕跡がなく窓も鍵がかかっていましたので――その魔獣は寝室だけに忽然と現れ、忽然と消えたことになってしまいます。失踪したマルゴを捕まえて問い質《ただ》すのが、真相を知る近道だと思いますが……」

隣を歩くリーンハルトが、目をまるくしてこちらを見ているのに気づく。

「魔獣の鱗があった？　それ、初耳なんだけど」

そう言われて、コニーははたと思い返す。そういえば、鱗のことはマーガレットにも伝えていなかった。

「すみません、ごたごたしている内に伝え忘れてて……現物があるので見ますか？」

コニーはエプロンの前当てにある裏ポケットから、朱色の大きな鱗をとりだす。これだけではどんな魔獣か分からないので、諜報部隊〈黒蝶〉の長《おさ》に調べてもらおうと持ち出したものだ。

魔獣とは元来、地の底にある〈地涯《ちがい》〉の生物である。もとより魔力をもつものであり、その証《あかし》として鱗があるので、獣型だろうが虫型だろうが体の一部に生えている。

それを受け取った義兄は眉間に皺を寄せながらも、手袋越しに触って厚みや強度を確かめていた。

「どのくらい落ちていた?」

「六、七枚ですね」

「そんなに? ……これは私が預かってもいいかな? 最終的にはジュリアン殿下に渡るようにするから」

それなら、〈黒蝶〉の長の目も通るだろうと思い、コニーは頷いた。

「では、そのようにお願いします」

◆二人の王子と黒蝶の長

暁星暦五一四年　春

ハルビオン国の王家は今、ふたつの勢力に分かれている。

王妃の子である第一王子ドミニク派と、寵妃の子である第二王子ジュリアン派。愚兄賢弟とはよくある話だが、二十一歳の兄ドミニクは短慮で才乏《とぼ》しく暴力的であり、二つ年下の弟ジュリアンは思慮深く優秀で人望もあった。

王位継承争いを避けるために、〈正妃の子が王太子になる〉という形骸化した法があるが、現状は多くの貴族や民が弟王子に期待をかけている。国王の心もだ。ジュリアンは十歳になる前から積極的に政務の手伝いをし、着実に経験を積んできた。だが、ドミニクは現時点でもまったくの無関心で遊び呆けている。

当然、過去にもそのような事態を憂えた先祖もいたのだろう。王族が守るべき法の中には「王の器《うつわ》に足りぬ者、王となるべからず」「政《まつりごと》をせぬ王は排斥せよ」とある。

しかし、困ったことに王妃は大国レッドラムの王妹で、寵妃は小国エアの一貴族に過ぎず。ハルビオン国は豊かであれど、自国の三倍近い国土をもつレッドラムの強大な軍事力の前には、とうてい敵《かな》わない。王妃は我が子が王位に就くのは当然のことだと思っている。あてが外れれば祖国に泣きつくだろうし、野心家たるレッドラム王はこれ幸いと武力で攻め込むだろう。

かといって、次代が無能な王では国が潰れる。いかにして、王妃とレッドラムの体面を傷つけずにドミニクを廃嫡するべきか。ハルビオン国王は、ここ数年そのことばかりに頭を悩ませていた。

国王は大変な努力家なれど、凡庸な才しか持ち合わせていない。そのことは自身がよく知っている。ゆえに王宮の中心部に腐敗をはびこらせてしまったことも。腐食部分を削ぎ落とすのは容易なことではない。だが、ドミニクが玉座に就けば、それは加速度的に広がり国は衰退するだろう。

そこで国王は、ふたりの王子に玉座を懸《か》けて試験で競わせることにした。どちらが為政者たるにふさわしいか。その結果を国内外にはっきりと示せば、レッドラムとて横槍は難しいはず。無能者を推すことは周辺国の失笑を買うことになる。気位の高いレッドラム王なら我慢ならないはず……

――いや、しかし、大国の傲慢さゆえに何かしてきそうだ。やはり軍事強化はしておこう。

ハルビオン国王は慎重にそう結論づけ、ひそかにその手配を始めたのだった。

そして、王子たちに厳《おごそ》かに告げた。

「おまえたちにふたつの試験を出す。ひとつは荒地に水を引き、その地を豊かにするよう努めよ。ふたつめは王の裁定者を探し出し、かの者が与える試練を正しく完遂して〈王の証《あかし》〉を得よ。期限はこれより一年とする」

まず、彼らにそれぞれ北と西にある小さな領地を与えた。緑豊かで穀倉地帯の多いハルビオン国だが、それでも昔の戦争などで焼かれたため、大地が疲弊したまま回復してない荒地がいくつかある。与えたのはそんな土地だ。

そこには点在する村があり、人々は日々生きていくのにカツカツの状態。そこに住む彼らは他国からの難民だ。国王としてその地に彼らが住むことを許し、自国民となることも了承している。

どちらの領地も年に一度の雨季以外は、大地がひび割れ乾燥しきっている。村人が生活に使う水も遠い川から時間をかけて汲むしかない。〈水源確保〉が領地活性につながる。当然、王子たちはその工事から着手した。


――半年が過ぎた。秋も間近に迫るころ。

兄王子ドミニクが立てた計画は、村の近くに広大な貯水池を作り、そこに遠方からの川水を引くこと。村人を従事させ毎日パンひとつを報酬に働かせた。これまではわずかな農作物を作り狩りをして、何とか自給自足の生活をしていた彼らだったが――それらすべてを禁止された。幼児と寝たきり老人以外はすべて工事に従事せよと。脱走しては見張りの兵に連れ戻されて鞭打たれ、そのうち飢えて倒れる者も続出した。

国王が抜き打ちで派遣した試験官の報告で、その件が明るみとなり、ドミニクは大減点をつけられた。王命により疲弊した村人の強制労働が禁じられたため、よそから日雇いの人夫を集めて工事を再開。だが、途中で頓挫《とんざ》することに。雨季が到来したからだ。連日続いた激しい雨で、未完成の水路や貯水池が跡形もなく崩れ押し流されてしまった。

一方、弟王子ジュリアンは学生時代のつてを使い、地下水脈を探せる魔法使いと、井戸の掘削技術を持った優秀な業者を他国から招き、早々に水源を確保した。そして、自国の植物学者の意見をもとに、農地の開拓を順調に進めている。

その情報を得たドミニクは雨季後、水がはけた村で井戸を掘らせた。しかし、湧き出た水はすぐに枯渇。さらに掘ろうにも厚く硬い岩盤層に阻まれる。次々と地面に穴を掘らせるが、同様に岩盤層にあたり作業は頓挫。居住地を破壊され続ける不安から、住民たちは隙を見て一人残らず夜逃げをした。穴だらけとなった荒地の真ん中、ぽつんと愚王子は佇み、沈みゆく夕日を浴びながら歯軋《はぎし》りをする。

「まだだ、……まだ勝ち目はある！」

もうひとつ、試験はあるのだ。むしろ、王たる資格を得るためには、そっちの方が重要じゃないか。自分を出し抜こうとする小賢《こざか》しい弟も、いまだに難儀していると聞き及んでいる。

そっと彼に忍び寄る影がいた。

「その通りでございますとも。この村は怠け者が多かったせいで工事が雨季に間に合わなかっただけのこと。貯水池さえ完成していれば、このような事態にはならなかったのです」

影は福々しい腹をゆらして下卑《げび》た笑いをもらした。

「弟君《おとうとぎみ》におかれましても、頑張りすぎてそろそろ疲れが出てくるころでしょう。体調を崩されたり、思いがけぬ事故に遭うやも知れませんぞ」

ドミニクの口元に歪《ゆが》んだ笑みが浮かぶ。

「——そうだ、オレの邪魔をする者は消えればいい」


さらに三ヶ月が過ぎた。本格的な冬を迎えた十二月下旬。

「——はぁ、まったくのお手上げ状態だね」

午前十時、ハルビオン城内にある第二王子の執務室にて。

肩までの黒髪をひとつに結った柔らかい面差しの青年が、書類仕事の合間にため息をこぼす。両手を組んで伸びをし、凝った肩をほぐした。悩んでいるのは国王が出した二つ目の試験についてだ。

『王の裁定者を探し出し、かの者が与える試練を正しく完遂して〈王の証〉を得よ』

まず、その裁定者探しから躓《つまず》いている。どんな人物か教えてくれないから、見つけようがないのだ。ヒントは二点、『城の敷地内にいる』『会えば必ず分かる』。

もちろん城内くまなく探した。隠し部屋や長年使われていない塔や小館も。だが、見つからなかった。怪しい人物が城内にいれば報告するようにと、派閥の者たちに指示を出している。しかし、それらしい人物は報告されていない。となると、新たな人物ではなく、この城内に勤める誰かが裁定者の役割を担《にな》っているのではないか――と考えられる。そんな重要な役目を負うとすれば、身分や地位の高い者ではないか。そう考えて片っ端から該当者を念入りに調べるも、これといった人物には当たらない。

――〈会えば必ず分かる〉というぐらいだから、なにがしか裁定者らしき特徴を持っているということなのだろうが……現国王の即位時は対立勢力が殆どなく、比較的スムーズに王位を継承したためか、裁定者がいたという話も聞かない。

ジュリアンはすこし休憩をしようと、執務机の脇に置かれたワゴンから編み籠をとり出す。中には白いナプキンに包まれたナッツタルトが六切れ。それを一切れつまんで口に運ぶ。しっとりした食感の生地、ほんのりした甘さとクルミの香ばしさ。

紅茶を飲もうと、ティポットに手をのばして、ずいぶん前に空《から》にしてしまったことを思い出す。従者を呼ぶかとベルを鳴らそうとした時――

「あら、美味《おい》しそうね」

艶っぽいハスキーな声が聞こえてきた。いつのまにか室内に長身の美人が立っている。

赤みがかった長い金髪に、榛色《はしばみいろ》の瞳。中性的な美しい顔立ち。黒いマントと黒いワンピースは観賞魚の尾びれのように幾重にも裾が割れ、その下には細身の黒ズボンに包まれた長い足。そのすらりとした肢体は全身黒ずくめでひらひらしていて、どこか蠱惑的《こわくてき》な雰囲気を漂わせていた。

忽然と現れるのはいつものこと。特に驚くこともなく、ジュリアンは答える。

「今朝、コニーが届けてくれたんだ」

「まぁ！　仔猫《こねこ》ちゃんの手作り？　アタシには全っ然、差し入れしてくれないのに……」

じと目で見られ、苦笑する。

「……揚羽《あげは》も食べるかい？」

「頂くわ。でも、その前にお茶を用意するわね」

ジュリアンの手元にある空のカップに目を留めて、そう言った。

ワゴンの下段にある茶葉の瓶を取り出すと、手際よく銀の匙でポットに移し、手のひらを上に向けて短く何かを唱えた。しゅるりと音がして空中から水滴がどんどん集まって球になる。魔法だ。

さっと手を振る仕草をすると水球は加熱され、ポットの中にゆっくりと落ちる。そっと優雅な指先で蓋をしめてから蒸らす。青い砂の入った砂時計をひっくり返して、時間を計るのも忘れない。

「隊長の君に、淹《い》れてもらって悪いね」

揚羽は、ジュリアンを陰から守る諜報部隊〈黒蝶〉の長である。女言葉でなりはアレだが、れっきとした男だ。ひらひらの下には、華奢《きゃしゃ》とは言いがたい引き締まった筋肉が隠れている。

「このくらいお安い御用よ」

彼はかるくウィンクして見せた。

「ところで、裁定者について何か摑めたかな？」

「残念ながら、情報が集まらないわね。どうせ〈試練〉が別にあるなら、陛下も探す手間くらい省いて下さればいいのに」

「そこにも何か意味があるのだと思うよ」

次代に継ぐ〈王の証〉を管理しているのだ。裁定者という役割とともに、名や顔を公《おおやけ》にするのはリスクがある。しかし、そもそも〈王の証〉というのもよく分からない。王冠ではあるまい。王印は王になってから新しく作られるものだし……他に何があるだろうか。

「――ドミニクの動きは？」

「穴掘りに飽きて貯水工事は代理官に丸投げ。最初のやり方に立ち返ってるようだけど、二度目だし資金もケチってるから杜撰《ずさん》な手抜き工事よ。ご本人は裁定者探しに熱を上げつつも成果はゼロ。よって、気晴らしにまた楽しい暗殺計画を企《くわだ》て中、ってとこかしら」

ジュリアンは国王に与えられた領地において、最初の二ヶ月で水源確保を終えた。開拓した農地の世話も植物学者と領民が引き継いでいるので、五月には王都に帰還できた。今では月一で視察に行くぐらいだ。

九月ごろから、ジュリアンの行く先々で事故や事件が相次いで起きた。それは、物心ついた頃からよくあることだったが――試験での劣勢に焦りを感じたドミニクと王妃が、刺客を送る頻度を増やしたせいでもある。

狩り場での流れ矢、暴漢襲撃、贈り物の中に毒蛇、立食パーティや茶会で毒混入、庭に迷いこんだ薬漬けの狂犬襲撃、市井で視察中に火達磨男《ひだるまおとこ》が襲撃、領地へ向かう道中の不自然な土砂崩れ、宿泊した宿が火事になったり賊が押し入ったり……等々。

それらはすべて未遂に終わり、犯人は捕まえたものの、ほとんどが金で雇われた素人《しろうと》。雇い主など知らず、仲介者についても顔を仮面などで隠していたという。プロの暗殺者も二人ほど交じっていたが、捕縛する前に自害した。蜥蜴《とかげ》のシッポ切りでなかなか黒幕にはたどり着かない。

――狡猾《こうかつ》な古狸《ふるだぬき》が入れ知恵しているのだから、一筋縄ではいかないか。

脳裏に、福々しく腹を突き出しふんぞり返る宰相の姿がよぎる。

「それから、リーネ館での部屋荒らしの件について、追加の情報があるのよ」

「もしかして、これのこと？」

ジュリアンは机の引き出しから、十五センチほどの朱色の鱗を取り出して見せた。

「いいえ。……これは魔獣の鱗ね？」

「リーンハルトが持ってきたんだ。リーネ館三階の寝室に複数落ちていたそうだよ」

「え、この大きさだとかなり大型の魔獣じゃない？　天井に届くぐらいはありそう」

「存在の痕跡はあるのに本体は見つからない。まるで館内で行方知れずになった女中や警備兵みたいだよね。今、ドミニクの騎士団がリーネ館で魔獣の出所を探しているらしいよ。魔法関与の疑いもあるから、魔法士団にも調査の依頼があったと思うけど」

魔法士団は魔法による戦闘を得意とする一団だ。ゆえに、魔法と人外に関する分析調査も行う。

魔法士となるには魔力と資質が必要だが、大陸の人口からすれば一握りしかいない。有害な人外が世界を跋扈《ばっこ》する以上は、どこの国にも対人外戦の専門として、小規模ながらも魔法士団は必ず存在する。〈魔力を持つ異形《いぎょう》〉に通常武器は通じず、攻撃魔法あるいは魔力をまとう特殊武器でしか倒せないからだ。

もちろん、騎士団が人外にまったく対処出来ないわけではないのだが――やはり対人外戦におけるリスクの度合いは格段にはね上がる。ただ、例外もあるわけで。リーンハルトのように精霊言語を習得することで、高価な魔法武器を扱える者も一部にはいる。

揚羽は〈黒蝶〉の長だが、魔法士団の団長も兼任していた。いずれはジュリアンが王となることを見越した国王の配慮でもある。ただし、揚羽は表舞台には出ないので、もっぱら幽霊団長となっているのだが。

「調査の依頼？　――あぁ、もしかして、アレかしら？　魔法士団本部の前で、魔法士をよこせと騒ぐ頭の黄色い輩がいたけど……侵入防止の魔法の網にかかって弾き飛ばされていたわね」

あいかわらずの愚兄だなとジュリアンは思う。

「僕も気になることだから、一人派遣しておいてもらえるかな。調査結果は僕にだけ伝えるように。あと、その鱗の本体についても調べて」

「了解。ちなみにアタシからの報告は、仔猫ちゃんがグロウ団長に拘束された件よ」

「それも一応、リーンハルトから聞いているけど」

「そんな気はしたわ。まったく、ぽっと出の義兄なんかより、アタシに報告すべきでしょうに！」

「……本人からの報告じゃないんだ？」

「梟《ふくろう》からよ。第一王子騎士団の動向を見張らせていたから、仔猫ちゃんが連行されたのにすぐに気づいたの」

梟は〈黒蝶〉の一員である。彼がちゃんと報告してくれるのを知っているので、二度手間になると思いコニーも報告しなかったのだろう。

「――そういえば、グロウ団長は容疑者扱いした相手に、自分の妹と仲良くしてくれと頼んだとか？　ずいぶんと図々しい男だね」

「彼女はうまくかわしていたわよ」

「蹴りを入れてもいいぐらいだよ。僕が許す」

執務机の上に湯気の立つカップが差し出された。ジュリアンがそれで喉を潤していると、揚羽も予備のカップに紅茶を注ぎ、ナッツタルトに手をのばす。近くの椅子を引き寄せて座ると、一口食べて頰を緩めた。

「腕を上げたわねぇ、仔猫ちゃん」

しかし、褒めたのも束の間。

「……でも惜しいわ、干し葡萄《ぶどう》も入れるべきだったわね！」

「僕はこのぐらいの甘さが丁度いいけど」

「バターの風味も足りないわ！　表面にはハチミツをたっぷり塗った方がよかったわね！」

「君に差し入れがない理由がわかったよ」

せっかく好意で作ったものに、小姑のごとくケチをつけられてはたまったものではない。大体、そんなに油と糖分を足したら胸焼けするし確実に余分な脂肪となる。だが、揚羽は甘味大王なので、歯が溶けそうな甘さでも平気だ。いつも飛び回り燃費も激しいので太る心配もない。

「それで、他に報告は？」

「潜入させている部下からの連絡が途絶えているわ」

あちらがジュリアン側近の切り崩しを狙うように、こちらもドミニクを囲う勢力の削ぎ落としを謀《はか》る。以前から、ドミニク派閥の汚職に関する証拠集めや、レッドラム国の動向を監視させていた。敵陣地への潜入捜査を担当していたのが〈黒蝶〉隊員だ。

その連絡が途絶えたということは――正体がバレて拘束されたか、殺されたか。嫌な予感がよぎる。もとより〈黒蝶〉は非公式の存在。貴族間で名は広まっているが、メンバーの詳細までは知られていない――はずなのだが。

「音信不通になったのは八名よ。国内で四名、レッドラム国で四名。通信の魔道具を持たせていたのだけど……最初に返信が途切れたのは二月《ふたつき》ほど前」

通信の魔道具は声を飛ばすことができる。潜入した部下たちは、指輪や耳飾りに偽装したそれを身につけていた。〈黒蝶〉は少数精鋭のため、隊長の揚羽を含めても十五人しかいない。

「短期間で半数が消えたとなると……意図的な黒蝶潰しとも考えられるね」

――たまたま捕まった〈黒蝶〉の誰かから情報を得たのか。

「魔法での追跡は可能？」

「魔力のない相手は探せないわ。八名とも魔力はほぼないから無理よ。通信の魔道具にこもる魔力を目印に探すことは可能だけど――壊れているみたいだから、それも無理。だから、梟に確認に行かせるわ」

梟は揚羽に次ぐ実力の持ち主だ。揚羽のように魔法を使えるわけではないが、諜報員としても暗器の使い手としても一流である。彼なら仲間に何があったか、必ず探ってきてくれるだろう。

「梟には無理はしないようにと、伝えておいてくれるかい？　命最優先で」

王位継承の試験が終わるまで、残り三ヶ月を切っている。これ以上は、大事な手駒が減っては困る。ジュリアンの指示に揚羽も頷いた。

「了解。それじゃ、仕事に戻るわね」

来た時と同様に、転移術を唱えて彼は消えた。いつのまにか、編み籠のナッツタルトはひとつを残して持ち去られていた。

……気に入ったのなら文句つけなきゃいいのに。

二章　怪しい鼠

1　貯蔵庫の鼠

十二月二十六日

朝の使用人食堂にて。コニーが食事をとっていると、一人の女の子が近づいてきた。鶏《とり》がらのように細い手足、妙に存在感が薄い――ノエル・フォストだ。

「あ、あの、ヴィレさ……ん！　いっ、……その、ごぃ……」

緊張したようにどもりながら話しかけてくる。

「何でしょう？」

「そそその、えっ…と、まぇ……いぇ、あの、ぇぇと、ごぃ……」

彼女は手に食事を載せた盆を持っているのだが、それが小刻みに震えている。

コニーと同じ四人席のテーブルにいた後輩のハンナとミリアムの視線が、彼女に向かう。さらに緊張したのか、ノエルは赤い顔で視線を彷徨《さまよ》わせつつ、なかなか用件を言わない。

「その、ですね……つまり、……こちらの、せっ、せっ、き、で」

「コニー！　相談したいことがあるの、いいかしら？」

そこへ足早にやってきた女中頭マーガレットが、コニーの向かい側にある空き席に食事の盆を置いた。ノエルが「あぁっ」と小さく声を上げ、落胆した表情になる。もしかして、相席したかったのだろうか。それに気づいたマーガレットが断りを入れた。

「ノエル、彼女には大事な話があるの。悪いけど他の席に座ってもらえる？」

「……は、はぃ……」

彼女はがっくりと肩を落として離れてゆく。しばらくは混雑する食堂で席を見つけられず右往左往していたが、前日にコニーが根回ししていたおかげか、彼女と同じ洗い場女中たちが声をかけて、ノエルを同じテーブルに座らせていた。

コニーは下働きの間でよく相談を持ちかけられる。というのも、口が堅く信頼があるということと、彼女の助言により悩みや困り事は必ず解決した――という実績があるからだ。

朝食後、コニーはマーガレットとともに王宮厨房へと向かう。急ぎということで、城内敷地を回る下男の荷車に乗せてもらった。魔獣が牽《ひ》くそれに揺られながら、コニーは尋ねる。

「マルゴについて何か情報は入りました？」

「いいえ、何の手がかりもないわね。今朝、人事室長から言われたの。マルゴの管理不行き届きについては、減給処分のみに留めると……昨夜は長官会議であちこちから糾弾されるし、クビになるんじゃないかとほんと一睡もできなかったわ」

城で働く者すべての人事権を握る人事室長のアイゼン。彼は長年献身的に勤める女中頭を、一女中のトラブルによる巻き添えで失うのは惜しい、と判断したようだ。

――罪の裁きは正しく、マルゴ一人に背負ってもらいたいものですね。

王宮厨房の前に着くと、白い帽子にエプロンをつけた恰幅のいいおじさんが小走りにやってくる。王宮料理長のガオだ。

「コニーちゃんも来てくれたのかい、助かるよ！」

事前に聞いていたのは、鼠に食料を荒らされ深刻な被害が出ているということ。

「一週間ぐらい前かなぁ。小樽入りの葡萄酒《ぶどうしゅ》、チーズや乾し肉、ナッツがごっそりなくなったから、誰かが盗んでいると思ったんだ。それで貯蔵庫に見張りをつけたものの、怪しいやつはいなくてなぁ……そうこうしている内に鼠が出てきたんだ。毎日、駆除しても湧いて出る。その数も減るどころか増える一方で……」

彼を先頭に、地下にある食料貯蔵庫の階段を下りてゆく。壁際に設置されたオイルランタンのいくつかが点灯してあったので、十分な明るさがあり――その悲惨な状況がよく見渡せた。

穀物・果物の入った麻袋はいくつも破れ、棚に積まれた魚肉の乾物は散らかり、齧《かじ》られた樽からこぼれた酢漬け・砂糖漬けは床に流出。あれもこれも喰い散らかされている。そのくせ人の気配を察してか、肝心の鼠は姿を見せない。

「今日は特に酷いんだよ。ここは密室だし、壁には隙間もないだろ。どこから侵入してるのか分からなくて、ほとほと困っているんだ」

ガオはそう説明をする。

「変ですね、過去にここまで鼠被害が酷かったことなんて、ないはずなのに……」

王宮厨房での手伝いもよくしているコニーは、首をかしげる。

だが、犯人が鼠であるならば、必ずどこかにその出入口はあるはずだ。コニーはランタンをひとつ手に摑むと、四方の壁を照らしながら念入りに見て回る。

「毒団子を仕掛けても、食料があるせいで見向きもしないのよ。逃げるのも素早くて」

マーガレットが破れた麻袋の中を覗きこみながら言う。やはり鼠の姿はないようだ。

コニーは棚の上に明かりを向けた。石のタイルに覆われた高い天井が浮かび上がる。視界の端で虫のようなものが動いた。

「あ、いました」

ものすごく小さな鼠が、暗い天井に向かい壁を駆け上る。しかし、遠目なので一瞬で見失った。

「どこ⁉」

マーガレットも、コニーの視線を辿って見上げる。

「おそらく天井付近に隙間があるのかもしれません」

「意外だわ、タイルの目はきっちり揃って見えるのに」

「よし、梯子を持ってくる！」

ガオが貯蔵庫を飛び出して行き、しばらくすると梯子を持って戻ってきた。

「わたしが確認してきますね」

壁に梯子を立てかけてコニーは登り、そして――天井の一部の石タイルがわずかにズレているのを見つけた。ここから鼠が入りこんでいたのか。天井付近は薄暗いので気づかないわけだ。

でも、このタイルの大きさ……

片手をついて押し上げると、大して力を加えずともすぐ持ち上がり、コニーはギョッとする。

そのままスライドさせると現れたのは空洞。左手に持っていたオイルランタンで中を照らし、頭を突っこんでみる。そこには真四角の白石を並べて整備された埃っぽい通路があり、奥の方まで続いていた。人工的なそれに、古い隠し通路ではないかと思う。

「マーガレットさん、横穴があります！　人がひとり通れそうです」

「なんですって？」

「どこまで続いているか見てきます」

「えっ、待って！　危ないわよ！」

「そうだぞ、警備兵を呼んで来た方が……」

「いいえ、成人男性では狭くて動きにくいと思いますので――」

二人の慌てる声が聞こえたが、コニーは横穴に入ると奥へと進んだ。高さは百三十センチほどなので、前かがみになりながら進む。横穴はだんだん下向きの角度になっていき、また横向きになる。五分もしないうちに前方に光が見えた。冷たい風と草木の匂い。穴を抜けると頭上まで生い茂る枯れ草があり、それを掻き分けて進むと急斜面に出た。

眼下に街が広がる。城下街だ。正門のある南口から見る風景と位置が違う。背後を振り返ればそびえる城壁。城の敷地から出てしまったようだ。

——この抜け道は王族の方も知っているのでしょうか？

しかし、王宮厨房の真下である。たぶん、知らないのではないか。王族を逃すのが目的であれば、緊急時の抜け道は城内にあるはず。そして、外から侵入されないための細工が施《ほどこ》されているはず。それがこうして難なく城壁の外へ出られたということは——

わずかにズレていた天井の板。人の手でなら簡単でも、小さな鼠が動かせるとは思えない。コニーは抜け穴に戻ると、足元の石を明かりで照らして調べる。自分以外の足跡があった。この冬空に裸足《はだし》の跡。

「……大きな鼠が一匹、入りこんでいたようですね」

それに、この足跡は往復している。現在、これの主はどこにいるのだろうか？　城壁の外側なら再び来たところを捕まえればいい。だが、七日前、見張りが立つ前なら貯蔵庫の扉から出てうろつくことも可能だったはず。敷地内には城や迎賓館、王妃の館、後宮、重臣の執務棟、軍施設、小聖殿、厨房、食堂、官僚宿舎、使用人たちの各寮等——様々な建物があり、さらに複数の森を擁するほどに広く、隠れる場所ならいくらでもある。今は冬場なので、さすがに寒さを凌《しの》ぐためにも無人の小屋や物置に潜んでいるのかもしれない。

——はやく戻って警備兵に知らせましょう。この抜け道もどこの誰に知られるか分かりません。すぐに塞いでもらわなくては。

再び暗い道を潜ってゆく途中、ふと、リーネ館三階に落ちていた鱗のことが頭をよぎった。

「まさか……」

世の中には有害な人外——野良魔獣や、憑物士《つきものし》と呼ばれる悪魔憑きの人間がいる。人々の生活を脅《おびや》かすそれらを弾くため、城を囲む城壁と城下街を囲む市壁に沿って結界が展開されている。もちろん上空からの侵入も阻むように結界の蓋もされている。だが、地下は数メートルまでしか結界の膜は届かないと聞いたことがある。確か、城壁塔の地下室あたりまでだったか……つまりそれ以上、地下深くを通る隠し通路などにおいては、その出口は結界で遮断されていないということになる。

ここから、野良魔獣が入りこんだ？　いや、あの鱗の大きさなら少なくとも体長五メートル以上はあるはず。仮に貯蔵庫を出てリーネ館へ向かうにしても、誰にも見つからないわけがない。

……考え過ぎですね。

コニーが貯蔵庫へと戻ると、マーガレットたちが呼んだ警備兵がいた。

穴の先が城壁外へ通じていることを告げると、警備兵は急いで警備隊長のもとへと報告に走った。その後、この隠し通路はすぐに土砂で埋められることになり、不審者狩りに人手が割かれることとなった。


夕方、一日の仕事が終わり使用人食堂に向かっていると、後輩たちに会った。

「コニーさん、その格好どうしたんですかぁ？」

「まっしろじゃないの！」

仔犬系はつらつ女子のハンナと、金髪ストレートの美女ミリアムだ。二人とも洗濯女中なので近くの洗濯場から戻ってきたところである。

「埃っぽい場所に入ったもので」

一日屋外の作業ばかりだったので着替えなかった。汚れたまま食堂で食べるのはよくないだろうと、持ち帰りの食事をもらうべくカウンターの列に並ぶ。すると、ミリアムが提案してきた。

「寮のお風呂を使ったら？　今の時間なら空いてるわよ」

新築された女中寮の共用浴場。官僚宿舎に住むコニーは一度も使ったことがないのだが、広くて快適だと聞いている。しかし。

「着替えがないので」

「ハンナに借りたら？　背格好近いし」

「いいですよう、私服でよければ！　ついでに、あたしも一緒にお風呂行きまーす」

「え？」

「夕食後だといつも混んでて、全然ゆっくり出来ないですから！」

「そうね、あたくしも今日は先に済ませようかしら」

なぜか三人でお風呂に行くことになった。まぁ、下着は砂で汚れてないのだし、ワンピースでも借りられるなら別にいいかと、コニーは思う。広いお風呂でのんびり、魅力的だ。

二人に背中を押されながら、食堂の隣にある女中寮の玄関をくぐった。

「そうそう、お昼過ぎに実家から差し入れが届いたんです」

ハンナが金茶のおさげを揺らしながら、可愛らしい満面の笑みを向けてくる。

「林檎《りんご》農家やってるお祖母《ばあ》ちゃんの手作りジャムが入っていたんですよ～。すっごく美味《おい》しいんです！　たくさんあるので、よかったらお二人とももらってください！」

「「ぜひ」」

彼女たちは同室であり、部屋は二階にある。ミリアムが鍵を開けて入るとかすかな異臭がした。

「なんだか臭いですぅ……!?」

「気分悪いわね」

不快に感じたミリアムが、窓を全開にして換気をする。コニーは、さっと室内全体を見回した。特に乱れはないが、二人に注意を促す。

「持ち物を確認してください。誰かが侵入したのかも」

頭をよぎったのは、隠し通路の大きな鼠。

「え？　でも、扉の鍵はかかっていましたよぅ？」

ハンナがきょとんとした顔を向けてくる。ミリアムが眉間にしわを寄せて言った。

「窓がすこし開いていたわ。鍵は掛けて出たはずなのに……」

コニーも窓から顔を出して外を見る。外壁の出っ張りは浅いが、五メートルほど先に大きな木がある。窓の鍵周辺をチェックすると、木枠に引っかき傷がついていた。窓は両開きで金属のフックを渡して閉じる仕様。そこに二ミリほどの隙間がある。外側から折り曲げた細い針金でもねじこめば、フックに引っかけて持ち上げて外すことも可能だ。

「身軽な人であれば、あの木から外壁に飛び移り、窓枠を摑みながらここまで移動できそうです。

窓も外側から開けられていますね。隙間からこじ開けたようですから、業者に連絡して直してもらいましょう」

二人は急いで寝台下から鞄《かばん》を取り出し、点検を始めた。そして、ハンナが机上の大きな木箱を開くとともに、素《す》っ頓狂《とんきょう》な声を上げる。

「やっ、やられましたあああああ！　林檎ジャムが全部ないいい！」

「いくつあったのですか？」

「瓶詰めで三十本ですぅ、ひとつが十五センチぐらいの大きさなんですよ！」

「お財布や貴重品は？」

「そっちは無事です～」

ミリアムの方を見ると、安堵したように鞄の蓋を閉めていた。

「あたくしは何も盗られてないわ。……でも、おかしな話ね。わざわざ侵入して盗むのがジャムだけなんて」

「ハンナ、差し入れのことを誰かに話しました？」

「仲良しの同僚十人ぐらいに、あげる約束をしましたぁ」

「その話をしている時に、見覚えのない人が近くにいませんでした？」

コニーの問いに、ハンナは眉尻を下げながら答える。

「洗濯場にいたので、知らない人はいなかったと思いますぅ……」

七日前から潜伏している鼠は、きっと腹ペコだろう。現在、食料が大量に備蓄されている場所は、厳重な警備が敷かれている。それに比べて、女中寮は日中ほとんどの人が出払うし、警備兵もたまにしか巡回に来ない。体力仕事のため、食べ物を買い置きする女中もけっこういる。

コニーは最近、同僚から聞いた不審な情報を思いだす。

……そういえば、部屋の置き菓子がなくなったことで、同室の子が勝手に食べたのではと疑っている人がいましたね。

「コニー。何故、犯人が〈見覚えのない人〉だと思うの？」

ミリアムが怪訝そうに問いかけてきた。

「警備の関係上、口止めされていて詳しくは話せないのですが……城壁を越えてきた侵入者がいるかも知れないのです」

「かも知れない？」

「推測として〈あり〉の状況だったので」

「もしかして、ジャム泥棒がその侵入者ってことですかぁ!?」

ハンナの問いに、コニーは頷く。

「可能性は十分あります」

ミリアムが落ち着かない様子で両手の指を組みながら言う。

「警備兵に知らせた方がよくない？　まだ近くをうろついているかも知れないわ……！」

「これまでに誰にも見つかっていないので、とても用心深い泥棒だと思います。警備兵を呼ぶと、その動きに気づいて逃げてしまうでしょう」

「じゃあ、どうするの？」

「盗みの経路を調べて泥棒の行動を予測、足止めをした所に警備兵が来るようにしましょうか」

「あたしも手伝います！　お祖母ちゃんのジャムを取り返すためならなんだってしますよ！」

握り拳で目を煌《きら》めかせるハンナ。

「あたくしも協力するわ、自分の部屋に侵入されて黙ってはいられないもの！」

ミリアムも同意の声を上げる。それならと、危険のない範囲で協力してもらうことにした。

「――では、わたしが寮の外周りで聞き込みをしてきますので、ハンナとミリアムは食堂でご飯を食べながら、最近、寮の中で変わったことがなかったかを皆に聞いてください。どんな些細なことでもいいので」

食堂へ二人を向かわせると、コニーは洗濯場へと向かった。歩いて五分ほどの距離だ。

二階建ての洗濯棟は、基本的な使用時間は終業時まで。だが、洗濯した物は必ず、幌付《ほろつき》の魔獣車に載せて城や迎賓館、兵舎等の各所へ届けなくてはならない。場所によっては移動に時間がかかるため、戻りが遅くなることもある。洗濯棟の戸締まりは最後に戻った者がして、女中頭に鍵を返しにゆく。ゆえに、ここは終業直後に鍵を開けた状態で無人になる時間が、十～三十分ほど生じることがある。その隙に入りこんで隠れておけば、暖炉に残り火もあるため快適な寝床の確保になるだろう。

入口を入るとすぐの壁に、番号付の木製プレートがずらりと並ぶ。その中に名前付のプレートがひとつ。朝の出勤時に、自分の名前を表にして出勤状況を示すものだ。退出時には番号のある方に裏返しておく。

コニーは一通り洗濯棟を見て回った。人がいる気配はない。十分ほど過ぎて、二人の女性が入口に現れた。女中頭マーガレットが、自分の名札を裏返している。

「どうやら、私が最後のようね！　あぁ、その籠は壁際に置いてちょうだい」

「は、はいっ」

重い籠を下ろした痩せぎすの女の子は、コニーの存在に気づいて目を見開いた。

「あら、コニーじゃない。どうしたの？　まだここの仕事が残っていたかしら」

マーガレットも気づいて不思議そうに尋ねてくる。

「いいえ、少しお聞きしたいことがあったので。ここ一週間ほど、洗濯物について何か苦情はありませんでしたか？　例えば、洗濯に出した物が返ってこないとか」

最後の台詞《せりふ》で何かを察したらしい。マーガレットは背後にいる女中に告げた。

「ご苦労様、ノエル、仕事は終わりよ」

「え……えと……はい」

コニーを気にするように、ちらちらと見ながら扉を出て行った。

「彼女の仕事は、皿洗いではありませんでしたか？」

「ええ、ちょっと要領の悪い子なのよね。終業時までに片付けられなくて、寮行きの魔獣車に乗り損ねたらしいの」

王宮厨房で働く寮住まいの女中たちは、毎日の朝夕、下働き専用の大型魔獣車で広大な敷地を移動する。それに間に合わなかった場合は、徒歩で行き来することになる。だが、大抵はその辺を走る洗濯女中の使う幌付魔獣車や、下男が使う魔獣牽きの荷車などに乗せてもらうものだが――

「彼女、寮まで歩こうとして迷ったらしくて……そのときに、北東へ突き進めばいいと考えたようなの」

「え……」

南西にある王宮厨房から北東の女中寮まで、徒歩で一時間四十分ほどかかる。城は四角い敷地のど真ん中にあるので、そこから離れた西側、あるいは東側をぐるりと大きく迂回するコースが通常使われる。ノエルのように対角線上を進もうとすれば当然、城の正面までくる。城を避けるには西中庭か、東中庭かのどちらかを選択することになる。女中寮に近い北東の森が見えるため、知らなければそのまま東中庭に足を踏み入れてしまうだろう。

「――東中庭は王族居住区ですけど……彼女、入ったのですか？」

「ぎりぎりよ、入る直前で陛下の近衛兵に捕まっていたの。ノエルったら、泣くばかりで謝ることすらまともにできないのだもの。新米だからと注意だけで大目に見てもらえたけど。……そのあとは、私の仕事を手伝わせていたのよ」

気弱そうなわりに大胆で大雑把《おおざっぱ》な考え方をする子だなと、コニーは思った。

マーガレットはぱんと両手を叩いた。

「そうだわ、洗濯物のことだけど！　あなたが言うように、返却がないという苦情があったのよ！」

彼女はスカートのポケットから手帳を取り出してめくり、それで確認しながら続けた。

「六日前の朝に一件、警備兵の制服とブーツ一式。前日遅くに預かって、夜間に屋内干ししていたものだったわ。侵入の痕跡もなかったから、こちらの不手際による紛失ということになって弁償したのよ……私のお財布から」

原因が分からないと、その皺寄せは現場監督であるマーガレットに来てしまう。

「ねぇ、これって……あの隠し通路の大きな鼠と関係あるんじゃ……」

「えぇ。実はですね、先ほど女中寮でハンナのジャムが盗まれて――」

大まかに鼠らしき不審者の出没を伝えておいた。

「盗んだ制服で警備兵になりすましてるのかもしれないわ！」

「女中寮には食べ物を求めてきたと思うので、また来る可能性もあるかと……」

言いかけて、大量のジャム盗難にひっかかる。この一週間、まったく存在すら気づかせなかったのに、何故いきなりそんな目立つ行動に出たのか。そうせざるを得ない理由ができた？

「ちょっと出かけて来ます。マーガレットさんは寮で待っていてもらえますか？」

コニーは洗濯棟の裏口から出ると、一頭立ての幌付魔獣車を選び御者台《ぎょしゃだい》に上がった。

「何か分かったの⁉」

「ジャムの在り処《あか》なら」

コニーは魔獣車を走らせた。車を牽くのは猪《いのしし》に似た魔獣、東の森を猛然とつき進む。森を抜けて正門前にさしかかると門番に呼び止められないよう速度を緩め、迎賓館前を通り過ぎて王宮厨房の近くで停めた。食料貯蔵庫へと続く階段前には警備の青年がいる。愛想のよい笑みでコニーは声をかけた。

「すみません、王宮料理長から、林檎ジャムの瓶を三十本持ってくるよう頼まれました」

「どうぞ」

王宮厨房でよく手伝いをするコニーである。顔を覚えていた彼はすんなり扉を開けてくれた。中は薄暗いが、オイルランタンの明かりで視界にはさほど困らない。

「ジャムならアレかな？　二時間ぐらい前に警備兵のじーさんが持ってきたやつ。一番奥の棚にあるよ」

扉口から先ほどの青年がそう声をかけてきた。

「警備のおじいさんが？」

「なんでも腰を痛めた女中の代わりに運んだとか言っていた」

「まあ、お優しいんですねぇ」

一番奥の棚に確かにジャムの瓶はあった。王宮御用達《ごようたし》の店のラベルがないので間違いないだろう。数もぴったり三十。そして、その位置からは、すでに土砂で埋められた元・隠し通路――に続く天井の石タイルが見える。きっちりはめ直されている。逃げ道を塞がれさぞ悔しい思いをしただろう。

つまり、こういうことだろうか。――あの鼠はこの場所で食料を失敬するだけでは飽き足らず、一週間前に洗濯場までやってきて着るものを盗んだ。再び戻ろうとしたが、すでに貯蔵庫前には見張りがついていて近寄れない状態。それで警備の手薄な女中寮と洗濯棟をうろついていた。本物の鼠による食料荒らしの噂をどこかで聞いて、天井の通路がまだ見つかっていないと知った。大量の食料を持ちこめば食料貯蔵庫に入る口実になると考えた。ハンナに届いた荷のことを知って盗む。

そして、二時間前、あてが外れる。——さて、この場合、次へ行く場所は？

女中寮に戻ったコニーは、玄関先で待ち構えていたマーガレットに招かれて応接室へと入った。

「コニーさん、さすがですぅ！」

取り戻したジャム瓶に頬ずりしながら喜ぶハンナ。

「どこにあったの？」

尋ねるミリアムに「灯台下暗《もと》しです」と答える。

「あぁ、警備上の守秘義務なのね」

「コニーさん、お食事までですよね！　もらってきましたよ！」

ハンナが大きな編み籠に白いナプキンをかけたものを渡してくる。コニーはそれを受け取りつつ、礼を言う。

「ありがとうございます、ハンナ。お茶も欲しいのでちょっと用意を——」

すると、さっと水筒を出してくるミリアム。

「スープを厨房で詰めてもらったわ」

思わず目を丸くして彼女を見てしまう。

「な、何？」

「……ミリアム、気遣いが細やかになりましたねぇ」

「そうかしら？」

「同性には上から目線で尖っていた頃もあったのに……これ、ありがとうございます」

「何かしら、数年ぶりに会う親戚のおばさんみたいなその台詞。あなた、年齢詐称してない？」

マーガレットに促されて皆が席につく。「食べながらでいいから、話を聞いてちょうだい」というミリアムの言葉に甘えて、お腹が空いていたコニーは編み籠からパンを取り出してぱくついた。ややや固めに焼かれたパンには、塩だれの絡んだ豚肉と玉ねぎのスライスにリーフレタスが挟まっている。絶妙なしょっぱさが美味しい。

「最近、女中寮であった変わったことだけど――分かったのは、とてつもなくせこい窃盗が頻発していたということよ」

まず、ミリアムが話し始め、ハンナがそれに続く。

「三日前からですけどぉ、仕事に出ている間に、寮室の置き菓子や果物がなくなってるって話ですぅ。少量なので本人も気のせいかなっていう感じの人が多くて……でも、二十人ぐらいいいました」

ミリアムも呆れ顔で調べてきたことを教えてくれる。

「使用人食堂の料理人にも聞いておいたわ。外に出しておいた生ゴミが森の狐《きつね》に荒らされるから、手の器用な下男に頼んで囲いを作ってもらったそうなの。蓋付でも開けるだろうということで、鍵をつけて。これが四日前の話。翌朝、一部の板が剝がされかけていたから、狐じゃないと思ったらしいわ。囲いが頑丈なせいか、その後の被害はないようだけど」

生ゴミ漁りに躊躇《ちゅうちょ》がないとは――警備兵の制服を着ているはずなのに、なぜそれを活用しないのだろうか。使用人食堂の利用だってできたはずなのに。

……あぁ、そういえば、臭かったですものね。

侵入したあとの残り香が強烈にドブ臭かった。注目されるので食堂は諦めたのだろう。

コニーは一度食べる手を休めて、マーガレットが用意してくれた寮の見取り図をもらう。そこにインクをつけた羽根ペンで、侵入された部屋に日付を入れてゆく。三日前は一階だけ、二日前は二階だけ、昨日は三階だけ。経路も体型が太めの女中の部屋を狙っている。つまり、確実に買い置きの食料がありそうな所を。

「あと、これは泥棒と関係あるのか分からないけど……」

ミリアムが前置きをしつつ、言葉を濁す。

「何です？」

「あたくし、こういう話は信じないタチだから。でも、一応は言っておくわ。寮の共用浴場で幽霊を見たという子がいるの」

「……具体的には、何を見たのですか？」

「その子はいつも最後に一人で入るらしいの。体を洗ってて、ふと何気なく湯煙の向こうにある換気用の小窓に視線を向けたら、黒い人影がニタリと嗤っていたって」

「うはぁ～、ぞくぞくしますぅ！　あたし、こういうの苦手なんです！」

ハンナが身をすくませて怖がる。犬耳があったらぺたんと倒れていそうだ。

「顔は見なかったんですか？」

「湯煙で分からなかったみたいよ。位置も遠いしね」

「……覗きの痴漢なのでは？」

マーガレットが首を横に振った。

「浴場は一階だけど二階まで吹き抜けになっていて、換気窓は天井近くにあるのよ。外壁には足をかけられる場所が一切ないし、近くに足場となるような庭木もないわ」

「あぁ、それで幽霊説なんですね」

マーガレットは頷きつつも話す。

「私も幽霊はないと思うのだけど……あの外壁を登れるとしたら、ヤモリみたいな身体能力がいるわけでしょ？　それもちょっと考えられないし。目撃したのは、三日前から三晩連続だと言っていたわ。二日目には、事前に外壁を確認してからお風呂に入ったらしいけど」

「その女中の名前は？」

ミリアムに話を振ると彼女は答えた。

「フィオラよ。今朝から熱を出して寝てるの。なんでも、昨晩は換気窓から入ってこようとしたのが見えて、逃げようとして滑って頭をぶつけたって話。すごい悲鳴だったから皆が駆けつけたわ」

フィオラは身長百四十六センチと小柄でありながら、体重八〇キロ超えのぽっちゃりさんだ。十四歳と多感なお年頃でもあるし、最後に入浴していたのも体型を気にしてのことかも知れない。

――これも、三日前というワードが入るのですね。たぶん無関係ではないでしょう。もしかしなくても、警備兵に化けた爺《じじい》が――

「許せませんね」

2　義兄の心配性が加速している件

実にあっけなく覗き犯は捕まった。

午後十時五十分。いつもフィオラが入浴する時間より十分前、コニーは浴場の死角にて待機。もちろん脱ぐ必要などない。換気窓より人影が覗きこんだ瞬間、木桶を豪速でぶつけたのだ。人影は見事に吹っ飛び落下、外で待機していた十人ほどの女中たちによって、箒やモップで気絶するまで袋叩きにされた。コニーが駆けつけ縄で縛りあげていると、顔面アザだらけのひょろひょろの老人はカッと目を見開いた。

「何するんじゃ、この小娘どもが！　わしの制服が見えんのか！」

これだけ殴られてまだ元気だとは。そして自分は警備兵だとおっしゃりたいらしい。コニーは手際よく縄を結びながら微笑んだ。

「ええ、よ〜く見えてますよ。それは洗濯場から盗まれたジオン・アルギールさんの名前入りの制服ですよね？」

マーガレットが老人の上着の裾をめくって、そこにある刺繡《ししゅう》の名前を確認する。

「間違いないわ」

「わしがそのジオンじゃ！」

「往生際が悪いですよ！」

両腕が動かせないよう上半身を蓑虫状態にしたコニーがそう言うと、ハンナたちも非難を浴びせた。

「そうですよ、あたしのジャムを盗んだくせに！」

「いい歳してみっともないわね！」

「こんなもので小窓に登っていたくせに、しらばっくれる気⁉」

鋭い三つ鉤付《かぎつき》の縄をマーガレットが突きつける。しかし、老人は「ヘッ、それがわしのモノじゃという証拠でもあるんかい！」と強気で言い、彼女たちの怒りを煽《あお》っている。

事前に警備兵が来るよう手配をしておいたので、そろそろ来てもいい頃なのだが――

コニーはマーガレットから鉤付縄を受け取った。錆びついてずいぶんと年季が入っている。これは間違いなく常習的に盗みをしている証拠だ。おそらく、ここでは存在がバレないようにするため、金銭等には手をつけなかっただけだろう。

「悪質性も高いし、騎士団に引き渡しましょう」

警備兵に渡して第二王子騎士団本部へ連行してもらうつもりだったが、直接引き渡した方がよさそうだ。幌付魔獣車に乗せるべく大きな蓑虫を引きずると――

「なんじゃ小娘、わしとデートしたいんか？」

何か図々しいことを言い始めた。

「騎士団に引き渡すんですよ」

「そんなしょぼい体でわしをナンパできると思うたら大間違いじゃぞ？　百万年早いわ！　わしの

好みはぴちぴちふかふかの肉布団――」

「あ、手が滑りました」

蓑虫を地面に転がすと、コニーはその上に片足を乗せ、再度キリキリ縄を締め上げた。ドロ鼠は「きゅっ」と鳴いて白目を剝く。当然ながら誰も止める者はいない。

「コニー？」

ふいに、この場にいるはずのない声を聞いた。振り向くと目をまるくした義兄と、顔を引きつらせた三名の警備兵が立っている。近くの森の小道から出てきたらしい。

「リーンハルト様、何故ここに？」

「夜回り中に彼らから不審者がいると聞いてね、気になって来たんだ。食料貯蔵庫を荒らす〈大きな鼠〉の報告があったし、もしやと思って」

例の隠し通路についても、彼は知っているようだ。

「そうでしたか、コレがその不審な鼠です。お風呂場の覗きを現行犯で捕まえました」

連れて行く手間が省けたと蓑虫を引き渡すと、彼はそれを警備兵らに渡して、コニーにひたと青い眼差しを向けてきた。

「詳しい事情を聞きたいから、君も一緒に来て」

……ん？

若干、不穏な空気を感じつつ、コニーも同行することになった。

軍施設の入口に幌付魔獣車が到着。

お縄にされた爺は、二人の警備兵に両側を挟まれて連行されていった。

「では、わたしはこれで失礼します」

魔獣車から降りたコニーはそう告げる。爺の盗みや風呂覗きについては、移動中に話し終えている。官僚宿舎もここから歩いて数分の距離。手に提げた包みにはハンナから貰ったジャム瓶がある。

御者を務めた警備兵が、空になった幌付魔獣車を操り去ってゆく。

オイルランプの外灯で照らされた義兄の顔。先ほどからなんとなく不機嫌そうなオーラを感じていたのだが……やはり気のせいではないようだ。眉間に一本、縦皺がある。

「──食料貯蔵庫にあった隠し通路、君が最初に見つけたんだってね」

「はい」

何故なのか、ため息をつかれた。

「……なんですか?」

「ああいった古い通路はいつ崩れてもおかしくない。中まで確認せずに、上に報告するだけでいいんだよ」

「──成人男性では窮屈な通路でしたので。鼠も通っていましたし、大丈夫かと」

とたんに彼の眉間の皺がぎゅっと深くなる。何をそんなに不機嫌になることがあるのか。

彼は眉間を指先で揉みながら言った。

「万が一の危険があるだろう。──今後は、似たような場面に遭遇しても手出しせず自重してくれ」

「目の前に不審なものがあるとムリですね。調べずにはいられない性分なので」

経験上、怪しいと感じたら後回しにしたらダメなんですよ。不穏の芽は早期に摘むのが鉄則です。

アルバイト扱いでも〈黒蝶〉の一員である。放置した結果、主《あるじ》ジュリアンに危害が及ぶことになれば悔やんでも悔やみきれない。

だがしかし。その答えは義兄のお気に召さなかったようだ。

「身の安全を優先することが、そんなに難しいことかな？　少なくとも、今回の件は誰かに命令されたわけでもないよね。なのに危険に突っこんでいく必要ってある？」

声のトーンが幾分下がり、不快の色がその顔全体に滲む。

主君を守るという立場は同じ。彼とて仕える者として、その選択を自らすることもあるだろうに――何故、責められなくてはならないのか。理不尽。

「ちょっ……狭いですよ！」

ぐいぐい近づいてくる彼に戸惑う。塀まで詰め寄られて逃げようとするも、壁についた彼の両腕に阻まれる。

「ねぇ、コニー」

真剣な表情で名を呼ばれ、思わず瞬きをして彼を見る。

「はい？」

「私の知らない間に、君が苦しんだり怪我したり生き埋めになったりするなんて……嫌なんだよ」

ネガティブな義兄の想像に、まじまじとその顔を見返す。

「縁起でもないこと言わないでくれます？　そんな起きてもないことを言われても」

「起きてからじゃ遅いだろう？」

青い目でじっと見つめてくる。

そういえば、昨日もグロウ団長に連行された件で、やたら心配されましたっけね……

陰での暗躍は慣れているし、いくばくかの危険を伴うことなどよくあること。心配性の義兄……

暴力ふるう義兄よりは断然ましではあるが……これは懐かれ過ぎではないか、なんだか面倒臭い。

外灯の下ですら、艶やかな光沢をまとう白金の毛並み。だんだんこの義兄が血統書付のばかでかい猫に見えてくるような錯覚さえして——

猫は……猫はダメです！　義兄のくせに、わたしの癒《い》やしの領域に入るなんて許しません！

「コニー……痛い」

つい、その美しい顔面を左手でがっつり摑み、思いっきりのけぞらせていた。

「危機管理には十分自信がありますのでご心配は無用ですよ！　はい、離れて離れて！」

リーンハルトは彼女の左手をはがすと、「でも」と不満顔を隠さない。本当に面倒臭い。

義妹にかまけてないで、さっさと新しい彼女でも作ったらどうなんだと思う。

「……一応、苦言として心には留《と》めておきますよ」

すると、義兄はコニーの両手を包むようにやさしく握ってきた。手袋越しでも体温が伝わってくる。彼は小首をかしげて、それは魅惑的に微笑んだ。無駄にきらきらしい。

「もし、危険な場所に行く時には、私に知らせてくれないかな」

「何故です？」

「居場所が分からないと助けに行けないだろう？」

……あなた、ご自分が騎士副団長って忘れていませんか？

「地潜りすることなんて、人生でそう何度もないですよ」

「それ以外の時でも」

――この天然ちゃら男は、こうやって数多《あまた》の貴族令嬢を誑《たら》しこんでいたのか。その手管を義妹に使ってどうするつもりだと問い詰めたい。しかし、そこで、やぶ蛇という言葉が頭をよぎる。そうだ、ここはいつも通りの塩対応。彼の手を振り払い――

「その必要は――」「ないから要《い》らないよね」

途中で声がかぶった。さっとコニーから離れて姿勢を正す義兄。おかげでこちらに向かってくる人たちが見えた。先の声の主は、柔らかな笑みを湛《たた》えた黒髪の王子ジュリアン。その後ろには強面《こわもて》のボルド団長。

「ジュリアン殿下」

空気を読むことなく割りこむ主に、リーンハルトはつい恨めしげな視線を送る。

「鼠が捕まったと連絡があってね。ボルド団長が尋問するというから、興味があって来たんだ」

ジュリアンはそう言いながら、コニーに視線を合わせた。

「遅くまでの捕り物、ご苦労だったね。今夜はもう休むといいよ」

「――はい、失礼いたします」

主じきじきのお言葉なので、今宵の夜回りバイトは免除である。部屋に帰ってゆっくりお風呂にでも入ろう。三人に向かい丁寧に一礼して、コニーは歩き出す。

「夜道は危ないから私が送って――」

「官僚宿舎はすぐそこじゃないか」

「てめぇはこっちだ」

主君に呆れたように言われ、上官に逃げられないよう頭を鷲掴《わしづか》みされて、リーンハルトは引きずられていった。

◆追い出された学者

彼の名はパッペル・ドジデリア。その老け具合から七十代に見えたが、実際は五十二歳。

学者であり、七年前まで、この城で第一王子ドミニクの教育係をしていたという。ただし、当人の不興を買って追い出されたらしい。記憶力がよく一度見たものは忘れないとかで、記録保管庫で見つけた古き城の地下図を覚えていたのだという。隠し通路を塞ぐ石扉には精霊言語が刻まれていたが、それを読み解くぐらいの知識はあったので、侵入が出来てしまったという――

「城を出てもどこぞのアフォ～な王子の嫌がらせで、仕事にも就けんかったでな。一度は王都を出て地方へ出るも、王家への謀反《むほん》を企てたと賞金首にされての。洟《はな》垂《た》れの頃より八年も教育係を務めたというのに、この仕打ち！　七年も賞金目当てのハイエナどもに命を狙われ続けたんじゃ、人生を台無しにされた補償を王家に求めて何が悪い——そう思うたら、例の隠し通路の位置を思い出しての。あまりに古い地図じゃったし半信半疑だったんじゃが、まぁ物は試しと」

一か八かが大当たり。半月ほどの間、食料を失敬し続けていたという。しかし、寒さのあまり着るものと靴が欲しくなり、食料貯蔵庫を出て洗濯棟まで移動したのが運の尽き。その間に隠し通路は埋められ、脱出口を塞がれてしまったという。

「いやぁ～、あれは痛恨のミスじゃった！　天井をきっちり閉めんかったせいで、鼠のヤツが悪さしてバレたんじゃろなぁ」

巨大な鼠爺は悪びれた様子もない。

しばらくして、爺は奥の仮牢に移され、ボルド団長が頭をかきながら尋問室から出てきた。

「あのジジイ、とんでもねぇぞ」

廊下で鉄扉の小窓から話を聞いていたリーンハルトと、ジュリアン。ボルド団長は手にした紙をジュリアンに渡す。それに視線を落とした彼は眉をひそめた。そこには、城敷地の正確な見取り図と、城外へ向けて引かれた二重線。

「この二重線は隠し通路だと」

「……非常時に使うようにと、王家に伝わる地下の脱出路があるのだけど。僕が知っているものとは違うね。城内に二箇所しかないはずなのに。それにやけに入り組んでて複雑だし、行き止まりも多い」

ジュリアンはそう言いながら、その図をリーンハルトにも見せる。

これが正しければ、外部への隠された抜け道は四箇所も余分にあることになる。コニーが発見した食料貯蔵庫の通路を除けば、残りは三箇所。

「記録保管庫にあるものと同じか、確認した方がよさそうだね」

「あそこは王族しか立ち入れない場所なのでは？」

疑問を発するリーンハルトに、ジュリアンは「おそらくは」と答えた。

「ドミニクの教育のためにと、王妃が許可を出した可能性がある。ドミニクはこの図のことを知らないのだろうね。でなければ、ドジデリアも侵入しようとは思わなかっただろうし」

「ジュリアン殿下、推測ですが……」

リーンハルトは図を見ながら気づいた点を述べた。

「昔の王城はもっと南側に位置していたと聞いています。一度、戦《いくさ》で崩壊したあとに、現在の場所に新しく建てられたはず……この図に記される隠し通路の入口——食料貯蔵庫、迎賓館、西中庭、東中庭の四箇所は、旧城の時の抜け道として作られたものだと考えられませんか？」

ジュリアンは彼の目を見て頷く。

「その通りだね。だとすると、人目につきやすい東中庭と西中庭の出入り口は、すでに使えないよう潰されているだろう。もちろん確認は必要だけど。王宮厨房と迎賓館は旧城の土台の一部を使って建てられたもの。……迎賓館にも地下室があるから、ここが一番怪しいな。入口が残っている可能性が高い」

「気になるのは、リーネ館に通じる隠し通路がないことですが——」

腑に落ちない様子のリーンハルトが指摘する。確かに、それがあるなら魔獣の鱗と失踪した者たちの説明もつく。

「僕はあると思っているよ。その方が不自然さがないからね。図面化する必要のない、何らかの理由があったんじゃないかな」

ジュリアンはボルド団長に視線を向けた。

「ところで――隠し通路の出口は外部からの侵入を阻むためにも、鍵となる言葉を精霊言語で唱えないと開かない仕組みになっているんだ。それは旧城の時代でも変わらないはず。あの鼠はどんな言葉で解錠したのかな?」

「三代目ハルビオンの国王の名だと言っていたな」

「意外にふつうだね。王族でないと知らないような言葉だと思っていたよ」

とはいえ、精霊言語で発動する魔法は正しい発音が必須条件。呪文とされる言葉は長くなるほどそのイントネーションは難しくなる。三代目国王の名はとても長い。さらに、在位二年で病死したこともあり歴代王としても存在感が薄く、その名を正しく覚えている者の方が珍しい。ちなみに現国王は二十六代目だ。

「発音が合わなくて解錠に三日かかったらしいぞ」

「執念だね」

「執念ありきで出来たことでも、一学者が解けるんじゃ危険だ。あのジジイは仲間はいねぇとは言っていたが……対策は早めにした方がいい」

ボルド団長の意見に、ジュリアンも賛成だ。

「まずは調査。陛下には僕から連絡を入れておくよ。ドミニクに首を突っこまれたくないからね。この件は僕に一任してもらおう」

三人は軍施設の半地下から階段を上がって、地上に出た。

ふと、今更ながら思いついた質問をリーンハルトは口にする。

「そういえば――ジュリアン殿下はパッペル・ドジデリアと面識はあったのですか？」

七年前と言えば、ジュリアンが十二歳で王立ハルビオン学園に入った年。リーンハルトが彼の側近候補として付き従うようになったのはその頃からだ。だから、彼はそれ以前の王宮についてはよく知らない。

ジュリアンは星の少ない暗い空を見上げつつ答える。

「特に話したこともないけど、真面目な学者といった印象はあったかな……でも、きっと気のせいだろうね。ボルド団長は覚えていたかい？」

「気のせいじゃねぇぞ。俺の記憶にあるのも同じだ」

本当に真面目な学者だったのか、逃亡生活で荒《すさ》んだのか。だとしたら落ちぶれ方が凄《すさ》まじい。

「じゃあ、どうやって本人確認を？」

不思議そうに尋ねるリーンハルトに、ボルド団長はいかつい肩を竦《すく》めて見せた。

「兄殿下が孕《はら》ませて捨てた侍女の名前とか、兄殿下の体の黒子《ほくろ》の位置とか悪癖とか悪行とか。他にも教育係でないと知らないようなことがいろいろだな」

愚兄の過去のツケを払わされるような気分に、ジュリアンは渋面《じゅうめん》で嘆息する。

「彼については、しばらく仮牢で頭を冷やしてもらうとしても……処罰は何が適正かよく考える必要があるようだね」

三章　広大な地下とお伽噺《とぎばなし》の精霊

1　飛び入り情報

十二月二十七日

午前六時過ぎ。いつもより早い時間に、コニーは執務棟の一階にある書庫を訪れた。

リーネ館について詳しい情報が欲しかったからだ。今日は経理の仕事をするので、女官服の紺ドレスに灰マントを羽織っている。官吏であれば書庫の閲覧は自由なのだ。

書架を見て回り、ハルビオン国の歴史書が並ぶ棚に手を伸ばす。寵妃リーネは美貌と悲劇、その死後における館の怪異から、本の題材となる逸話には事欠かなかったらしい。歴史を題材とした娯楽書の方が多いが、どれも概《おおむ》ね、怪談と似たような内容だ。

史実として、寵妃リーネが没したのは八十七年前。その後の貴族、使用人含む行方不明者は十二名。中にはノイローゼとなり自ら館を出た者もいる。これらは寵妃の怨霊の仕業にされ、その度に館は閉鎖されるも——また別の貴族が入館、また消息を絶つ、という具合に繰り返していたようだ。

何故、こんないわく付きの館に住んでいたのか？　その理由は様々だったようだ。

王族の遠縁が一時的に宿泊したり、王族お抱えの画家がリーネ館に惚れこんで住む許可を得たり、問題のある高貴な人が監禁されたり、王族の婚約者の仮住まいになったり、功績のある一代貴族に褒賞として与えられたり等々。先の二件はいわくを気にしない人たちだったのだろうが、他はどう考えても嫌がらせ感がある。

前回、閉鎖されたのは十九年前。その閉鎖理由は、当時の館主が行方不明になったため。寵妃リーネの祟りを恐れた使用人たちも一人残らず去ってしまった。

……今回のリーネ館の開放は、外国からの賓客が多く宿泊場所が足りなかったから——でしたね。

先日消えた三名を含めずの単純計算だと、七年に一人いなくなっている。そのぐらいの割合なら自らの意思での失踪も考えられる。急な宿泊場所の確保ということもあり、滞在も祭前後の数日間だしと……つまり前向きに考えた結果、使用許可が下りたのだろう。

他国の使者を巻きこむ前に閉鎖になってよかった。いや、すでに三人も犠牲が出ているのだからよくはないが……マルゴに関してだけは自業自得感が否めない。

ふいに書架の陰に人の気配を感じた。コニーはそっと足音を忍ばせ、書架の角から覗く。

「こんな時間に会いに来るなんて、急用ですか？　梟」

そこには、簡素な黒の旅装束をまとった青年が壁にもたれていた。首筋までの灰色の髪と闇色の瞳。顔立ちは整っているのにどこかぼんやりした印象がある。コニーと目が合うと壁から身を起こして、ゆっくりと近づいてきた。

「――潜入の蝶、八名。連絡、途絶えた。確認に行く」

淡々とした片言に、コニーは目を瞠る。

「途絶えたって、いつからですか？」

「始まりは、二月前。ボス言ってた、意図的な蝶潰し――」

「一人で行くのですか？」

彼はこくんと頷いた。

「レッドラム国にも、行く、だから、当分戻れない」

どうやら、出かける前の挨拶に来てくれたらしい。

コニーはバイトであるが故、諜報部隊〈黒蝶〉の中では浮いた存在だ。唯一、仲がよい隊員はひとつ年上の梟だけ。マーガレットと同じく八歳の頃からの付き合いである。〈黒蝶〉の厳しい訓練を幼い頃から一緒に受けてきた。ちなみにボスとは〈黒蝶〉の長のことである。

「その前に……コニー、鼠が気になる、でしょ？」

「えぇ、まぁ。不審な点が多いですから」

出来ることなら尋問に立ち会いたかったが、騎士団長の権限でやることに下手に首は突っこめない。主にも「休め」と手を引くように言われたこともある。バイトだからこそ、決められた労働外の仕事をさせるつもりはないのだ。

「尋問内容、聞いた。教えてあげる」

梟はそう言って簡潔に話してくれた。

昨夜の泥棒鼠が第一王子の元・教育係であること、旧城の隠し通路の図を描いたこと。それは迷路のように複雑であるらしい。先ほど、その入口が三箇所、確認された。〈西中庭の入口〉、〈東中庭の入口〉はすでに埋められた形跡があり、〈迎賓館の地下室の入口〉のみ潜入が可能であること。出口は城壁の外側にあるという。これから調査をして、のちに出入口を塞ぐのだとか。思いきり機密情報である。

「隊長に聞いたのですか?」

「換気孔の奥で」

——それは盗み聞きですね。

「でも、ボス、知ってる。おれの行動、問題ない」

隠密の能力はずば抜けてる彼だが、育て親でもある〈黒蝶〉の長には行動を読まれている。自身が咎められない以上、コニーに情報が渡ることに問題はない——と言いたいらしい。

「リーネ館に繋がる隠し通路はありましたか?」

消えた三人の行方が分かるかも、と思い尋ねる。

「図にはない——けど、通路あるはず。でも、館で、消えた者、生存むずかしい。ボス調べた、あの鱗……獰猛《どうもう》な肉食魔獣。環虫型クレセンワーム」

環虫というとミミズみたいな魔獣でしょうか。

見たことがないタイプなので、コニーにはどんな風に獰猛なのか想像がつかない。

「行ってくる」

「気をつけてくださいね」

梟は「ん」と頷き、踵《きびす》を返して書架の角を曲がりかける。そこで足を止めて振り向いた。闇色の瞳をほそめる。

「最悪の事態、メンバー減ったら、コニーも……本格的に、蝶の仕事する」

すっと黒衣の裾が書架の向こうに翻って消える。最悪の事態……それは連絡のとれない〈黒蝶〉の死を意味する。正規隊員の穴を補うべく、補欠の位置からコニーが繰り上がるということ。

――願ってもないことですね。

隊員たちの安否はもちろん気になるが、やっと巡ってくる機会だ。

コニーは元々は正式な隊員だったが、過去にそこから外された経緯がある。何か大きな失態を犯したというわけではないが――言うなれば主の命令である。仕方がない。

「メッガネちゃーん！」

背後からの明るく弾んだ声。振り返ると、茶髪のはねた男が両手を広げ猛然と駆けてくる。

ここで蹴りを放っては書架が倒れる。とっさに手にした本で、その横っ面を壁側へ張り飛ばした。

男は壁に激突、潰れた蛙のようにずるずると床に落ちた。

「いきなり飛びかからないでください。ケダモノですか」

折れ曲がった本を両手で元にのばしながら、コニーは言う。

「今日もメガネちゃんの愛が痛い……最高」

赤くなった顔面を片手で押さえながら、床に膝つき状態でほざく駄犬。

ふと気づけば、離れた書架の陰から覗く子供がいる。七歳ほどの下男だ。

「――ホルキスさん、何故この子を連れてきたのですか？　この棟に下働きが入ってはいけないことぐらい知ってますよね？」

執務棟に部外者は立ち入れない。周囲には二十四時間体制で警備兵が見張りをしているのだ。

それをかいくぐることが出来たのは、こいつが手引きしたことに他ならない。思わずきつい口調で問い詰める。

「ホルキスさんだなんて……オレのことは気安くジョンと呼んでくれても」

「最低限の規則を守れないような人は、ここで働く権利なんてないのですよ。人事室長に報告して異動してもらった方がいいですよね？」

「ちょ、ちょっと待ってメガネちゃん！　オレは善意で連れて来たんだって！」

そう言いながら、さっと立ち上がると、コニーの強烈なカウンターアタックに怯えて隠れていた男の子を引きずり出してきた。コニーは「善意？」と冷ややかな目でジョンを見据える。

「メガネちゃん、事件だ！　このチビのお友達がリーネ館で行方不明になった！」

「何言ってるんです、第一王子騎士団が調査で入っている場所ですよ。入れるわけないでしょう」

――何故、この駄犬は自分の関心を引く話題をタイミングよくぶち込んでくるのか。

「それがさ、こいつが庭で騎士の気を引いている間に、お友達がうまく館内に入りこんだって話！騎士らが帰ったあとも出てこなかったってさ！　ほら、三日前も部屋が荒らされて行方不明者出たって聞くし……あそこ何かやばくね？」

その視線が、コニーの持っている本の上で留まる。〈不遇の寵妃と怪異の歴史〉と書かれた表紙。暗に怪談のことを指しているのか。

「――本当ですか？」

コニーは男の子に目線を合わせて尋ねる。彼は怯えながらも首を縦に振った。

「何だってそんなことを――」

「あ、の、館に、お姫様の……幽霊が出るって聞いて、ベルンたちに、それを話したら、キモ試ししようって……こわいし、あぶないから、と、止めたんだけど……ベルンが」

その言葉で思い出した。彼は三日前、リーネ館で見かけた子供だ。マルゴの語る怪談を聞いていた。ベルンというのは確か、十歳前後の下男たちの中でも、リーダー格の子だったはず。

男の子の話によれば、真っ暗な中、二時間ほど待ったが誰も戻ってこないので、下男寮にいる大人たちを呼びに行ったという。第一王子騎士団にも連絡が行って、すぐに館内捜索されたが見つからず――

「それで、困ってるなら、コニーさんに相談すればいいって、庭師見習いの人から聞いて……」

「そうですか、緊急事態なのは分かりましたが、次からは警備兵にわたしを外に呼んでもらうようにしてくださいね？　この執務棟に下働きが入ると罰を受けることになります」

子供には躾《しつけ》が肝心と言い含めておく。しかし、涙目で「はぃ」と返事をするのでフォローもしておく。

「今回はそこの考えなしの官吏が連れて来たのは分かってますから、お咎めはありませんよ。悪いのは官吏の皮を被った駄犬です」

「メガネちゃんの愛が突き刺さるぅ……」

駄犬の戯言《ざれごと》はスルーし、コニーは梟から聞いたばかりの情報を脳裏に巡らせる。

『館で、消えた者、生存むずかしい。ボス調べた、あの鱗……獰猛な肉食魔獣。環虫型クレセンワーム』

救出は一刻を争う。隠し通路の調査はこれからだと言っていた。地下図は入り組んで複雑だとも。下男たちの捜索をしてもらえるよう伝えなくては、見落とされてしまうかもしれない。

「ちょっと証人として一緒に来てください！」

子供の襟首をむんずっと掴んで、コニーは駆け出す。

「あっ、メガネちゃん⁉」

書庫の入口で背の高い人とぶつかりそうになった。藍色のマントに、はっと相手の顔を見上げる。

「もう来ていたのか？　ずいぶん早いな」

「アベル様！　申し訳ありません、少し仕事に遅れるかも知れません！」

2　はぐれる戦う落下する

「何故お前まで来るんだ、ホルキス。仕事に戻れ」

「いやいや、室長こそ。ここは若者に任せて帰ってくださいヨ」

「俺はまだ二十五だ、年寄り扱いするな」

「オレ、十六っすよ。体力には自信あるっす。好きな女の子を危ない目に遭わせたくないんで、ここは絶対譲れないっす！」

「……お前と二人きりだと別の意味で危ないだろう」

「あれ、それを室長が言っちゃうんすか？」

真っ暗な地下の空洞に声が響く。オイルランタンを手に先頭を歩いていたコニーが振り返り、ジョンを鋭い眼差しで睨んだ。

「静かにしてください」

「えっ、オレだけ⁉」

「あなたの声が大きいんですよ。黙ってください。さっき説明しましたよね、ここには肉食魔獣がいると」

「……すんません」

うなだれたジョン。コニーは再び前を向く。

「怒ったメガネちゃん、イイなァ……あの靴でぐりぐり踏まれたい」

かすかなつぶやきが背後から聞こえてくる。

「ホルキス、お前……少々病《や》んでいないか？」

「それなら恋の病《やまい》っすね！」

――いえ、頭の病だと思います。

三人が持つランタンで周囲はそれなりに明るい。真四角の白石を並べて舗装された通路は、幅二メートル、高さ五メートルほどある。コニーは足を止めて二人に言った。

「これを見てください」

少し先に、大きな横穴が空いていた。白石が砕け黒い岩肌が剝き出しになっている。何か大きな力が通路を真横からぶち抜いたようにも見える。

――ところで何故、この三人で地下通路を歩くことになったのか。

それについて語ると、少し時間は遡る。アベルに遅刻理由を問われたコニーが事情を話し、迎賓館の地下室へ向かったところ――そこにいたジュリアンから、すでに五分前、調査隊が隠し通路に潜ったことを知った。その入口はタイルの剝がされた床にあり、暗闇へと石段が続く。

五分ならすぐ追いつくだろうと、コニーは名乗りを上げた。

「わたしが追いかけて事情を説明してきます」

「――その方が早いだろうね」

彼女の足の速さを知っているジュリアンもすんなりと許可を出し、複写された隠し通路の図を渡してくれた。だが、釘を刺すのを忘れない。

「危険だと思ったら途中でも戻るように。そのときにはもう一隊組むから」

彼はあくまで本業女中のコニーに、命懸けの任務をさせるつもりはないのだ。

「はい」

ランタンを片手に、コニーは躊躇なく暗い石段を駆け下りてゆく。何か背後でもめる複数の声が聞こえたが、それもすぐに遠ざかる。しばらく行くと石段は終わり、舗装された横道になった。そこで駆ける速度を上げる。

調査隊は騎士二十名で組まれ、指揮にはボルド団長がついた。経緯を知る義兄も参加しそうなものだが、別の用事をジュリアンから命じられているため、除外されたらしい。調査隊が行うのは通路の調査、マルゴと警備兵二名の捜索、地下に巣食う魔獣討伐。

コニーが行くルートは、リーネ館に近い東の森の地下を通り、真東にある城壁の外へと抜け出る道。半距離までは一本道だが、その先は道が多く枝分かれしている。

かなりの距離を進んだが、一向に調査隊に出会わない。

たった五分の間に何があったのか。魔獣に襲われたにしても、二十一名を一度に連れ去るなんて出来るだろうか。長年閉ざされた空間なのに通路には砂埃もない。靴跡が残っていないのがとても不自然だ。

——まるで定期的に箒で掃いてるみたいで……気味悪いですね……

ふと、妙な音を聞いた気がして歩をゆるめた。時折、シュルルルと強風が吹き抜けるような音が木霊《こだま》する。地下なのに空気の流れがあるのかと耳を澄ませる。魔獣の出現に警戒しながら足早に歩く。そこに心配したアベルとジョンが追いついてきたというわけで。

今、コニーたちの目前には、左側の壁に人が通れるほどの大きな穴が空いている。

もしかして、調査隊はこちらに進んだのでは……？

崩れた壁境に立ち、コニーがランタンを掲げて穴の向こうを見ようとした、その時——先ほどの風音がやけに大きくなり、後ろから迫ってきた。振り返る前に突き飛ばされる。とっさにランタンを手放し、受身をとるようにコニーは転がった。起き上がるべく顔を上げると。

ズアアアア――――ッ
通路いっぱいに、巨大な何かがものすごい勢いで通過していった。

巨大ヘビ……⁉

地中を滑り行く摩擦音は次第に遠ざかっていった。落としたランタンの灯は消えていない。炭鉱で使われる頑丈なものなので、幸い破損や燃料漏れはなかったようだ。それを拾って白石通路へと近づく。光るものが崩れた壁部分にはさまっていた。それは見覚えのある大きな朱色の鱗。

一瞬だったので蛇に見えたが、あれが、環虫型の魔獣クレセンワーム――おそらく異常なスピードでの接近に気づいたアベルが、とっさに突き飛ばしてくれたのだろう。

「アベル様！　いらっしゃいますか――⁉」

目をこらしても、明かりは見えない。調査隊に出会わない理由が分かってしまった。

おそらく、コニーが駆けている間、目の行き届かなかった暗い天井のどこかに魔獣の通り道があったのだ。あの風音は魔獣が暴走するときの摩擦音であり、同時に起こる風圧で足元の塵《ちり》はきれいに払われていたということ。

コニーは白石通路を離れて先ほどの横穴へと出た。身幅が通路いっぱいある魔獣の襲撃。また来たら逃げることは難しい。舗装された道があのスピードに拍車をかけているようにすら思える。

横穴は剝き出しの岩壁がある広い洞窟だ。暗い天井は高すぎてどのぐらいあるのか分からない。

周辺をうろつくと、道が三つに枝分かれしているのを発見した。地下図と照らし合わせると同じ。つまり、天然の洞窟も隠し通路として描かれているということだ。図が複雑なわけである。

——それにしても、魔獣の巣に出向くのに注意が足りなかった。いくらすぐ戻るつもりだったとはいえ、コニーの手持ちの武器は護身用の短剣のみ。デカブツ相手には分が悪い。

「アベル様、ご無事だとよいのですが……」

心優しく懐深い上官のことは心配だ。だが、おそらくは大丈夫ではないかと思う。彼は帯剣していた。ふだんは経理室長という職業上、持ち歩いてはいないので、地下に入る前に誰かに借りたのだろう。

以前、彼の従者ニコラから、「実はアベル様はとてもお強いんです！　剣の達人なんです！」と熱弁されたことがある。ニコラの主人贔屓を差し引いても、文官にしては武人のような体軀や足運びからもありうるのでは——と、上官贔屓の彼女は思っていた。

それに、突き飛ばされて前転した一瞬、逆さの視界に映ったアベルは地を蹴って高く跳躍していた。その直後に魔獣が暴走通過したこともあり、魔獣の背中に乗って行ってしまったのでは——と、推測される。

駄犬の心配なぞしない。アレもまた同時にコニーの視界に映りこんだ。右手の袖口から出た光る切っ先——仕込み刃。護身用だとしても、平民の下っ端文官が持つようなものではない。

——前から怪しいと思っていましたが、化けの皮が剝がれましたね。

第一王子側の間者だろうが……一体、何が目的で経理室に潜りこんだのか。

……半年前の不正関与はシロでしたし。まさか、アベル様の暗殺？　にしてはそういった動きは見せませんし。もちろん機を窺っている可能性もありますが。長期にわたり経理室にいるということは、情報収集を主としているのでしょう。第二王子サイドでの目立つ人間の監視も兼ねているのであれば、ダグラー副団長の義妹であるわたしへの付きまといも納得です。

さて、ジュリアンからは「危険だと思ったら途中でも戻るように」と言われたが、コニーにはさらさら戻るつもりはない。乗りかかった舟であり、主のもとに手ぶらで戻るなど言語道断なのである。

コニーが女中となっても〈黒蝶〉と縁が切れることがなかったのは、この忠義心があればこそ。

いくらか歩いたところで、荷袋がひとつ落ちているのを発見した。新しく素材がよいので騎士のものだろう。つまり、こちらの道にも逃げてきた人がいたことになる。血痕がないか地面に光を当ててみるが見当たらない。小石が多いので足跡も残らない。荷袋の中を確認すると、数人分の堅焼きビスケットと水筒が一本入っていた。

荷袋を背負い、さらに何度か現れた枝道を右へ右へと進む。右側が先ほどの白石通路に沿っているからだ。かなり先になるが道が合流しているはずなので、もしかしたらアベルに会えるかもしれない。

静か過ぎる暗闇の中、子供特有の甲高い声が聞こえてきた。岩陰の向こうらしい。

そちらに足を進め覗いてみると、十か十一歳ぐらいの少年が四人いた。ふたつのランタンが彼らの周りを照らしている。

「ベルンが悪いんだ！」

「調子に乗るから幽霊に祟られたんだ！」

声を張り上げているのは、金髪を顎下で揃えた愛らしい栗鼠《りす》顔の二人。すると、短い紺髪を逆立てた目つきの鋭い少年が、強い口調で言い返した。

「うるさいぞ、黙れ！　クリス、ギー！　オレたちのことは、チビが大人たちに伝えてるはずだ！　騎士団に連絡が行くはず、だから絶対助けは来る！」

だが、兄弟らしき二人の糾弾は止まらない。

「嘘つきベルン！　なんとかしろよ！」

「いくら待っても救助なんか来ないじゃないか！」

「黙れって言ってるだろ！　アレの餌になりたいのかよ！」

ベルンの声もまた大きくなる。それを大柄な少年が慌てて割りこみ仲裁に入った。

「三人とも落ち着くだ……っ、アレが来るだよっ」

「「こんな所で死ぬなんて、絶対イヤだあああ！」」

ベルンを責めていた兄弟がついに号泣し始めた。わああんと周囲に木霊する声。

「いい加減、黙れ！」

「そったら大声出したら——」

兄弟の口を塞ぎにかかる二人。そこにコニーは声をかけた。

「お取りこみ中、すみませんが——救助に来ました」

騒いでいた四人はぴたっと静まり、いっせいにこちらを見た。

「べ、べべべベルン、まままた、女の人が来ただべ……！」

「いや、あの格好は女官だろ……？　え、女官？」

「『今、救助に来たって言った⁉』」

何か一部、気になる反応が返ってきた。城の下働きは数百人に及ぶためか、女中としてのコニーに見覚えがある少年はいないようだ。コニーの方は彼らの顔と名前ぐらいなら大体分かる。まだ子供である下男の中でも、ベルンが何かと目立つ問題児で、他の三人――エド、クリス、ギーと、執務棟に来たたちびっ子アロゥがその仲間だ。

「怪我人はいますか？」

コニーの問いかけに、大柄なエドが答えた。

「ベルンが右足首を痛めて歩けねぇだ！」

そう言って座りこんだままの紺髪の少年に視線を送る。コニーは彼に近づき跪《ひざまず》くと、その右足首を確認する。大きく腫れている。

「転んだのですか？」

「……小石を踏んづけてひねっただけだ」

「どのくらい前に？」

「……一時間も経ってないと思う」

捻挫《ねんざ》か骨折だろうが、今は手当てする時間も惜しいので、どのくらい動かせるのかと問う。

「立てますか？」

「立てるし……エドに肩を貸してもらえれば歩ける」

コニーはエドを見る。彼は首を横にふるふると振った。

「こったら場所に留まったのも、ベルンが歩けねぇからだ」

「休んだから平気だ、もう歩ける」

岩に摑まり両足をがくがくさせながら立ち上がる。慎重に手を離し顔をしかめながら一歩一歩、歩いてみせた。最初は軽い捻挫だったが、逃げ回るさいに無理をして悪化したという感じだろうか。

コニーの耳が、遠くかすかに這いずる音を拾う。彼女は荷袋をエドに預けた。

「では、移動を開始します。先ほどの騒ぎを聞きつけて魔獣がこちらに向かっていますので。三人とも、なるだけ固まってはぐれないように。わたしについて来てください」

ベルン以外の三人の顔を順に見て注意を促す。魔獣の接近と聞いて、彼らは一様にぎょっとした顔つきになる。

「オレは……？」

自分だけ置き去りにされるとでも思ったのか、愕然と問うベルンに、コニーは言った。

「わたしが背負いますので」

しゃがんで背中を向けると、「冗談じゃない！」と即座に反発。

「女におぶられるなんて、みっともない真似できるかよ！　歩けるって言ってるだろ！」

仲間の手前、格好がつかないのだろう。だが、さっさと出発したい他の少年たちは。

「そったらこと言ってる場合じゃねぇだよ！」

「ベルンのプライドなんてどうでもいいよ、早くここから出たい」

「もう、こいつ置き去りにしない？」

コニーはベルンに向き直った。

「あなたの選択できる道はふたつです。一、素直にわたしに背負われる。二、気絶してから背負われる。さぁ、どっち？」

「なんだそれ！　気絶させるってどうやって……！　いや、待てよ、救助にくるのが女官一人なわけないだろ！　騎士団はどうした⁉」

「わたしより先に隊を組んで入りましたが、残念ながらここまで辿りつけたのはわたしだけです」

「く、分かった……おまえら、いいか、このことは誰にも言うなよ！　女官、おまえもだ！」

「はいはい」

「絶対言うなよ！」

「ハイハイ」

ようやくベルンを背負って、三人の少年を連れて道の奥へと進みはじめる。這いずる音が追いかけてくる以上、遭遇は回避したい。

「わたしが良いと言うまで、あなた方は一切声を出さず、足音も出来るかぎり立てないようにしてください」

その後、魔獣は遠ざかるどころか、こちらを追い求めるようにつかず離れずの距離で尾行してきた。それを撒くため、かなりの距離を逃げ回った。体感で小一時間ほど過ぎたころ。這いずる音が急に方向転換したように遠ざかっていった。

——北に進み過ぎましたね。

一度、地下図を確認する。ここから東に向かえば、再びあの白石通路に繋がる。城壁外にある東出口の封印をジュリアンが開けると言っていたので、そこを目指していたのだが……まだ距離はある。一度、休憩を入れた方がいいだろう。でないと彼らの体力が持たない。

アベルを探すのはそのあとだ。従者の案内がないと、通い慣れた場所ですら迷子になるというひどい方向音痴なので、探すのに骨が折れそうだが。

「小休止をとりましょう」

ベルンを背中から下ろすと、エドから荷袋を受け取り堅焼きビスケットを出して皆に配った。

彼らの疲労した顔にパッと笑みが浮かぶ。コニーは朝食時間からさほど経っていないので食べる必要はなく、ベルンの足の応急処置をすることにした。ハンカチを水筒の水で湿らせて、彼の靴をとり腫れた右足首を冷やす。水筒はひとつなので回し飲みしてもらうことにした。

「リーネ館で肝試しをしていたと聞いていますが、経緯を話してもらえますか？　どうやって地下に来たのか知りたいので」

そう尋ねると、真っ先に栗鼠顔兄弟の弟クリスが喋《しゃべ》りだした。

「ぼくたち、三階の奥まで行ったんだ。でも、幽霊とか期待していたようなことは何も起きなくて、すぐに帰ることになったんだ。それで、寝室まで戻ったときに違和感を感じて足を止めたんだよ。あれ、この部屋こんなに広かったかなって。月明かりで白く見えてたはずの壁が、真っ黒になっててさ。壁がなくなってることに気がついたんだ！」

彼の兄ギーがその先を続けた。

「そこから、でっかいミミズみたいな魔獣が出てきたんだ。口から伸びてきた触手にぼくとクリスが摑まって――」

「とっさに、オレが二人の腕を片方ずつ摑んだけど、すげぇ馬鹿力で引きずられちまった」

ベルンがそう言うと、エドもそのふくよかな体を揺らして手振りを交じえて話した。

「おらも！　ベルンの腹さ、支えたけども――気づいたら、真っ暗な壁に吸いこまれてまっすぐ下へと引っぱられただよ！」

ベルンが頷いて続きを説明する。

「地下についたら、また別のミミズ魔獣が現れたんだ。オレらを捕まえたやつに体当たりしてきて――たぶん、餌だと思って横取りしようとしたんだと思う。その拍子に全員が触手からすっ飛ばされちまった。ちょうど湿った苔《こけ》が群生している所に落ちたから、ケガはしなかったけど。頭上でそいつらが乱闘してる間に逃げたんだ」

――人よりも巨大なのが二匹、確実にいるのですか。三階からまっすぐ落ちたということは、リーネ館の隠し通路はどんな構造になっているのでしょう？　階段すらない？

「魔獣の特徴を詳しく教えてください」

実物を正面から見る機会はなかったので、そう尋ねた。いわく、巨大ミミズ。全長が少なくとも十メートル。口はイソギンチャクのような無数の光る触手で埋まっていて、岩すらその口で砕く。本体は暗赤色だが、触手と襟巻き状の朱鱗が発光しているらしい。

あぁ、それでとコニーは思う。何度か後ろを見た時、曲がり角の向こうが薄ぼんやりと光っていた。調査隊の明かりかと思ったが、這いずる音と同じ方向なので確認は止めておいたのだ。

本来、魔獣は地の底〈地涯〉の生き物。昔々に、何故か地上にはぐれ出るようになった。異界のものは地上に来ると、その理《ことわり》である魔力無効化現象〈ダウンフォール〉によって魔力を失う。ただし、体色が濃い魔獣は危険だ。黒に近いほど凶暴で強靱、鋭い爪牙《そうが》や強い毒がある。暗赤色も黒寄りの色なので、遭遇した時の危険性も高い。

「それにしても、よく逃げ切りましたね」

ベルンが「多分だけど」と、興味深いことを教えてくれた。

地下に来た直後は、息つく暇もないほどに大小さまざまのミミズ魔獣——クレセンワームに追われていたが、一度、黒い泥溜まりのある場所を通過して以来、ぴたりと追ってこなくなったという。靴やズボンにその黒泥がついて、強烈に臭かったらしいのだが。

「あれって一番でかいやつの糞だと思う。弱い魔獣は生き残るために、強い相手やその縄張りには近寄らないだろ？　だから、オレたちを避けてたんじゃないかな。ただ、今朝にはもうだいぶ臭いが薄くなってたから、でかいのが追いかけてきたんだと思う」

太っちょのエドがそれに付け加えた。

「強烈に臭っていた時には、でかいのも素通りしただよ。自分の糞だと思っていたかも?」

確かに四人からちょっと臭いますね。なるほど、それで今は小さいミミズは寄りつかないと。

「……そういや、おまえの名前知らないんだけど」

「ベルン、おらたちだってちゃんと名乗ってないだよ。おらはエドだ」

各々《おのおの》名乗ってくれたので、コニーも改めて名乗った。

「コニーです」

「……あれ、ダグラー副団長の義妹さんと同じ名前?」

小顔にまんまるな目が可愛いクリスが突っこんできた。だが、この手の流れになると面倒な質問を浴びることになるので、「同じ名ですねぇ」とコニーはとぼける。

「違うだろ、クリス。あれは女中だって聞いたぞ」

ベルンがコニーの女官服を見ながらそう言う。

コニー＝《イコール》女中＝女官であることは、まだ下働きの間ではさほど知られていない。噂になっているのはあくまで、女中のコニー＝ダグラー副団長の義妹、ということ。一方、それより以前に、経理室では女官のコニー＝ダグラー副団長の義妹で知られていたので、女官がいるのが面白くない連中が嗅ぎ回っていたこともあり、本業女中とバレてから広まるまでは、あっという間だった。官僚が知ることは貴族たちにも知られやすい。元はといえば、最初に噂を流したマルゴのせいである。

思えば彼女にはいろいろと理不尽な目に遭わされた。たとえこの地下で見つけても見なかったフリをしてしまいそうだ。いや、それも人としてどうなのか。しかし、巨大なクレセンワームよりも遭遇したくないと思っている自分がいる。

心の中で葛藤をしていたコニーは、エドの興奮気味な声で我に返った。

「おらも聞いたことある！　なんでも、ゴリラみたいな顔で頭に草生えてて、どっかの執事を拳で叩きのめしたってぇ話だ！」

――ひどい噂ですね。真実に掠《かす》りもしてないじゃないですか。

「でもさー、それはその執事がしつこく絡んだからだろ。身分も地位もある相手に取り入ろうとしてさ。扱いやすそうな平民の身内にちょっかいかけるなんて、よくある話だし」

ベルンは噂に対して冷静な見方ができるらしい。ギーが小首をかしげて疑問を口にする。

「そういや、女中なら下働きのエリアにいるはずなのに不思議と見かけないよね。なんでだろう？」

それはコニーが地味なので人混みに紛れるのが得意だからだ。

ふと思い出したように、ベルンが眉を顰《ひそ》めてつぶやいた。

「――オレは、アレの方がゴリラよりタチ悪いと思う」

残りの三人も顔を見合わせて「あー、アレねぇ、同感」「二度と会いたくないよね」「んだ」と、頷きあう。

「そういえば、最初に会った時に何か気になることを言っていましたね」

えぇ、何となく嫌な予感がして、つい本能的にスルーしてしまいましたが。

「アレとは何ですか？」

コニーの質問にベルンが嫌悪もあらわに答えた。

「昨夜、ここに迷いこんでしばらくして、女中と会ったんだ。そばかすに団子っ鼻でちぢれ髪が爆発したやつ。言葉が汚くて態度でかくてえらそうで、エドが持っていたパンとお茶を皆で分けようとしたら、それが入った鞄《かばん》とランタンを奪って逃げやがった」

　年下から強奪ですか……

「それはマルゴですね。三日前の夜、リーネ館の部屋を荒らして行方不明になっている女中です」

「「「「うわぁ、やりそう」」」」

　ちなみに、パンの大きさはふくよかなエドの顔より一回りは大きなものだったらしい。丸二日以上、絶食状態だったのだとしても、がっつき過ぎではないか。

　マルゴを追って消えた警備兵について尋ねたが、彼らは見ていないという。

「あの女中、魔獣に追われて痛い目見ればいいのに……」

「おらはしぶとく生き残ってると思う。アレは悪運の塊《かたまり》だべ」

「むしろ魔獣に食いついて生きてると思うな」

「やめようよ、あいつの話してたら出てきそうじゃん」

　四人の少年が話している傍で、コニーは自分の紺ドレスの裾を短剣で真横に切り取ってゆく。

「……お姉さん、何してるの？」

「わぁ、カッコイイ短剣だね！」

　ギーとクリスの可愛い小顔が近くに寄ってくる。即席の包帯を作ると、コニーは短剣を鞘《さや》にしまい、ベルンの右足首に置いた濡れハンカチを外す。

「地上に出るまでの応急処置ですよ、圧迫して固定します」

土踏まずの前の方からくるくると巻きつけ踵《かかと》の上、踵の下と8の字になるよう少しずつずらしながらしっかり巻きつけて結んだ。「さっきよりは楽だから、歩く」というベルンに、コニーは「それは緊急時にお願いします」と今は自重するよう促した。

「けど、……おまえだって疲れるだろ？」

「力はあるので大丈夫ですよ。皆、食べ終わりましたか？　そろそろ――」

言いながら少年たちを見回したとき、目の端に何か余計なものが映った。

「さぁ、出発しましょう！」

あえて見ないことにして、ベルンに荷袋を持たせて彼ごと背負い、三人の少年と移動を始める。

「ちょっと！　なんで、あんたがここにいるわけ⁉」

わぁんと辺りに声が響く。ずかずかと追いかけてくるのは、全身が黒い泥まみれの女だ。顔も真っ黒だが、あの声は間違いなくマルゴだろう。いつもは縄のようにぎっちり編みこんでいる髪は解けて、四方に爆発している。

「救助隊はどこ⁉　あんた一人ってことはないだろ⁉　騎士団は⁉　ダグラー様は⁉」

何故、義兄が来ると思っているのか。

「何無視してんだい！　あんたには人の情ってものがないのかい⁉　あたいはずっと飲まず食わずで何日もこの暗闇をさ迷ってたんだよ！　あんたが想像できないほど疲れているし衰弱しているんだ！　労《いたわ》るのが普通だろ！　食べるものと水をよこしな！」

昨夜、エドの巨大パンを奪って食べたはずなのに食べてないと言えるとは……そして、一体どこが衰弱しているのか。びっくりするほど元気ではないか。コニーたちに遅れもせず、息巻きながらついてくる。こんな騒がしいのと一緒にいたら、魔獣にまた嗅ぎつけられてしまう。コニーは足を止めて後ろを振り向いた。マルゴは近づくと、鬼気迫る顔で両手を差し出してくる。

「ほら、早く！　食べ物をよこしな！　もったいぶって何様だい！」

「ありませんよ。さっき皆で食べ切りましたので」

しれっと答える。食料と水は残っているが、その荷袋はコニーの背中とベルンのお腹に挟まれてマルゴからは見えない。マルゴは三人の少年が手ぶらなのを見て、驚愕に目をみはる。

「バッカじゃないの⁉　いつ出られるかも分からないのに！　なんて頭の悪いクソアマだろう！　あんたのその頭ん中には藁が詰まってんだ！　絶対そうだ！　信じらんない！　こんな役立たずがダグラー様の義妹を名乗るなんて世も末だよ！」

わめく女にコニーは表情を変えるでもなく、片手に摑んでいた紙をぴらりと見せた。

「地図があるので、出るのにそんなに時間はかからないはずです」

すると、マルゴの罵詈雑言はぴたりと止む。分かりやすく目を光らせた。

「——そうなんだ、ふぅーん。見せてみなよ」

コニーは彼女に向けて地下図を広げた。複雑に描かれているせいか、マルゴは眉間に皺を寄せながら食い入るように見つめている。そこで彼女に問いかけた。

「あなたを追っていた警備兵たちはどこですか？」

「さぁ……ちょっと、これ、現在地どこ？」

「あなたの小指の先が当たっている所です。警備兵は魔獣から逃げましたか？」

「えーと、どうだったかなァ……この図で北はどっち？」

「上です。警備兵は亡くなりましたか？」

「……さぁ、魔獣から逃げるのに精一杯でよく覚えてないんだけど……北はどっちの道？」

強張った顔を上げて、マルゴは辺りを見回す。

「北はこちらです」

コニーの視線の先にある通路を見て、マルゴはにやりと嗤うと——地下図をひったくった。少年たちを突き飛ばし、猛然と南の通路へと向かう。コニーたちがやってきた方角だ。

「これさえあれば、あんたなんか用なしなんだよ！」

追いかけようとする少年たちを、コニーは呼び止めた。

「大丈夫ですよ、地下図なら覚えていますから。わたしたちが向かうのは東です」

正直、マルゴを案内するのは面倒なので、自力で出てくれるならその方がいい。

——あの反応だと、警備兵たちは亡くなっている可能性が高いですね。少なくとも彼女はそれを知っているのでしょう。

ベルンが背中で呆れたように、「おい、さっきのわざとか？」と尋ねるので。

「人生、先のことは分かりません。水と食料は何においても命綱ですよ」

魔獣の襲撃を受けた。十メートルの高さから見下ろしてくる暗赤色の巨大ミミズ。その口から光る触手を無数に吐き出してくる。それは襟巻きのような朱鱗とともに煌々《こうこう》と輝き、闇を払う。コニーたちは入口が狭くなっている穴に逃れたが、奥は行き止まりで抜けられず。

穴に侵入してくる触手の束を、コニーは短剣をふるって断ち落とした。それにより触手は一度は引いたものの、今度は入口の岩壁に触手を伸ばす。ミミズは穴掘りが得意なので一瞬焦ったが……そうとう硬い岩盤のようで容易には崩せないらしい。だが、それでも諦めず、穴の外でこちらが出るのを待っている。

「ベルン、覚えて。北の路《みち》を右、続けて右右左まっすぐ左右左右。で出口に着きます」

背中から下ろした彼に、コニーはこの先の道順を教えた。

「え、どうするんだ?」

「わたしがあの魔獣の気を引く間に、あなたたちは先に進んでください。さっき右の道の奥で、小さな灯が一瞬見えました。おそらく騎士団の誰かでしょう。クリスとギー、足の速いほうが先行して呼び止めて。もう一人とエドはベルンに肩を貸してあげて。ベルンは痛くても我慢して走ってください。わたしもあとで追いますから」

「コ、コニーさんも一緒に行けねぇだか?　女の人に囮《おとり》さなんて……」

エドの言葉に、クリスとギーも提案してきた。

「だったら、いっせいにバラバラに飛び出せばいいんじゃない?」

「それより、ぼくとクリスとエドが縦横無尽に走って、やつの気を引けばいいんだよ!　お姉さんがその隙にベルンを背負って先に行く！」

泣き虫な二人が積極的に囮役を買うのには驚いた。

「――ダメだ。どのみち、オレと一緒にいるやつの足が遅くなるから狙われる。オレはここに残る」

足手まといになると察して、ベルンはきっぱりそう告げる。いい子たちだな、とコニーは思う。

「実はわたし、ハルビオン国一、足が速いんです。だから心配は無用ですよ」

そう言って強引に押し切り、コニーは自分が口にした計画を実行に移した。


まず、コニーが飛び出してクレセンワームに自分を追わせる。その隙に、四人の少年は北側にある二又《ふたまた》の道を右へと走る。ケガをした右足を庇うベルンを、ギーとエドが支えた。そちらに反応するクレセンワームの胴体側面を、コニーが短剣で切りつける。すると、猛然とこちらを追いかけてきた。道を間違えないよう、来た道を全力で逆走――三分もしない内に、地下図を手にうろうろしているマルゴに出会った。

「な、なんだい、これは渡さな――」

取り返しに来たと思ったのか、慌てて地下図を背中の後ろに隠す。その脇をコニーは風のように一瞬で走り抜けた。「へ？」と、間抜けな顔で見送るマルゴ。角を曲がったコニーは細い脇道にさっとすべりこみ、手にしたランタンの明かりをマントで覆い隠して身を潜める。

「あぎゃあああああああああ――」

時置かず、目の前の道を死に物狂いでマルゴが駆け抜けてゆく。そのあとを追う巨大なクレセンワーム。悪気はない。たまたま進行方向にマルゴがいただけ。

さて、戻ろうかと思って異変に気づいた。十字路になった真正面の道で、ざわりと闇が蠢《うごめ》く。小型のクレセンワームが群れとなり、波のように押し寄せてきた。体長は五十センチから一メートル。数は百か二百……どんどん増えてくる。やむを得ず後退。踊りかかってくるものを短剣で切り捨てる。サイズが小さいので、脇道に隠れてやり過ごすこともできない。駆ける速度を上げて引き離すも、ミミズ軍団は光りさざめきながら追いかけてくる。

行き止まりの壁に阻まれた。しかも、そこには白骨化した警備兵らしき遺体が――あのミミズどもに食い荒らされたのだろうか。彼の側には抜き身の長剣が落ちている。力尽きて数の暴力に屈したのか。コニーは頭よりも高い岩場の隙間にランタンを押しこむと、左手に短剣を持ち替え、右手で長剣を拾い上げた。そして、背後を振り返る。

いつのまにか、千匹を超えるうねりが、コニーの逃げ道を塞ぐように取り巻いていた。

☆

「そこの人、待って！　止まって！」

クリスが呼び止めた明かりの主は、アベルだった。

話を聞いた彼は、すぐにコニーがいる場所へと向かうが――すでにそこには誰もおらず。

「いくら足の速さに自信があるからって、短剣なんかじゃ太刀打ちできないデカブツなのに――あいつ馬鹿だろ」

つぶやくベルン。彼の怪我をしてない方の足を、クリスが強く踏みつけた。

「いてっ、何するんだ！」

「そっちこそ何言ってんの、肝試しなんかで強さを証明しようとしたバーカのくせに」

「あのお姉さんも、ベルンなんかに言われたくないよね」

「おらも同感だ」

ギーとエドにも白い目を向けられる。

「強さを証明？」

アベルが問いかけると、ベルンは視線を逸らす。クリスがすかさず答えた。

「ベルンは第二王子騎士団に入りたくて、いつもリスクのあることに挑戦してるんだよ」

「入団試験は、肉体的にも精神的にも強い人が求められるって話だから」

続けてギーも説明をする。騎士団の入団条件に身分は問われない。十代前半のうちなら平民の下男でも、その道に入ることは可能だ。ただし、上位を貴族が占める場所でもあるため、腕っ節のみならず相当なメンタルの強さが求められる。

「お、おまえらだってノリノリで参加しただろうが！」

「別にぼくら騎士団になんか入りたくないし」

栗鼠顔の兄弟が声を揃えて否定するので、ベルンは「じゃあ、なんで来たんだよ⁉」と怒鳴ると。

「「美姫の幽霊見たかったから」」

「あの、おらは無理やりベルンに引っ張りこまれただけ……」

エドが控えめに主張してくる。アベルはため息をつきつつ、四人の顔を見た。

「お前たちはリーネ館に不法侵入したという自覚はあるか？　帰ればそれなりの処罰があるだろう」

少年たちは口を閉ざしてしゅんと俯く。無茶をやらかしたくなる年頃なのだろう。特に今回の首謀者であるベルンは、日頃から何かしらトラブルを起こしていそうだ、とアベルは思う。

「――何にしろ、お前たちは運がよかった。一人も欠けることなく生き延びていたのだから」

クリスの細い手が、アベルのマントを引っぱる。

「……コニーお姉さんも助けてくれる？」

「当然だ、俺の大事な……部下だからな」

ベルンが目をまるくして「あの女官は女騎士だったのか？」と問い返す。

「彼女は経理官だ。俺は室長をしている」

「えっ、まさかの文官⁉」

騎士だと思われていたらしい。そもそも下男では執務棟に近づけないので、そこに一日中こもるアベルのことなど知りようがない。分かりやすく驚愕と落胆を見せる四人にアベルは苦笑する。

「心配しなくても、剣の腕はそこそこ自信がある」

コニーが南に進んだのは間違いない、ということで南へと向かった。途中、全長十メートル級のクレセンワームに出くわしたが、アベルは岩壁を蹴り跳躍してその頭を器用に縦分割して倒してしまった。あっという間の出来事に、あんぐりと口を開けたままの少年たち。「行くぞ」と言われて我に返る。

「「すごい、かっこいい！」」

「無敵じゃねーか……文官でこんなに強いって……騎士になるにはどんだけ強くないといけないんだよ……」

素直に賞賛する三人を横目に、目指す目標が遠ざかったように思えるベルン。

「このでかいのは二匹目だからな、倒すコツは分かっている」

小型のものは横に分断すれば事切れるが、巨大なものは横切りしても再生するので、頭部を縦に分断すればいいのだと説明する。クリスとギーが浮かれた様子で言った。

「それって、ぼくらが最初に見たでかいやつを二匹とも片付けたってことだよね！」

「もう襲われる心配はないってことだよね！　小さいのも靴に糞の臭いがついてるから寄りつかないし」

しかし、アベルは衝撃的なことを口にした。

「いや、まだいる。これと同じ大きさのものがいる溜まり場を見かけた。七匹はいたぞ。二匹片付けたから残るはおそらく五匹だが……それとは別に、さらに別格にでかいやつがいた。おそらくは地下のヌシだろう」

「「うそ？」」

「あと六匹も⁉」

「別格のヌシ⁉」

愕然としながら、少年たちはその顔に恐怖を滲ませる。

「まぁ、ボルド団長も地下に来ているから大丈夫だろう。俺よりずっと強いからな」

とはいえ、さすがにアベルでも、少年たちを守りつつ複数の魔獣を相手にするのは厳しい。調査隊と合流出来ればよいのだが……それにしても、コニーはどこにいるのか。ずっと南に向かっているはずなのに見つからない。アベルの中で焦りが生まれてくる。ふいにクリスが尋ねてきた。

「そういえば、室長様。ほかに連れの人はいなかったの？」

「コニーと、もう一人いたが……魔獣に襲撃されたさいにはぐれた」

彼の脳裏に調子のいい茶髪の官吏がよぎる。狭い白石通路の中、恐ろしい勢いで滑りこんできた巨大ミミズ。とっさにアベルはその巨体に飛び乗った。あの男は触手で絡めとられたものの——片袖を破って突き出した刃で応戦していた。アベルは暴走するミミズを止めるべく頭部を断ち落とそうとするが、刃を入れた直後に驚異的な再生力で肉が盛り上がり刃を押し返された。幾度か刃をふるう内、縦方向の傷が再生されてないことに気づいて倒すことができたのだが——

その後、武器について問うも、あの男はへらへらと「護身用っすよ！」と答えた。あれは暗殺用の武器に違いなく、自分は間者だと言っているようなものだ。そして、こちらの派閥をしきりに聞いてきた。中立派だと答えても疑っているようだったが……どうやら、あの男が経理室に潜りこんだ狙いは自分のようだ。背後から襲ってくるかと身構えていたが、気づけばいつのまにか姿を消していた。

「ベルン、足が痛むだか？」

顔色の悪さに気づいたエドが、ベルンに声をかけた。

「――エド。女官とはぐれた場所までの道、覚えてるか？　オレ、途中から分からなくなった……」

コニーから出口までの道順を教えられていた彼は、すでに現在地が分からない。

仲間に視線を向けると、三人は青ざめて首を横に振った。前を行くアベルが迷いなく颯爽《さっそう》と進んでいるので、何か確信があるのだろうと疑問を持たなかったのだが――

ここで、唯一頼れる大人が極度の方向音痴だと知るのは、それから十分後のことである。

☆

――もう少しで刃が使い物にならなくなるところでした。

道いっぱいに広がる大量の魔獣の死骸。斬り過ぎでなまくら化してしまったのは、死者から借りた長剣の方だ。短剣には悪魔すら斬れる特殊な鉱物〈フィア銀〉が刃先にうすく塗布されているため、刃こぼれひとつない。だが、長剣がなかったらこの数相手では、隙を突かれ噛みつかれただろう。切り伏せる時には体液の毒を避けていたが――屍《しかばね》の山からはむせ返るような紫の毒気が立ち上り、辺りに充満している。

コニーは岩場の隙間にあるランタンを摑むと、その場所から駆けだした。死骸で埋まった道を脱出し、さらに遠ざかるべく駆けたものの――三十秒と経たないうちに視界が二重三重にブレはじめた。しだいに駆ける速度が落ち、足がふらふらとおぼつかなくなる。どこか隠れて休める岩陰はないかと、辺りを見回しながら歩いていると——ふいに足が地面を踏み損ねた。

しまった、ミミズの通り道——

摑むものを求めて宙を掻くも、ブレた視界では難しく。底の見えない縦穴を落ちていった。

3　緑の佳人

——真っ暗です。

視界がまったく利かないほどの暗闇。お尻がやけに湿った柔らかい土に埋まっている。どこも痛くはない。どうやら助かったようだ。嗅いだことのある臭いがかすかに漂う。どうやらこの土はクレセンワームの排泄物らしい。あまり臭いがしないので大分時間の経ったものなのだろう。マントが犠牲になってしまった。そこから起き上がり抜け出すと、闇の中を見回す。

——ランタンはどこに……？

見つからないのは埋もれてしまったからか。探さないとこの先、不自由この上ない。仕方ないと腹を決めて泥山に手を突っこもうとしたとき——

「何をしている？」

心地好い声が耳に届いた。コニーはそちらを振り向くが、そこには依然として闇が広がるばかり。

幻聴？　いえ、人の気配は感じますね。

「——調査隊の方ですか？」

「地下が騒がしいので様子を見に来た」

妙な返しだなと思いつつ、こちらも答えた。

「ランタンを探しているのですが……」

「そこにあるではないか」

呆れた声の響きに、見落としただろうかと再度よく見回す。だが、やはり――

「見えません」

「見えない？　……我の姿はどうだ？」

不思議そうに聞かれる。

「明かりをお持ちでないので見えません」

不便なのでは？　そう思いかけて自身の違和感にも気づく。コニーは夜回りのアルバイトをしているせいか、暗闇には目が慣れている。それが月明かりのある屋外でなく漆黒の地下であろうとも、歩くのに障害になりそうな岩の位置ぐらいはうっすらと分かるものだ。なのに、今の自分の視界には何も映っていない。何故、と思いかけて――さっき感じた視界のブレに思い当たる。

クレセンワームの体液……直接かぶったわけではないが。

「――あれだけ斬ったし、毒気が立ち上る場所にいたから、もしかして……」

呆然としながらつぶやくと、相手は察したように言った。

「クレセンワームの毒気を浴びたのか。ならば一過性であろう。半日もすれば視力は戻る」

「そうなのですか？」

「すぐに回復させたいなら解毒薬がある、必要か」

「え……はい、必要です！」

小さな瓶らしきものを手渡された。なんて用意のいい。いや、こんな危険地帯に入るのだから、調査隊はいろいろ不測の事態のためにも用意しているのだろう。

「ありがとうございます」

礼を言い、蓋を外して薬を口に運んだ。花蜜のような甘さがある。しばらくすると視界に淡い光がふたつ見え始める。即効性なのか、ずいぶん効き目が早い。ひとつはランタンの灯のようだ。もうひとつは人の形をしている。

ん？

人の形の光はだんだんはっきりと見えてきた。輝く美貌の人がいる。艶めく白緑のまっすぐな長い髪が印象的だ。乳白色の肌、すっきりと通った鼻筋、思慮深げな深緑の双眸、品のある薄い唇。聖職者のような裾長の白衣には、蔦《つた》と花と月の紋様が緑と銀の糸で描かれている。

じっと微動だにせず、無表情にこちらを見る。人間臭さや温度を感じない清麗な美しさに、まるで精巧な人形のようだとも思った。背もかなり高い。目測でも百九〇センチを少し超えている。

――知らない人だ。これだけ目立つ人が城内にいればすぐに噂になるはずだが、聞いたことはない。騎士団の人間ではない。つまり調査隊ではない。

輝く美貌――この表現は比喩ではない。文字通り、彼自身が闇を払うほどに白緑の光を放っている。コニーはその現象にひとつだけ思い当たることがあった。魔法の使い手であれば明かりを生み

出せるのだ。では魔法使いなのか。どちらかと言えば、高貴な生まれの聖職者といった風貌なのだが。姿を目にしたことで、いろいろな疑問が湧き上がる。

「わたしはコニー・ヴィレと申します」

「知っている」

意外な言葉に内心で首を傾げつつ、彼女は愛想笑いを浮かべる。

「どこかでお会いしましたか？」

「王宮の庭で箒を持ったそなたをよく見かける。温室で草木の世話をしていることもあった」

「そうでしたか、すみません。わたしの方は覚えがなくて。お名前をお伺いしても――」

「好きに呼ぶがよい」

――それは答えたくない、ということだろうか。そういえば、先ほども調査隊かとの問いに肯定はしなかった。敵ではない、と思うが判断材料が乏しい。怪しければ疑ってかかるのが諜報員の基本。腹に一物あれば、抜け目なく助けた見返りを要求してくるだろう。

「薬のお礼をしたいのですが」

「気にせずともよい」

逡巡《しゅんじゅん》なくさらっと返してきた。とりあえずシロである。お言葉に甘えよう。

「出口へ案内する」

彼は背中を向けて歩き出す。コニーは慌てて呼び止めた。

「待ってください！　わたし、人を探しに戻りたいので――よければ、地下図を見せていただけませんか？　現在地を確認したいので」

「あいにく、それは我の頭の中にある。ゆえに見せることは出来ぬ」

自身の頭を指し示す姿さえ、優雅で気品がある。一瞬、その記憶力のよさに泥棒鼠の姿が脳裏をよぎったが、一緒にしては失礼だなと思った。

「なれど、我は多少なら魔法を扱えるがゆえ、童子らの居所ぐらいは分かる」

――どの辺まで事情を知っているのでしょう？

だが、ベルンたちの安否は気にかかる。合流したのが騎士ではなくアベルだったら大変なことになっているからだ。きっと盛大に道を外れている。

「あの子たちがどこにいるか分かるのですか？」

「如何《いか》にも。ついてくるがよい」

彼は踵を返しさっさと先導をはじめた。長い地下の道を右へ左へと枝道を進む。しんとした静けさの中、自分たち以外の生き物の気配を感じない。ミミズが寄ってこない。

もしや、わたし、けっこう臭ってるのでは……

どのぐらいアレの上にいたのか分からないので、嗅覚が鈍《にぶ》くなっているかもしれない。マントをくんくん嗅ぎつつ歩いていると、不自然に抉れた岩壁に気づく。視線を上げると、かなり上の方に壊れた階段が見えた。思わず足を止める。

「ここは……もしや、リーネ館に繋がる階段だったのでは？」

「如何にも。大方、巨大化したクレセンワームが体当たりして壊したのだろう」

彼も足を止め、それを見上げた。

「三階の壁が突然消えて――少年たちはそこから魔獣に引きこまれたと言っていました。何か仕掛けがあるのではと思うのですが」

「元は寵妃が住んでいた館だ。ゆえに、城の王の部屋とは地下で繋がっている。あの頃は先々代王の安全のためにも、クレセンワームは完全に駆除されていたのだ。壁が消えたのは、王が手間なく入れるようなカラクリにでもしていたのだろう。おそらく壁の裏側に立つと自動で壁が開閉するような――」

確かに、それなら巨大ミミズでも侵入できる。寄り付いたのは壁越しに人の気配や声を察してか。出没が夜限定なのは、地下の生物だけに陽光が苦手なせいかも。どうやって外の時間を把握しているのかは知らないが――それはともかく。階段さえあればここから出られるのに！　と思う。なんとか脱出口としてキープ出来ないだろうか。自称魔法使いの彼に聞いてみた。

「あそこまで魔法で人を飛ばせます？」

「転移術でなら。だが、残りの階段も脆《もろ》くなっているだろう。止《や》めた方がよい」

「その転移術で地上へ出ることは……」

「遠距離は不可である」

がっかりしつつも、その場を通り過ぎる。とりあえず、少年たちの回収が先だ。黙々と前を歩く彼に尋ねた。

「人探しの魔法はどうやってやるのですか？」

「いくつか方法はある。童子の一人に少々魔力があるのでそれを辿っている」

「この先、クレセンワームが出た時のためにお伺いしたいのですが、攻撃魔法は得意ですか？」

「我は制約に縛られた身であるがゆえ、特に、戦う力が制限されている」

「制約に縛られる？」

「今の状態においての最大出力で、攻撃魔法は一日一度が限度だ。むしろ、我は防御の方を得意としている」

「それは頼もしいです」

「娘、質問はこれまでだ」

いろいろ聞き過ぎて気分を害したかと思ったが――振り向いた彼の口角は、ほんの少しだけ上がっているように見えた。


三十分後、少年たちとアベルに再会することができた。

懸念は当たっていたようで、クレセンワームの脅威はアベルが取り除いてくれたものの、自信満々に突き進む彼についていった結果、半日さ迷うはめになったらしい。

アベルに懐中時計を見せてもらうと、午後四時を回っている。

……そんなに経っていたのですか。

きっと、穴に落ちたときに意識が飛んでいたのだろう。彼らは残りの食料と水で空腹を凌いでいたようだ。

「ところでコニー、そちらの方は？」

光り輝く人に皆の注目が集まる。いや、最初に会った時からもう、皆ちらちらと見ながら気になっていたようだ。

「ご紹介が遅れました。魔獣の毒で視界に不自由しているところ、解毒薬を下さり、こちらまで道案内をしてくださいました。何某《なにがし》様です」

「何某……様？」

アベルは聞き間違いかとコニーの顔を見るが、彼女は頷くことで肯定する。

「出口まで案内する。ついてくるがよい」

そう言って先導しようとする輝ける何某様に、アベルは声をかけた。

「俺の部下が世話になった。名を伺ってもよいだろうか？」

「好きに呼ぶがよい」

視線をちらりと向けただけで、さっさと歩き出す。

「訳ありなのでしょう。気になる所はありますが、第一王子派ではないと思います」

近くまできたコニーがアベルにそう囁く。アベルも不審そうな顔はするものの、否定はしなかった。すると、少年たちが次々に口にする。

「すごい美人……光ってる。緑の佳人《かじん》……？」

「緑の佳人だよね！」

「おらもそう思う」

「確かに、浮世離れしてるな」

緑の佳人とは、古いお伽噺《とぎばなし》に出てくる緑の高位精霊のことだ。ハルビオン国の初代女王に力を貸し、荒地に緑を芽吹かせたという逸話がある。

建国を美化したその手の物語は王家への崇拝を磐石にするため、どこの国にも必ずあるもの。よって、どのぐらいの割合で真実が含まれているのかは定かでないが……少年たちの曇りなき眼《まなこ》には、不思議な光に包まれた何某様はそう映るのだろう。

お伽噺は知っているものの、言われるまで思いつきもしないコニーだった。

敵か否かで判断する癖がついているので、わたしの心はちょっと煤《すす》けているのかも……

アベルに背負われたベルンが、最後尾を歩くコニーに気遣わしげな視線を送ってきた。

「女官も大変だったみたいだな……けっこう臭うけど、それってラッキーだからな！　小さいミミズは寄りつかないし、でかいミミズも自分のアレはスルーするから！」

――ベルン、あなた正直過ぎる。そこは「少し臭う」だけにしてほしい。

黒泥に浸かったマント。やはり嗅覚が鈍っていたようだ。

「アベル様……臭くてすみません……」

「ベルンの言う通りだ、気にすることはない」

アベルが爽やかな笑顔を向けてくる。コニーの前を歩いていたエドとクリスが振り返る。

「コニーさんがあの女中から食料守ってくれて、ほんと助かっただよ」

「お姉さん、ありがと」

「あいつ、天罰が下ればいいのにね」

クリスの前を歩くギーが、むっとした顔でそんなことを口にする。

そういえば、マルゴはもう地下を脱出したのだろうか。

……まぁ、近く懲罰は下ると思いますけどね。


新鮮な空気を胸いっぱいに吸いこむ。そこは東出口を抜けた城壁の外。

沈みゆく大きな夕陽と、オレンジ混じりの薄桃に染まる城下街が見下ろせる。

——やっと出られました！

待機していた騎士隊長が、ジュリアンを呼びに城門へと駆けてゆく。全員が出口より離れて、ひとまず南東の城壁塔に近い開《ひら》けた場所へと移動。コニーは緑の佳人に深々とお辞儀をした。

「何某様のおかげです。ありがとうございます」

「よい。ついで故」

……ついで？　やはり、何か目的があって地下にいたということでしょうか。

コニーが頭を上げると、彼は深緑の目を細めた。無が一瞬取り払われ、どこか満足げな印象を感じる。それを見て、あら？　と思う。どこかでこの〈表情〉を見た覚えがあるような……

「コニー。ジュリアン殿下が来られた」

アベルに呼ばれた彼女は主のもとに行くため、緑の佳人に断りを入れて背を向けた。

「主に報告せよ、清廉なる黒蝶」

え？

思わず足を止めたコニー。振り返ろうとした、そのとき――

「ぎぃやあああああ‼」

「どぅわおおおおお！」

隠し通路の出口から、奇声を上げながら飛び出す二人がいた。女中マルゴと、経理官ジョンだ。

続く爆音、出口を破壊しながら現れたのは――全長四、五十メートルはあろうかと思われる超巨大なクレセンワーム。口から滝のように吐き出す触手。

「地下のヌシだ」

アベルが呟いた。突然の事態に、十名の騎士たちを従えてやってきたジュリアンも足を止めて唖然とそれを見上げる。マルゴとジョンは勢いを落とさず、こちらに向けて爆走。それを猛然と追いかけてくる超巨大クレセンワーム。コニーたちは、ちょうど彼らと王子らの中間点にいた。アベルは背中のベルンを下ろすと長剣を握り、コニーは少年たちに走るよう声をかけ、自身はその場に留まり短剣を抜いた。

そんな二人の前に、緑の佳人はふわりと足取りも軽く進み出てきた。

「致し方なし」

襲い来る巨獣に向け、白い手が宙を切る。目前に輝く魔法陣が現れて、閃光の砲弾を撃ち出した。カッと周囲が白緑の光に染まる。瞬きの間――光に侵食されたクレセンワームが土塊のようにぼろぼろと崩れ消えてゆく。そして、視界は奪われ何も聞こえなくなった。

◆義兄、王女に迫られる

温室の半分は花園、もう半分には城の薬師たちが使うための薬草が栽培されている。

元々は全体が薬草園だったのだが、現王妃が嫁いできてからこの形になった。真冬でも彼女の居住区に春夏の花を飾るためだ。花園にはバラの品種を中心に、単体でも大ぶりで豪華な芍薬《しゃくやく》、百合、牡丹《ぼたん》、睡蓮など季節はずれなものばかりが咲いている。

「まぁ、なんて美しい花々が咲き乱れているのでしょう！　わたくしの好きな芍薬があるわ！」

柘榴色《ざくろいろ》のドレスの貴婦人がはしゃぐ。豪華な金の髪留めを挿したセピアの長い髪、高い鼻梁《びりょう》、長いまつげに縁取られた切れ長の瞳、自信に溢れたバラ色の唇。真珠のようになめらかな肌には傷ひとつなく、めりはりのある美ボディ。美姫《びき》と呼ぶにふさわしい、レッドラム国の第一王女メティオフール。彼女はハルビオン王妃の姪にあたる。

聖霊祭には外国の使者が列席する新年の儀式もあるので、王妃の招待で城に来たのだ。

「リーンハルト、早くいらして！」

彼女は扉を振り返り声をかける。ゆっくりとした足取りで温室内へと入ってくるのは白金髪の騎士。

彼は主君ジュリアンの命令で、今朝からずっとこの王女の接待をしていた。

じき陽も沈む時刻――長い一日だった。何故、よりにもよってこの忙しい時期に接待係などしなくてはならないのか。「一日だけ」という王女たっての要望らしいが、肉食系めりはり美女はリーンハルトにとって、トラウマを刺激する鬼門。いっそ具合が悪くなったと、この任務を放り出せたらどんなに楽だろう。

――いや、ジュリアン殿下にもきっと何か考えあってのこと、あと少しの辛抱だ。

憔悴《しょうすい》を顔に出さぬよう、彼は作り笑顔を美姫に向ける。

「芍薬が好きなら貴女《あなた》の客室に飾らせますよ」

「うれしいわ！」

「客人には便宜を図るようにと、陛下のご意向です」

「それなら、お花は夕食のあとに持ってきていただけるかしら？」

本日、何度目かの媚《こ》びた眼差しに心の中でため息をつく。

「仰せのままに、王女殿下」

夕食後では部屋に足止めされる可能性大。他の騎士にでも行かせよう。

「もうっ、わたくしのことはメティオフールと呼んでと言っているでしょう？」

王女が不満げに唇をとがらせる。

「大国の姫君を呼び捨てるなど恐れ多くてできませんよ」

そつのない笑みを貼りつけ、だが視線は彼女の大ぶりな金の耳飾りを注視する。

「わたくしが許すのだから何も問題はないわ」

王女は、すっとリーンハルトに歩み寄った。彼も同時に後退する。するとまた王女が近づく。彼は後退する。彼女は不思議そうに尋ねた。

「リーンハルト、何故下がるの？」

「王女殿下は未婚ですから、人目を気にされた方がよろしいかと」

「ここには誰もいないわ」

気を利かせたつもりか、さっきまでいたはずの庭師や侍女たちがいない。余計なことを。

「それに、貴方《あなた》となら噂になってもよくてよ」

王女、ぐいぐい来る。

「レッドラムの至宝に私のような不誠実な男は釣り合いませんよ」

過去の女性遍歴を持ち出してみるも――

「これまでは、どなたも本命ではなかったのでしょう？　わたくしは気にしないし、どんな貴方でも受け入れるわ」

探りを入れるかのように目がギラついている。ここで本命がいる――などと言おうものなら、血眼になって探しだし排除するだろう。

「私はジュリアン殿下の側近ですから、貴女と恋仲になることはありえません」

敵派閥の大将の血縁者であることを理由に断る。しかし、彼女の精神は頑強だ。

「リーンハルト、その程度の理由でわたくしは引き下がらなくてよ。ねぇ、わたくしを見て、もっとよく知ってほしいの。そうすれば――」

その背後におぞましい幻影がちらつく。たなびく長い紫髪、上半身は女人、下半身は蝶腹。顔面いっぱいに広がる口腔には鋭い歯牙が並び、飢餓に満ちて涎《よだれ》を垂らす。不穏な旋律をかき鳴らすのは背中で震える十対の薄羽――擬人爆乳魔獣ビオラスィート。

先月の半ば、彼はノーム子爵領で魔獣の駆除に当たった。二百匹余りに執拗に追い回された記憶がフラッシュバックする。一匹の全長が五メートル、巨大な胸の威圧が凄い。斬っても斬っても――首を失っても追いすがってくる恐怖。

……そろそろストレスがピークみたいだ。落ち着け、王女の目を見るな、耳飾りを見ろ。あれは幻覚、あれは幻聴……

「貴方は必ずやわたくしの虜《とりこ》になるわ。わたくしなしでは生きていけなくなることでしょう」

うっとりと自分の言葉に酔い、自信に溢れた笑みを見せる。

隕石でも降って、この女の関心が逸れないかな……

リーンハルトは切実にそう思った。それが天に通じたのか――突如、硝子《ガラス》張りの天井が音を立てて揺れる。夕暮れの空が弾けて白緑の光に染まった。

「何……⁉」

「きゃあああ⁉」

その方角に隠し通路の東出口があるのを思い出した。地下に潜った調査隊のため、脱出口として開放すると聞いている。地下には巨大な魔獣がいるとも――何事か起きたのかも知れない。ジュリアンが現場に立ち会っている可能性もある。

どさくさ紛れに王女は彼の首に抱きついてきた。濃い脂粉と髪の香油が入り混じった匂いに、一瞬、息がつまる。言いようのない悪寒に取りつくろう余裕もなく、その両肩を掴んで引き剝がした。獲物を掴んで離さないカマキリのような強い抵抗力に、ぞっとする。

「な……にごとか、確認してきますので！　身の安全のためにも城内でお待ちください！」

何とか平静さをかき集めて、王女を温室の外にいる侍女たちに預けた。

それからリーンハルトは急いで城門へと向かう。途中、異変を察した部下たちと合流。少し前に東出口にジュリアンが向かったことを知った。

部下の一人が心配そうに声をかけてくる。

「副団長、首のそれ……どうされました？　赤いぶつぶつが出ていますが、大丈夫ですか？」

リーンハルトは思わず首をさする。抱きついてきた王女の手や髪が触れていたところだ。

ついにアレルギー反応まで起こすようになったのか――どうりで痒《かゆ》いと思った。

「ただの蕁麻疹《じんましん》だ。大したことはないよ」

城門を出て南東の城壁塔を回りこみ東側に出ると、目の前にジュリアンと多くの騎士たちが倒れていた。すぐにジュリアンの意識を確認する。だが、声をかけても起きることはなく。

「副団長、こちらの騎士たちも誰も起きません！」

「担架と薬箱を持ってこい！」

「副団長！　あちらにも人が複数倒れています！　リーネ館で行方不明だった子供たちのようです！」

「子供？　とにかく意識の確認と、怪我があれば応急処置をしてくれ！」

王女接待中で情報が回ってこなかったリーンハルトは、訝《いぶか》しく思いながらもそう指示を出す。

「王子様はアタシが運んであげるわ」

忽然と現れたのは諜報部隊〈黒蝶〉の長。ひらひらとした黒衣と、赤みがかった派手な金髪が翻る。中性的でその身なりから美女ともとられそうな彼は、短い呪文とともに指先でくるりと軽く弧を描く。ふわりとジュリアンの体が宙に浮かんだ。

「強い魔法の余波で意識は飛んでいるけど、一晩休ませれば回復すると思うわ」

「先ほど空を覆った光に心当たりは？」

「いいえー。あ、そうそう。うちの無防備な仔猫ちゃんも早めに回収してくれると助かるわぁ」

そう言って、ジュリアンとともに姿を消す。転移魔法を使ったのだろう。

……うちの仔猫ちゃん？

はっとして、先ほど部下が報告してきた方向を見る。数十メートル先に倒れたいくつかの人影。リーンハルトはまさかと思いつつ、足早にそこに向かう。

「コニー！」

女官服姿の義妹が倒れていた。声をかけるが、ぴくりとも動かない。彼女の右手には〈黒蝶〉の証である短剣が握られたままだ。他の騎士たちから見えないように、そっとその手から外して鞘にしまい自身のマントの下に隠す。ふと見れば、すぐ傍に経理室長が長剣を握ったまま倒れていた。

リーンハルトはムッとする。状況から考えて、彼女と一緒に地下に潜り子供たちを救出したということだろう。……面白くない。

さらに視線を巡らせると、一人だけかなり離れた場所に倒れている。縮れ髪がみっともないほどに爆発した、やや小太りの女中だ。全身が黒く汚れている。その女中がこちらに向けて顔を上げ、震えるように片腕を伸ばしていた。魔法の余波を受けて皆が意識を飛ばす中、意識があることに驚く。おそらく、リーネ館で行方知れずとなったマルゴという女中だろう。

義妹が磨いた部屋を、わざわざ夜間に侵入して荒らしたことは知っている。

担架を持った騎士がマルゴの所へ向かおうとするのを、リーンハルトは止めた。

「あの女はリーネ館の部屋荒らしと宝窃盗の容疑者だ。逃がさないよう縄をかけて連れて行け」

「はっ！」

そして、その場に倒れていた騎士十名、子供四名と経理室長の運搬指示を終えると、リーンハルトは義妹のずれかけたメガネをそっと外してみる。

……寝顔、可愛い。

つい口角がゆるむ。抱き上げてもあの王女のような悪寒は全くしない。まずは塔の薬師局へと足を向けた。

調査隊が地下のクレセンワームを殲滅《せんめつ》して戻ってきたのは、翌朝のことである。

どうやら、あの超巨大なヌシが地表へ出てきたそもそもの原因というのが――ボルド団長の猛攻撃に追われたせいであると、後に判明。

4　欠けた記憶が示す先

十二月二十八日

目が覚めると官僚宿舎の自室にいた。寝台の上である。窓の外を見れば暗い。チェストの上にある木象嵌《もくぞうがん》の置き時計を見ると四時半——夜明け前のようだ。同居の黒猫たちが遠巻きになって近寄ってこない。着ている女官服からかすかに漂う異臭。

どうやって地下から戻ってきたのでしたっけ……？

頭に靄《もや》がかかっている。のろのろと起き上がる。とりあえず、お風呂に入ることにした。小さな浴室では魔道具で沸かされた湯をいつでも出せる。ポンプ式なので浴槽に溜めるにはけっこうな力仕事になるのだが、コニーにとっては問題ない。

入浴ついでに、女官服と臭いがうつってしまった下着とシーツを洗っておこう。一番被害のひどかったマントはどこに置いただろうか。室内をうろうろと探し、玄関先の外套掛けに吊るされているのを見つける。その下に置かれた靴下と靴もドロドロ。一目見て、これは処分するしかなさそうだと思った。

浴室で体を洗い、洗濯を済ませる。それから女中のお仕着せをまとって身支度。日当たりのよい窓際に縄を張って洗濯物を干し終えると、スカートの下に黒蝶印の短剣を装着し、ぶあつい丸メガネをかけた。

昨日出来なかった経理の仕事は、明日に変更してもらっている。本日は女中業――だが、その前に。地下での出来事を主に報告しなければなるまい。しかし、ここ数日、諸外国からの使者がぞくぞく入城しているので、その対応に追われる彼に日中接触するのは難しい。夜陰に乗じた方が近づきやすいのだが……急いだ方がいいと勘が告げている。

『主に報告せよ、清廉なる黒蝶』

あの何某様は、コニーにそう言った。あれは自分と会ったことをジュリアンに伝えろ、という意味だろう。

〈黒蝶〉は非公式の存在なので、そのメンバーを把握しているのはジュリアンが信頼した側近たちのみだ。義兄とボルド団長以外の、アベルを含む何人かは訳あって側近であることを未公表としている。その中に何某様はいない。加えて、コニーはアルバイトなので彼らには紹介されない。なのに知っていた。一体何者なのか。コニーが知らないだけでジュリアンの知己《ちき》か、あるいは――一つの重大な仮説が頭を掠める。

揚羽隊長に報告しましょう。そうすればジュリアン様にもすぐ伝わるでしょう。

二食分抜いているのでお腹は空いているが、食堂へ行くのは後回しだ。外に出ようと玄関の鍵を開けると、にこやかな笑顔の騎士がそこにいた。

「やあ、おはよう。コ」

バタン！

反射的に扉を閉める。

――朝っぱらから何しにきたんですか、この人！

「コニー、体は大丈夫かい？　魔法の余波に当てられたって聞いたんだけど……っ」

慌てたように扉の向こうから声をかけてくる義兄。

その言葉で忘れていた記憶がフラッシュバックした。

――あぁ、そういえば、わたし……地下から脱出後、超巨大ミミズを粉砕した閃光に目が眩《くら》んで、意識が飛んでたんですね……今思い出しました……！

「もしかして、勝手に部屋に運んだことを怒ってるのかな？　女中寮に君を預けることも考えたのだけど、〈黒蝶〉の任務だったら周りに詮索されるのもよくないと思って」

意識がない間、どうやら自分は彼に運ばれたらしい。部屋鍵は女官服の秘密のポケットに入れている。さっき洗濯するときにあるのを確認した。

「……あの、どうやって部屋の中に？」

少しだけ開けた扉から顔を覗かせて尋ねた。

「官僚宿舎の管理人を呼んで、合鍵で開けてもらったんだ」

「――そうでしたか、運んでもらってすみません。体は大丈夫ですので」

「そう、よかった……」

汚れたマントや靴、靴下を脱がしたのは彼だろうか。そのままにしてくれてもよかっ……いや、だめだ、きっと寝台が臭くて使えなくなる。ここは感謝しておくべきなのか。

「ちょっと聞きたいことがあるんだ。君が昨日、地下迷路に入った件に関して」

「今回は、ジュリアン様の許可を頂いてますよ」

また心配性のお小言かも知れないと、とっさに主の名を出す。

すると、「……それなら、仕方ないね」と不満だだ漏れの顔。

「私は客人の接待で調査隊に参加出来なかったから、地下で何が起きたかよく知らないんだ。城壁の側で倒れていたジュリアン殿下や騎士たちは、まだ誰も目覚めていないし」

「調査隊は戻っていないのですか？」

「ボルド団長の伝言を持って騎士が一人戻ってきたけど。一番巨大な魔獣を取り逃がしたから、それを仕留めるまで戻らない、と」

「それ、全長五十メートル近いものですよね？　アベル様が地下のヌシだと言っていたもので……でも、地上の出口から這い出たところを魔法で撃破されましたよ」

「それって昨日の夕方、空を染めた閃光のこと？」

「そうです」

「魔法の使い手が誰か知ってるかな？　そんな巨大な魔獣の骸《むくろ》を肉片ひとつ残さず消滅させるなんて、魔法士団の中にもいないはずなんだけど」

「それは何某様です。白緑の髪の大変美しい男の方で。聖職者のような格好をしていました」

「……そんな目立つ人はあの場にいなかったけど」

「そうなのですか？」

クレセンワームの毒気を浴びた時に毒消しをもらったこと、はぐれていたアベルと少年たちを探してもらい、出口まで案内してもらったこと、彼との会話、コニーが〈黒蝶〉と知っていたことなど……これから〈黒蝶〉の長に報告しようとしていた内容を、簡潔に説明した。

義兄から主に伝えてもらえれば手間が省けるのである。面倒だからではない。コニーは基本的に合理主義なのだ。

リーンハルトは眉間に皺を寄せつつ、白い手袋をはめた右手を顎《あご》に添えてしばらく考えこむ。

「迷ったって……地下図は持っていなかったのかい？」

「マルゴに奪われました。出口までの道順は覚えていたのですが、地下図にない縦穴に落ちてしまったので迷いました。少年たちにも出口の道順は教えていたのですが、わたしを探すために逆走したらしく……それで迷ってしまったようです」

先ほどから気になる、焼きたてパンの香ばしい匂い。空腹を刺激する。コニーは彼の手に提げられた大きな包みに視線を落とす。

「……今朝はお弁当なのですか？」

「うん、君がお腹を空かせているんじゃないかと思って」

包みを渡されたので、思わず両手で受け取った。ふわっと美味しそうな匂いが押し寄せる。

「一緒に朝食をとりたかったけどね。私はこれから、地下の調査隊に引き上げるよう伝令を出してくるよ。君の話はジュリアン殿下に報告しておくからね」

そう言って彼は去っていった。コニーの足元に黒猫たちがすりすりと集まってくる。

「……せっかくですし、温かいうちに頂きましょうか」

洗濯場にて。大量の洗濯物を干し終えて、空になった洗濯籠を重ねて運んでいると、目の前に全身真っ黒な人が現れた。鼻先まで被ったフードで艶のある唇しか見えないが、その観賞魚のような裾割れの黒衣にはとても見覚えがある。その人は二十歩ほど先で両手を広げて通せんぼしていた。

「仔猫ちゃ～ん！　さあ、アタシの胸に飛びこんできて！」

艶っぽいハスキーな声で何か言っている。コニーは呆れたような半眼を向けた。

「何やってるんですか、揚羽隊長」

ちょうど建物の角を曲がった所だったので、周囲に人はいない。干し場にいる女中たちからも見えない位置ではあるが――〈黒蝶〉が非公式である以上、その長である揚羽の存在も表には出さない。兼任している魔法士団長も幽霊団長で通しているぐらいだ。

それがこんな所で何をふらふらしているのか。

「久しぶりの感動の対面でしょお？　最近、アタシに報告忘れてるんじゃなあい？」

「――特に報告することもなかったので」

揚羽から受けた命令では、特に報告すべき成果はない。それ以外の件については、最終的に主たるジュリアンが把握できていれば問題はない。最近は義兄が都度その場にいたこともあり、彼に報告内容を伝えてもらう形になっている。

「グロウ団長に連行された件とか～、食料貯蔵庫の泥棒鼠の件とか～、アタシの許可なく地下通路に潜った件とか！　あるわよね⁉」

「最初のは梟が報告しましたよね。あとのふたつはすでにジュリアン様が知ってますし、許可も頂いています」

二度手間かけるなんて効率の悪い。

「アタシの上官としての立場はどうなるの！　考えなさいよね！」

「どうせジュリアン様と仲良くお茶しながら聞き出してるんでしょう。問題ないじゃないですか」

若干の妬みを含ませながら半眼で見ると、揚羽の顔がこわばる。

「……何故それを」

「それで、何の御用ですか？」

単に部下に構ってほしいだけの上官を軽くいなし、本題を要求する。彼はフードの下でむうっと頬を膨らませた。

「ジュリアン殿下がお呼びよ、至急来てちょうだい」

「え？」

主の呼び出しなど滅多にないことだ。義兄に託した報告について何か不備でもあっただろうか、と首をひねる。揚羽の転移魔法により、いきなりどこかの室内に放り出された。窓際には重厚で立派なマホガニーの机がある。

「ここは？」

「ボルド団長の執務室よ」

――ということは軍施設の二階ですね。

フードを上げて赤みがかった長い金髪を指先で払う揚羽。魚の尾ひれのような黒マントに黒ワンピースと相まって、中性的なその顔立ちはもはや美女と表現するしかない。そんな彼を横目で見ながら、コニーは洗濯のため捲《まく》り上げていた両袖を、さっと下ろしてボタンを留める。

扉一枚隔てた応接室に足を踏み入れると、上座《かみざ》にジュリアン、右の長椅子にボルド団長とリーンハルト、その対面の椅子にアベルが座っていた。コニーは一礼して、アベルの斜め後ろの壁際に姿勢を正して立つ。揚羽はジュリアンの後ろに立った。

「急に呼び出してすまなかったね。少し確認したいことがあるんだ」

穏やかな微笑を浮かべたジュリアンが、コニーに声をかけてくる。

そして、視線を経理室長アベルに向けた。

「アベル、地下から出る直前、どんな順番で歩いていたか、もう一度話してくれるかい？」

昨日の疲れが抜けていないのか、いつもはきっちり後ろになでつけている上官の黒髪が少々乱れている。

「ケガをした少年を俺が背負い、四人を誘導しました。コニーには最後尾についてもらいました」

「君の前には誰もいなかった？」

「ええ、誰もいません」

コニーはアベルの精悍な横顔を凝視する。ジュリアンはコニーに説明をした。

「君が報告した何某様について、アベルと四人の少年たちに尋ねた所、そんな人物には覚えがないと言うんだ」

「アベル様!?　どうしてそんなことを仰《おっしゃ》るのですか!?」

「どうして、と言われても……そんな人物いなかっただろう?」

こちらを向いたアベルは困惑した様子で、嘘をついてるようにも見えなかった。そこへ、対面に座していたボルド団長が身を乗り出すように、彼女に問うてきた。

「嬢よ、魔獣の毒気浴びたってぇ聞いたが、幻覚見たってことはねぇか?」

……幻覚?

「毒消しが早かったお陰で後遺症もありません。見ての通りすこぶる健康です。夜明け前から自室で洗濯する余裕があるぐらいですよ」

「真っ暗な地下ではぐれたんだろ?　恐怖や孤独に苛《さいな》まれて幻覚見たっつうても、誰も責めねぇぞ」

「それもありません。夜警番をしているので暗闇には慣れています」

——もしや、これは、自分の発言が疑われているのだろうか。何某様の存在が虚言だと。

眉根を寄せて考えこむボルド団長に、ジュリアンは尋ねた。

「納得したかい?」

「うーん、心身が病んでる感じでもねぇなぁ」

やっぱり疑われていた。それまで口を閉ざしていた義兄が、ボルド団長を睨んで言った。

「大体、君は失礼なんだよ。ジュリアン殿下の影を務めている彼女が、嘘をつく訳がないだろう!」

「だがな、五対一だぞ。あの閉塞的な空間で多数が見ていないんだ。疑うのは当然だろうが」

どうやら、コニーにかかる疑いを先に解く必要があったらしい。

再び、ジュリアンが彼女に視線を向けて話しかけた。

「アベルの方向音痴は並大抵のひどさじゃないんだ」

「……はい。承知しています」

「だから、彼が先導して地下を脱出したとは考えにくい」

そうなんです！　絶対無理なんです！

「コニーだけが見た何某様は、きっといるはずなんだ」

はっきりと肯定するジュリアンに、コニーは心の中で喝采を送った。

そうです、幻なんかじゃないんです、さすがわたしの主！

「名乗らない。制約に縛られた魔法。それでも巨大なクレセンワームを撃破できる魔力。ちなみに、あの魔獣の解毒薬は植物の蜜なんだ。僕に報告するようコニーに告げたこと――それに何某様に対するイメージとして、少年たちは〈緑の佳人〉という言葉を使っていたそうだね。もし、アベルと少年たちの記憶が意図的に消されたのだとしたら――それは、存在そのものが周知されるにはまだ早い、という意思表示にならないかな？　手がかりを持たせるのは、コニー一人だけで十分だと」

皆の視線を浴びてジュリアンは断言した。

「きっと、彼が僕の探している〈裁定者〉だ」

――〈裁定者〉探し。それは、ハルビオン国の二人の王子に課せられた試験のひとつ。

『王の裁定者を探し出し、かの者が与える試練を正しく完遂して〈王の証〉を得よ』

王は『城の敷地内にいる』『会えば必ず分かる』と助言していた。

「〈緑の佳人〉が〈裁定者〉ねぇ……城中探しても見つからないわけだわ。魔法のエキスパートよ。雲隠れなんてお手の物でしょ」

「国の守護者みたいなもんだからなぁ」

揚羽とボルド団長が感心したように言う。わりとすんなり信じてるのは、魔法の使い手と脳筋であるがゆえ、強さに敬意を払うためか。

……あれ？　高位の精霊ですよね？　古いお伽噺の……本当にいるんですか？

精霊というものは魔法の使い手には見えるらしいが、それでも高位精霊ともなると有する魔力、扱う魔法の次元が桁違いだという。見ることが出来ただけでも奇跡だと。

コニーは強い視線を感じてその元を辿る。何故か、アベルと義兄が同時にこちらを見ている。

……なんです？　何故、二人してわたしをガン見しているのです？

ジュリアンが組んだ両手の上に顎を乗せ、ぽつりと本音を零《こぼ》した。

「まさか、本当に〈緑の佳人〉がいたとは、僕も驚きだけど……」

ジュリアン様もお伽噺は信じない派ですものね。ですが、何某様……もとい〈緑の佳人〉様、もしかして、いつまでも見つけてくれないから手がかりを教えに来たのでは？

そう考えれば、その唐突な登場と退場の理由に納得もいく。ジュリアンは席を立つと窓辺に近づき、そこから望む小さな森を見ながら、推測を口にする。

「彼のことは、きっと陛下しか知らないことだと思う。彼からの試練を受けたあとに、契約を交わすのであれば——それが〈王の証〉を得るということになるのだろう」

そういえば、制約に縛られていると仰ってましたね。ということは……現時点では、今の国王様と契約されている、ということでしょうか。

ハルビオンは農作物の収穫量が多い。建国以降の四百八十四年、ただの一度も不作で民が飢《う》えた記録がないぐらいだ。それが長年にわたる高位精霊の恩恵であれば、秘匿されるのは無理もないこと——彼の身が他国に狙われるがゆえに。

「問題は、その〈緑の佳人〉をどうやって捕まえるか——だな」

ボルド団長が顎髭をなでつつ、試験クリアの方法を切り出すと、リーンハルトが意見を述べた。

「コニーと会ったのが王宮の庭と温室だというなら、そこにまた現れるということじゃないかな」

「そのことですが……わたし、まったく覚えてないんですよ」

コニーが困惑気味に答えると、その様子を見たアベルが疑問を抱く。

「一方的に見られていたにしても、何度もであれば気づかないのは不自然だな」

「そもそも、聖職衣の美人ってだけでも結構目立つと思うわよ?」

揚羽も頰に指先を当てながら小首をかしげる。

「変装している可能性もあるね。とりあえず、皆で中庭に出て探してみようか?」

ジュリアンの言葉に従い、それから半日、陽が沈むまで広い中庭をくまなく探したものの——そう簡単に、〈緑の佳人〉は見つからなかった。

四章　裁定者探し

1　懲罰が下る先

十二月二十九日

聖霊祭を二日後に控え、主および側近たちも超多忙である。よって、〈緑の佳人〉探しは各自が空き時間に行うことになった。コニーも何か手掛かりはないかと、朝早くに西中庭を訪れている。

寒風に交じってちらつく小雪。吐く息も白い。

本日は、一昨日、地下潜入で出来なかった経理業務の振替日。

寒さを凌ぐべく、紺ドレスの上に羽織っているのは女官用に支給されたマント。白桃の布地に白い毛皮の縁取り、留め具は白いボンボン。お嬢様仕様のラブリー感が辛《つら》い。しかし、隠密にも重宝した灰黒リバーシブルマントは、悪臭のため捨ててしまったので仕方がない。

――とはいえ、着心地はこちらのが良いのですけどね。保温性ばっちりですし。女中業の時には使えませんが……

南に向かって歩き迎賓館の裏庭近くまで来ると、見覚えのある少年たちに会った。

「あ、女官だ！」

「コニーさんだべ」

「「コニーお姉さん！」」

ベルンは右足を庇うように杖を使い、ひょこひょこと近づいてくる。具合を聞くと王宮薬師に診《み》てもらえたようで、完治までは一週間ほど。あの後、彼らは多くの大人たちから、お小言や拳骨をもらったのだとか。ベルンの顔にはいくつかのアザがある。

「あー、これ、養い親のおじさんに殴られただけ。気にすんな」

地下で警備兵が二人亡くなったことを知り、各々、自身の軽率な行動を深く反省したと言う。

「そうだ、聞いてくれよ！　オレたち、国王様に拝謁したんだぜ！」

自分たちの処罰を巡って起きたことを話してくれた。

今回の件について、第一王子騎士団のグロウ団長からは、「子供といえど牢に引き立てるべし」との厳しい意見が出たのだという。リーネ館の調査中に隙を突かれて侵入された手前、現場の責任者として許しがたいようだ。一方、地下調査と魔獣討伐を行った第二王子騎士団。肉食魔獣に一昼夜追い回された少年たちには同情的で、ボルド団長も「ガキの悪戯《いたずら》に過剰な懲罰は必要ねぇだろ」と庇ってくれたとか。

両騎士団のトップが反目し合ったため、この件は国王が預かり処断を下すことになったらしい。

ベルンは第二王子騎士団での雑用を二年、他の下男たちは同じく雑用を半年命じられた。下男の仕事よりも重労働で、その上、身分差による虐《いじ》めも横行しているため、平民出の彼らには決して優しくはない環境だ。率先して肝試しに仲間を引きこんだとして、特にベルンの従事期間は長い。だが、将来的に騎士を目指しているという彼は、すごく嬉しそうだ。

――国王様、お茶目な所ありますからね。活きのいい騎士になりそうだとか思っていそうです。

現ハルビオン国王は温厚である。男の子にありがちな好奇心や冒険心に、目くじらを立てるようなジュリアン様を支える優良な騎士は、一人でも多くほしい所ですものね。

な狭量さなどない。しかし、マルゴについては別である。なにせ、リーネ館への侵入目的が三階フロアを汚損すること、黄金の飾り皿を窓から森へ投げ捨て、ともに同僚であるコニーに罪を被せることだったのだから。

損害賠償のために無償で三年働くか、鞭打ち刑のち王都追放か、どちらか選ぶようにと言われたらしい。ここで誰もが前者がましと思うだろう。誰でも痛いのは嫌だ。おまけに、最低限の衣食住は提供するというので（城下へ行き来させないための逃亡防止措置なのだが。ただし、住居は女中寮ではない）、マルゴは救済措置だと勘違いして飛びついた。

――罪の意識がまるでないのですね。自分の軽率な行いで二名の警備兵が亡くなっているというのに。今後も以前と同じような働き方ができると思っているのでしょうか？　おめでたい頭です。遺族や彼らの友人、仲間に報復されるとは考えつかないのでしょうね。

国王による裁きがまとめて行われたので、ベルンたちが呼ばれた場所にマルゴもいたのだという。だから、マルゴの処罰も知ったわけだが――「なんで、国王様もあんな甘い処罰にしたんだろ？

わざと楽な方を選ばせてるとしか……」と、首をかしげるベルン。

城内に限り、〈報復制度〉というものがある。落ち度のない者の死に、落ち度のある者が関与していた場合、死者に近しい者の申し出があれば受理される。めったに行使されないので、古くから城勤めをしている者でないと知らない制度だ。基本は〈城の敷地内にいる限り、命を奪う以外なら何をしてもよい〉。言うなれば、遺族感情を汲んだ国王公認の私刑制度である。

大人の仄暗い事情なので、ピュアな少年は知らなくてよいのだ。

——今日から、四人はさっそく第二王子騎士団での雑用を始めるのだという。

「ケガをしているのだから、無理はしないでくださいね」

「両手が使えるから、大丈夫だ！」

ベルンについで、栗鼠顔兄弟のギーとクリスが話しかけてくる。

「最初は、魔獣舎で餌やりの手伝いするって聞いたよ」

「すごく綺麗な白馬に似た魔獣がいるんだって。翼で空も飛べるんだ」

それは義兄の魔獣のことだろう。大柄なエドがはっとしたように、三人の肩を軽く叩いた。

「ほら、皆！　忘れてるだよ！　せーのっ」

すると、彼らはいっせいに声を張り上げて頭を下げた。

「「「「助けに来てくれて、ありがとう！」」」」

コニーの頬が自然とゆるむ。「どういたしまして」と軽やかに返した。

「いつかこの借りは絶対、返すからな！」

「ベルン、それじゃ悪役のセリフだ」

「執務棟にはぼくたち近寄れないから、経理室長様にもよろしく言っておいてね！　魔獣から守ってくれてありがとうって！」

「コニーお姉さん、またね！」

少年たちは去ってゆく。雪が止《や》んで、高く清んだ青空が雲間に広がる。そろそろ就業時刻、コニーは執務棟へと向かった。


「私と勝負しろ、コニー・ヴィレ！」

仕事場である資料室の前、短い紫髪をぴっちり七三分けにした青年が立っている。黒縁の四角いメガネ。見た目はいかにもな、お堅いエリート経理官。いつもはこちらをチラ見してくるだけで、決して声をかけてこない人なのだが――

「そこ、どいてくれませんか？　部屋に入れません」

「私と勝負しろ、と言っているんだ！」

意味が分からない。コニーは小首をかしげて問い返す。

「何のための勝負です？」

「正義のためだ！　私が勝ったら潔く経理室を去れ！」

……だから何の正義？

経理室長アベルは、今朝から城の大会義室へ出向いている。その留守を狙ってきたのだろうけど。

「もう少し、あなたの主張を分かりやすく説明してもらえませんか？」

「貴様に常識というものがないからだ！　自分でも分かっているだろうっ！」

「はぁ、見当もつきませんが」

「しらばっくれるか！　これまでの目に余る言動といい！　貴様のように俗物的で醜聞にまみれた非生産的な女！　経理室にいては倫理が廃《すた》れる！　いずれ室長が責を問われるは必至！　敬愛する室長のためにも、これ以上のさばらせてなるものか！」

――何か話が壮大ですね。さしずめ、わたしは経理室に住まう悪の化身ですか？

コニーはにっこりと笑った。

「同じ職場にもかかわらず、挨拶もまともに返さないような人に、常識がない、などと言われるとは思いませんでしたね」

うっと一瞬、言葉を詰まらせてのち、彼は大仰に怒鳴った。

「貴様にっ、挨拶をされる価値があるとでも思っているのか⁉」

はぁ、最近、憎まれることが多いですねぇ。噂に尾ひれ背びれがつき過ぎてるせいでしょうか？

心の中でそっとため息をつく。

「まぁ、あなたに大変嫌われていることはよく分かりました。挨拶は社会の基本。それすら出来ないと仰るなんて、まるで駄々っ子のようですね。今まで誰にも指摘されなかったのですか？　お気の毒に、ご友人がいないのですね」

「な……ッ」

図星だったのか真面目くさった顔を怒りに染める。

「しかも、何かわたしのことを知り尽くした顔で暴言を吐いてますけど。まさかその根拠が、聞きかじりの噂だったりあなたの妄想だけとは仰いませんよね？」

「当然だ！　貴様のような女はこの職場にふさわしくない！　クロッツェ室長のお傍で働くなど以ての外！」

売られた暴言ですので、買います。

「いいでしょう。わたしが勝ったら、ガンツさん。あなたの頭を丸めてください」

彼は怪訝そうに片眉だけ顰《ひそ》めた。

「……それで貴様に何の得がある？」

「あなたのその頭、一度風通しをよくした方がよいと思いましたので。自信がないなら勝負を取り下げてくださいね」

「フン、よかろう。どうせ私が勝つ！」

「では、勝負方法は経理官らしく計算で。どちらがミスなく先に終わらせるか、勝負です」

すでに始業時間は過ぎている。仕事以外はしたくない。手際よく計算が必要な書類をガンツの前に出す。書類の山が五つずつだ。すると、彼は憤慨した。

「待て、これは貴様の仕事だろーが！　何を人にやらせようとしている⁉　油断も隙も——」

「あなたがやった分はアベル様に報告しますよ」

「——ちっ、ならばよかろう」

しぶしぶ納得しつつ机の前に彼は座る。コニーは部屋の隅にある真鍮《しんちゅう》細工の置き時計を持ってくると、二人の机から見える位置に置いた。

「じき時刻は七時五分なので、終了は八時五分とします。ちなみに、五山で一時間目安です」

「……は？」

「では、用意——始め！」


一時間後。コニーが計算を終えて顔を上げると、ガンツはまだ二山分しか済んでいなかった。

「まだですか？」

「まだ……」

「まだですか？」

「まだだ……」

コニーは彼の手元を覗きこんだ。イラついているのか文字がのたうつクレセンワーム。しかも本人、計算の一桁台の凡ミスに気づいていない。

——この人確か、ポスト空きの経理室長補佐官……候補のはずですけど。落ち着きがないですね。

「ストップ、時間の無駄になるので止めてください。答え合わせをします。わたしの分と取り替えて、誤りを赤インクでチェックしてください。あなたと同じ二山分で結構です」

書類の山五つを終えたコニーを、ガンツは「フン」と一瞥《いちべつ》した。

「いや、全部確認してやる。早くやってみせた所でミスだらけに違いない」

――結果、ガンツの書類は五枚につき平均一つの計算ミス。二山で二百枚。つまりミスが四十箇所。コニーの書類は完璧だった。彼はがくりと床に膝をつきうなだれる。

「ひとつもミスがないだと……っ!?」

「時間内に二度計算してますから、なくて当然です」

そこへ、大会議室から戻ってきたアベルに計算勝負がバレた。コニーを経理室から追い出そうと画策したガンツはきつく咎められ、また、それに乗ってしまったコニーも怒られた。

「貴女も貴女だ。こんなメリットのない賭けに乗る必要などなかっただろう」

「真正面から挑む人には誠心誠意をもって、鼻っ柱を叩き折って差し上げるのが礼儀かと思いまして。申し訳ありません」

鼻っ柱を叩き折られたガンツは気を奮い起こして、敬愛する上官に直談判。

「待って下さいクロッツェ室長！　これにはわけが！　この、お……彼女は悪です！　経理室に置いておくなど」

「ところでガンツさん。先ほど言っていた、わたしの〈これまでの目に余る言動〉とはなんですか？」

コニーが尋ねると、彼はクワッと目を見開き食いついてきた。

「宝物窃盗の容疑で拘束されただろうが！　一昨日は無断欠勤をしたり！　あまつさえクロッツェ室長に敬意を払わないなど！　官吏としてあるまじき行為！」

またこの人は真偽も確かめずに……と、コニーは呆れる。

「窃盗容疑は冤罪です。グロウ団長からも謝罪をいただいています。一昨日の仕事日に関しては、事前に今日に振り替えていただいたので無断欠勤ではありません」

「俺が忙しくて職場に伝えていなかっただけだ。彼女に落ち度はない」

アベルもそう言って肯定する。一昨日は、彼も地下潜りで職場に顔を出せなかったのだから仕方がない。

「上官に敬意を払わなかったことなど一度もありません。一体、何を根拠に仰っているのですか？」

「よくも抜け抜けと……図々しくも、アベル様などと呼んでいるではないか！」

え、敬意を払ってないってそこですか？

アベルが呆れたような眼差しをガンツに向けた。

「それは俺が望んだことだ。お前に文句を言われる筋合いはない」

「な、クロッツェ室長自ら……っ⁉」

ガンツはショックもあらわによろめく。

経理室長である彼をその名で呼ぶのは、ごく親しい間柄のみ。それこそ第二王子や従者ニコラなど。経理室長になる以前には、部下の中にも何人かいたらしいが、経理室においてはコニーだけ。

「——官吏にとって上官に目をかけられるということは、出世の道を磐石《ばんじゃく》にすることでもありますからね。ガンツさんは経理室長の補佐官候補。けれど、公私にわたって優秀なニコラがアベル様の補佐をしているため、不要の身。これは本来ならニコラに向かうべき嫉妬でしょう。けれど、自分より信頼度の高い相手にいちゃもんはつけにくいと。そこへ最近、女中だとバレた臨時女官。もともと、アベル様による登用もあり気に入らなかったのですね。わたしの周囲で起こるトラブル臭を嗅ぎつけて、これ幸いと自分のままならない状況によるストレスを発散すべく勝負を挑んだ――と。

なるほどなるほど。まったくもって迷惑な話です」

つい推察を口にしてしまったが、ガンツが恨めしげな目線で睨んでくる。反論がないのはその通りだからか。

アベルが二人に沙汰を言い渡した。

「今後、職場での賭け事は一切禁止だ。フォレスター・ガンツは今日より十五日間の自宅謹慎、コニー・ヴィレは明日から聖霊祭が終わるまで執務棟への出入りを禁ずる」

――その間はもとより経理の仕事は入っていませんし、謹慎と仰られてないので今日の分と、女中の仕事はできますね。わたしには何ら罰になりません。寛大な処置をありがとうございます。怒りに任せて窓の外に蹴り飛ばさなくてよかったです。

コニーは「承知いたしました」と、両手を揃えて深々と感謝を込めてお辞儀をする。

青ざめながら返事をしたガンツがふらふらと資料室を退出したので、コニーは追いかけた。

「ガンツさん、ちゃんと頭を丸めてくださいね！」

聞こえないふりをして彼は足早に廊下を行く。コニーは息を吸うと、大きな声を出した。

「わたしに計算勝負で負けた、フォレスター・ガンツさん！　約束通り頭を丸めてくださいね！」

嫌そうな顔でようやく振り向いたので、コニーはにっこりと微笑んだ。そして、足早に距離を詰めながら、はっきりと淀みのない声で言った。

「自分が負けたからといって、勝負なんてなかったような顔して逃げるなんて卑怯ではありませんか？」

「……っ、クロッツェ室長が、賭けは一切禁止だと言っただろう！」

「今後、という注釈がついていました。つまり、今回の賭けは有効です」

「何を馬鹿なっ、常識的に考えて……！」

「わたしに経理を辞めるようリスクの高い賭けを吹っかけておきながら、自分は何も失いたくないと？　ずいぶんと都合がいいんですねぇ。一生ハゲろと言っているわけではないのに。自分が言った言葉の責任も取れないと仰る？　それはそれは……上官に信頼されないのも納得です！」

暗に上官に名呼びを許されていないことをつつく。ガンツは背中を向けた。悔しいのか歯軋《はぎし》りをする音が聞こえてくる。

「噂に踊らされて真偽を確かめる手間も惜しむようでは、そのうち足元を掬《すく》われますよ？」

彼はこちらを睨むと、忌々《いまいま》しげに靴音を鳴らしながら去っていった。

経理室の扉から顔を覗かせていた経理官たちが、コニーに声をかけてくる。

「ヴィレちゃん、計算であいつに勝ったの？」

「すげえ！　あいつ一度だって間違えたことないんだぜ！」

「ここに入るときの一千問試験、現経理官の中で満点なのガンツだけなんだよ」

ということは、集中力を欠くようなことでもあったということか。

「具合でも悪かったのでしょうか？　それなら、わたしも少々言い過ぎたかもしれません……」

「いや、都合悪くなると逃げるとか、普通に卑怯だし」

「あいつ、頑固な上にプライド高いからなー。年下の女の子相手に大人気《おとなげ》ない」

「ハゲるべき」

どうやら、ガンツに同情する者はいないようだ。

2　第一王子、緑を怒らせる

「誰か――ジョン・ホルキスの欠勤理由を知っている者はいないか？」

昼休憩前。書類を積んだワゴンを経理室に運ぶと、アベルが経理官たちに声をかけていた。

「一昨日から出勤していませんし、食堂でも見かけていません」

経理官のひとりが報告をする。コニーも記憶を辿ってみる。

――あの駄犬……ミミズに追われて地下から飛び出したのを最後に見ていませんね。

正午の鐘が鳴り響く。官僚食堂に行くべく白桃のラブリーマントを羽織り、算盤《そろばん》の包みを持って階段を下りた。

「冗談じゃないわ！　しっ、しっ、あっちへお行き！」

一階の書庫に着くと、太った女官が悪態をつきながら目の前をドスドスと通り過ぎてゆく。

あれは、アベル様によく色目を使っている女官では……

彼女の背後を、官服を着た枯れ木爺が追いかけている。

「恥ずかしがり屋さんじゃのう〜わしと茶ぁしばこ〜や〜」

パッペル・ドジデリア。近いうちに牢から出されるだろうと思ってはいたが……まさかの職場近所。近くにいた三十代ぐらいの男性司書に尋ねると、爺は食料貯蔵庫を荒らした分の賠償金を稼ぐため、今朝からここの裏倉庫で働いているという。精霊言語が得意らしいので、消えかかった古書の写本をするのに丁度よい人手だと思ったのだが――「ここには男しかおらん」と文句を言い、ふらふら書庫に出てきては、本を借りに来た女官や侍女にちょっかいをかけているのだとか。

「はぁ〜このでっぷりむっちり感ええの〜眼福じゃ〜」

どうもこの爺は、がっつり太めの女性に魅力を感じているようだ。

「視姦するのはおやめッ！　警備兵！　このスケベジジイをなんとかしてぇ！」

外へと逃げる女官をしつこく追う爺。本当、何をしにここに来たのやら。

「困った人ですね……」

コニーの言葉に、司書は力なく笑った。

「えぇ……でも、ボルド団長が連れて来られた方なので、しばらく様子を見てみますよ」

その後、コニーは官僚食堂で持ち帰り用のパンをもらい、西中庭の脇道を通る。何気なく見た茂みの先に、主を見かけた。

――もしや、〈緑の佳人〉を探しているのでしょうか？

何か剣呑さを含んだダミ声も聞こえてくる。気になってそちらへと足を向けてみた。

石像の台座に身を隠しつつ覗くと、そこにはジュリアンと――対面に彼の愚兄ドミニクがいた。

両者とも異なる母の容姿を受け継いでいるため、見た目が非常に対照的だ。肩にかかる黒髪をひとつに結い、柔和な美貌で線の細いジュリアン。短く刈った濃い金髪に無骨な風貌のドミニク。

「昼間はぐうたら寝てる君と、こんな場所で会うなんて珍しいね。今夜は槍でも降るのかな」

ジュリアンはにこやかな笑みで軽く毒づく。

王位継承権を争う試験中だというのに、ドミニクは城下街の高級娼館に入り浸り――と宮中でもっぱらの噂だ。本人は試験期間が長いので息抜きが必要だと、尤《もっと》もらしいことを主張しているらしい。数日前、王妃の命令で彼は強制的に城に連れ戻された。諸外国からの客人を接待しないのは体裁が悪いとかで。

――実際は、ジュリアン様ばかり客人に褒められるのが、気に食わなかっただけでしょう。

王妃はふだんから、「寵妃の子憎し」という態度を隠さない人だ。帰城したドミニクは公の場には出てこなかった。不摂生のせいか、その顔は以前よりも増えたニキビで脂《あぶら》ぎっている。離れていても漂う酒臭さ。

――朝っぱらから飲んでいたんですかね……

コニーは自分の鼻と口を片手で覆う。しかし、この酔っ払い、驚きの言葉を主に返してきた。

「なんでここにいるかって？　愚問だなァ！　目的はキサマと同じだと言えば分かるかァ？」

まさかと、コニーは眉を顰《ひそ》める。ジュリアンは愚兄相手に可愛らしく「散歩？」と小首を傾げてみせた。すると、ドミニクは馬鹿にしたように鼻を鳴らす。

「この庭のどこかに〈裁定者〉がいるってことぐらい、オレにはお見通しなんだぜ！　それが伝説の〈緑の佳人〉だってこともな！」

——!?

その見解に至ったのは昨日のことだ。ジュリアンの指示のもと、ボルド団長、義兄、アベル、揚羽、コニーの六人で王宮の中庭と温室を探した。その行動から嗅ぎつけられたのだろうか？　いや、中庭といっても広い。全員がバラバラで行動したし、側近と知られていないアベルと女中のコニー、人前に姿を晒さない揚羽の行動はそう引っかかるものではないだろう。ましてや、それが〈裁定者〉探しであると分かるはずもない。全員が機密であることを理解しているため、まかり間違っても人前でうっかり口を滑らせたりすることもないのだ。

——では、どこで情報は漏れたのか。〈裁定者〉＝〈緑の佳人〉については、前述の六人と揚羽から中庭捜索の引き継ぎを受けた〈黒蝶〉のメンバー数名ぐらいで……

さらに、愚王子は得意げにべらべらと喋った。

「キサマは昨日、半日かけても見つからなかったんだろ？　それは、この国の王にふさわしくないからだ！　〈緑の佳人〉から〈王の証〉を得るべきはこのオレ！　〈緑の佳人〉を隷属させ、その力で得た富を手にする権利があるのはこのオレだけだ！」

あまりの頓珍漢《とんちんかん》ぶりである。

——このゲス王子、高位精霊を隷属とか言いました？

言い伝えではあるが、〈緑の佳人〉とはあくまでハルビオン初代女王の助力者であり、その立場は王族とも対等なのである。

コニーは地下で会った彼を思い出す。精巧な美に彩られた人。物腰は柔らかいが、真の王族のような威厳と風格があった。彼が先のゲス発言を聞いたらどうするだろうか。——こんな矮小《わいしょう》な王子など骨片残さず消滅させるのではないか。

「——君は、裁定者であり国の守護者でもある〈緑の佳人〉を、なんだと思っているのかな？　まるで奴隷と勘違いしているように聞こえるのだけど」

ジュリアンの詰問に、ドミニクはふんぞり返って答えた。

「ハッ、キサマは何も分かっていないな！　数百年もこの国に魔力を搾取され続けているんだぞ！奴隷以外のなんだというんだ！」

——ざわっ

突然、周囲の木々が大きく揺れた。睨み合っていた二人の王子も異様な空気を感じて、あたりを見回す。

「なんだ？　風もないのに……？」

「君が無礼なことを言うから、〈緑の佳人〉が怒っているんじゃないか？」

ざわざわ　ざわざわ　ざわざわ——

背の高い枯れ枝が打ち震え、道なりに整然と刈り込まれた常緑樹は騒がしく葉を鳴らす。その異様さにドミニクは青ざめる。後ずさりながら滑稽なほどにうろたえた。

「いや、待て、今のは、ちょっとした言葉のアヤ、で……っ、まさか、本気で怒ってるのか……!?」

ジュリアンは、そんな愚兄とは逆方向を見つめたまま動かない。それに気づいたコニーは、主の視線の先に注意を向ける。茂みの奥を――梯子を抱えた庭師見習いの少年が通り過ぎてゆくところだった。たまに見かける子だ。

「ドミニク殿下、こちらにおられましたか！」

その声にドミニクは我に返った。いつのまにか周囲の草木はしんと静まり返っている。やってきたグロウ団長は、人の好さげな笑みで用件を告げた。

「王妃様が至急、サロンに来るようにと仰られております」

「母上が……？　いや、オレは今〈裁定者〉探しで忙し――」

「ドミニク殿下、至急です！」

有無を言わせぬ言葉の圧に、王妃からの圧も感じる。公務が面倒でずっと部屋に引きこもっていたのが、庭に出ているとバレたのだろう。「オレは試験中なんだぞ！」と叫ぶも、耳元で何事か囁かれると、ドミニクはしぶしぶと去っていった。あの様子だと王妃の怒りを静めるのが先だと悟ったのだろう。

コニーは他に人がいないのを確認して、石像の裏から姿を現した。

「やぁ、そんなところにいたの？」

柔らかい笑みを向けてくる主に、コニーはパン包みを抱えたままお辞儀をする。

「偶然お見かけしたので、つい」

「そのマント素敵だね。似合ってるよ」

お世辞でも嬉しいです。

「恐縮です。ところで、〈緑の佳人〉について情報漏れがあったようですね」

「うん、あまりの早さにびっくりだよ。これは内通者を疑うべきなのかな？」

やっぱり、そう思ってしまいますよねぇ……

ふと、コニーは彼の左肩に小さな光を見つける。不自然な位置で何かが陽光を反射している？

「昨日、集まった者たちに確認をとろうか。これから軍施設にいるボルド団長に会いに行くから、君も食事が済んだら……」

気になって話の途中にもかかわらず、コニーは彼の背後に回りこむ。そこに薄青い硝子《ガラス》ボタンのような丸い物体を見つけた。極小の八脚に生き物であると直感。

「失礼致します！」

手刀でジュリアンの背中を鋭く掠めると、それはポーンと宙を跳んだ。地面に落ちた瞬間を狙い、すかさず踏みつけにいく。だが、ものすごい速さで茂みの陰に消えていった。

「……今のは何？」

琥珀《こはく》の目を見開き、あっけに取られた顔で尋ねる彼に、コニーは拾った枝で低木の下をつつきながら「蜘蛛です」と答える。

「一見して硝子ボタンに見えましたが、おそらく鱗がついているのだと思います」

「――それって魔獣だよね？」

王都には二重の結界がある。城の敷地を囲むものと、城下街を囲むもの。これらで、王都外からの野良魔獣を含む人外は弾かれる。城で飼われる魔獣の中に蜘蛛型の魔獣などいないし、どんなに小さくとも人外は結界を越えることはできない。

だが、この後、コニーから報告を受けた揚羽隊長の言によると——

「もしかしたら、魔獣召喚士が関わっているかも知れないわねぇ」

魔獣召喚士とは、魔獣の本来の棲《す》みかである〈地涯〉より、魔獣を召喚し使役する者のことだ。主従の契約により、地上の理である魔力無効化現象〈ダウンフォール〉を受けることなく、魔獣は魔力を保持できる。つまり、召喚士の命令に従い魔法を揮《ふる》えるということだ。

「魔獣召喚士は使役魔獣と意思疎通できるらしいから。そのクモを通じて、こちらの情報が漏れてが漏れていた……ということも考えられるわ。問題はどうやって結界を越えてきたのか、だけど」

ハルビオン城に魔獣召喚士はいない。紛れこんでいる可能性が高いということ。この場合、情報
流出先から見ても、ドミニク派が外部から雇った間者だ。

「蜘蛛魔獣にも種類があるから、何か特殊な能力でも持っているかもしれないね」

「ジュリアン殿下、それはアタシが調べておくわ。今後の対策についてだけど——」

ジュリアン及びその側近たちは、魔力を感知する魔道具の指輪をつけることになった。

これで蜘蛛魔獣が近づけば分かる。精霊言語の呪《じゅ》で起動するものなので、あらかじめ揚羽が準備しておいてくれた。効果範囲は半径十メートルだ。

コニーは自身の左手小指にある指輪を見つめる。銀環に四ミリほどの小さな透明の石。これは魔道具によく使われる精霊石（精霊の体内から採れる魔力結晶）だ。大きいものほど含有する魔力も多く、魔法発動時の威力も大きい。コニーもドミニク側にマークされているだろうということで、

貸し出して貰った。揚羽が指輪を自分の手にはめながら説明をする。

「この指輪についてる無色の石だけど、強い魔力ほど濃い紅で点滅するわ。小魔獣なら薄桃ね」

「これって、魔力のある人にも反応するんですよね？　揚羽隊長に反応しないのは何故ですか？」

「アタシは魔力の気配を消してるから。主を守る影として、存在を嗅ぎつけられることほど厄介なことはないでしょ？　でも、魔法を使うと反応するわよ」

ジュリアンが彼に尋ねた。

「揚羽もこの指輪が必要なのかい？　魔力感知できるのに」

「ボタンサイズの小魔獣じゃ、魔力が微弱すぎて見落としかねないもの。――ところで仔猫ちゃん」

急にまじまじとコニーを見つめると、揚羽は眉間にしわを寄せて言った。

「アナタに言っておくことがあるわ」

「何でしょう？」

「そのラブリーマント、似合ってない！　なんていうか顔だけ芋！　せめてお化粧するべき！」

「余計なお世話です」

3　東の森に出る狼

十二月三十日

本日から、しばらくは女中業に専念です。

午前中は、洗濯をして、温室で刈りとった薬草を塔の薬師局へ届ける。迎賓館で足りない備品のチェックをして補充、それから王宮厨房で食材の下処理を手伝う。昼休憩、裏口で持ち帰り用の昼食をもらい、近くの庭師小屋で食べる。そのあと、西中庭を〈緑の佳人〉を探しつつ一周してから、東の森にあるリーネ館へと移動する。

ようやく第一王子騎士団が調査終了で引き上げたので、荒れたままの三階を片付けに行くのだ。

寝室は〈緑の佳人〉の推測どおり、壁の裏側に立つと自動で壁が開閉するカラクリになっていた。先日、内側に石の壁を築いて物理的に封じたので、今後は人が地下へ落ちる心配もないという。

ちなみに地下のクレセンワームは、すべてボルド団長率いる調査隊によって殲滅。小さいものは、体の水分が蒸発してミイラ化するという特殊な毒餌を撒いて始末し、三メートル以上の大きいものには容量的に効かないので、頭部を縦割りして始末したという。

――でも、先々代の頃にも一度殲滅したと〈緑の佳人〉は言ってましたし、また数十年もすれば湧くのかも知れませんね。

空から大きな雪片がひらりと舞う。肩にかけた灰色のショールを胸の前に寄せる。仕事中は動き回るので特に寒さも感じないのだが、こうしてゆったり歩いていると冷えが押し寄せてくる。女官用のマントを女中業務のときに使うわけにもいかない。地味色のマントが欲しいところだ。明日から前夜祭が始まる。城下街の仕立て屋は休業に入るので頼めないし、女中寮にたまに寄ってくれる王宮商人もこの時期は城に来ない。

……ちょっとゆったり歩き過ぎましたね。

背後をつけられている。忘れた頃に来るものだ。また「義兄がピンチ」とか言うのだろうか。面倒臭い。マルゴについで、また仕事の邪魔をされても困る。コニーは足を速めた。後ろで何か騒ぐ声が聞こえたが、森の小道を外れてさくさく引き離して撒き、リーネ館へと辿り着いた。すでに多くの下男や業者たちが来ている。三階から壊れた寝台や調度を運び出したり、傷のある天井や壁の補修工事をするためだ。

コニーは館内へと入り階段を上る。三階の窓から庭を見下ろせば、下っ端貴族風の男が二人うろついていた。人の多さに断念したらしく、彼らは去ってゆく。

屋内の補修などは、すでに終わったらしい。汚損のひどい居間、書斎、寝室を重点的に磨くことにした。梯子を使って天井付近から羽箒で埃を落とし、床に散乱するゴミを箒で掃き集めて麻袋に詰める。窓と壁を雑巾がけ。ワックスがけをしたいが時間に余裕がないので、入念にモップがけ。集中力を上げると、階下にいる人々のざわめきが消える。見る間に壁や床が艶を帯びて光沢を放ち、清浄化された空気までが輝く。次は新しいカーテンと絨毯を各部屋に入れる作業だ。

廊下に積んであるので取りにいこうと入口を振り返ると――紳士風のおじさんが呆然と立っていた。集中しすぎて気づかなかった。全力での高速移動を見られたらしい。

「何か御用でしょうか?」

コニーがにっこり微笑んで声をかけると、彼はハッとしたように背筋を伸ばした。

「ご要望の家具の搬入時間をお伝えに参りました。この階の整備担当の方でいらっしゃいますか？」

王宮商人からの使いだった。あと一時間ほどで到着するという。こちらの片付けもそれまでには終わることを伝えると、彼は荷の誘導をするため城門へと向かった。困惑気味につぶやきながら。

「疲れてるのかな……女中さんが部屋いっぱいに分裂して見えるなんて……」


日暮れ前には三階は見違えるほど綺麗になり、新しい寝台等も入って整った。

これでリーネ館も客人に向けての開放が可能。二時間後には外国の使者が入館するというので、歓迎のために玄関ホールや各部屋を飾るためにも花を手配することに。

コニーは温室へと向かい、そこにいた庭師見習いの少年に花を求めた。

彼は手際よく花を切り用意をしてくれる。コニーは大量の花束を水を張ったバケツに入れ、手押しの一輪車に積んだ。それを転がしながら温室を出ようとすると、少年が声をかけてきた。

「東の森には狼が出る。気をつけた方がいい」

「……狼、ですか？」

「そうだ、特に使われていない小屋に注意をしろ」

森に狐や蛇は出ても狼はいないので、このときは妙なことを言うなと思った。一瞬、自分をつけ回す連中を思い出したが、今日はもう来ないだろう。

時間も迫っていたので花の礼を言って、慌しくリーネ館へと戻る。

そして、飾りつけを終えてようやく完了。終業の鐘を聞きながら館をあとにし、下男のおじさんたちと一緒に魔獣牽きの荷車に乗せてもらって使用人食堂へと向かった。

「ねぇ、誰かハンナを見なかった？」

コニーが夕食をとり終わった頃、使用人食堂の入口でミリアムが声をかけてきた。ひとつに編んだ長い金髪と美貌が人目を引く。「見てないな」「ここへは来てないわよ」と皆が答える。

「何かあったのですか？」

コニーの問いに、彼女はハンナが仕事場から戻ってこないのだと言う。

二人とも洗濯女中で寮も同室ということもあり、大抵は一緒に行動している。だが、急ぎの洗濯物があるということで、ハンナだけ仕上げのアイロン掛けのために残ったのだ。

「三十分もあれば終わるはずなのだけど」

すでに終業から一時間近く過ぎている。洗濯場までは徒歩五分の距離。

「まだ洗濯棟にいるのでは？　迎えに行ってきましょうか」

外は暗いのでコニーがそう申し出るも、ミリアムは首を横に振った。その後ろから女中頭マーガレットが現れる。彼女は眉尻を下げて言った。

「さっき洗濯棟の鍵は閉めてきたところよ。誰もいなかったわ」

「その洗濯物を持ち主に届けに行った、ということはありませんか？」

「それはないわ。わざわざ第一王子騎士団の人が受け取りに来ていたから。上官のものだから急いでくれって。先に帰るように言われたけど、やっぱり待っておくんだったわ」

そう言うミリアムの不安が伝染したかのように、周囲がざわめく。

わざわざ、〈第一王子騎士団〉の人が……？

ドミニク王子とも何かと評判が悪い騎士団だ。リーネ館でのコニー冤罪連行は、皆の記憶に新しい。当然、嫌な方向に人々の想像が膨らむ。

「まさか、今度はハンナが……!?」

「また難癖でもつけられて連行されたっていうのか……!?」

「許せん！　オレらの癒やしのハンナちゃんに……っ！」

即座に反応したのは若い男衆である。ハンナは天真爛漫な十六歳の仔犬系女子。だれにも分け隔てなく優しい上、仕事ぶりも真面目で気遣いができ、たいへん素直な娘である。しかも、十人中十人が美人と誉めそやすミリアムと並んでも、遜色なく可愛い。出るところも出ている。下働きの男性陣の間では、彼女はお嫁さんにしたい女子ナンバーワンなのである。

血気盛んな男たちが、ハンナを探すべく飛び出していった。食堂の入口を出て迷わず西に駆けてゆく。西には兵舎があるので、そこに連れこまれたと思ったのだろう。

つられて駆け出そうとするミリアムの腕を、とっさにコニーは摑んだ。

「兵舎に連れこんだら、すぐにバレると思います」

夜には就寝のため多くの騎士が兵舎に戻る。グロウ団長は信用ならない人物だと思うが、騎士団内の醜聞が己の立場を不利にすることはよく分かっている。そういった行為には目を光らせているはずだ。連れ去るなら人目の届かない場所。では、それはどこか？

何か聞こえた気がして、コニーは食堂の外に出た。

「どうしたの⁉」

「さっき、鳥の鳴き声がしたので……」

不自然だ。この辺りで夜にあんな高い声で鳴く鳥はいない。

「もしかして……ハンナじゃないかしら⁉　あの子、指笛が得意なの！　曲が吹けるんだって聴かせてくれたことがあるわ」

「指笛……確かにそんな音でしたね」

しかし、どこから聞こえたのか分からない。耳を澄ませても再度聞こえることはなかった。

そのとき、ふいに庭師見習いの言葉が頭をよぎる。

『東の森には狼が出る』『使われていない小屋に注意を』

——そういえば、東の森にはいくつか小屋があったはず。使われていないのは——

そこへ、ご飯を食べに四人の警備兵がやってきた。

「ちょうどよい所に……警備兵の皆さん、事件です！　ご協力お願いします！」


東の森にて。無人の旧魔獣舎に警備兵たちが踏みこむと——そこには、まだ燻《くす》ぶる焚き火のあとがあった。僅差で逃げられたらしい。入念に悪事の計画を立てていたのだろう。

追い立て役に警備兵を二人、残る二人とともにコニーは幌付魔獣車を走らせ、予測した逃亡経路の先で待ち構える。差しこむ月明かりで視界の確保は十分。

森の獣道から走り出てきた三人の騎士。先頭に踊り出たのは、鼻や頬に浅い×の切り傷を作り、いかにもやんちゃしてます感の溢れる青年だった。彼がぐったりしたハンナを肩に担いでいる。二人の警備兵が真っ先に取り押さえにかかるも、上手く身をかわして獣のごとく駆け去ろうとする。

「へっへー、捕まるかよ！　ぶあああああかめ！」

顔だけ振り向いて舌を出す。だから、忽然と茂みから現れた人影に反応するのが遅れた。

「グベッ!?」

男の顎を強烈に蹴り上げるコニー。男は吹っ飛んだ。同時にその手から離れて飛ばされたハンナを、追いかけてきた警備兵が両腕で受け止める。まるで、そこにゴールするのが当然のような、そんな見事な収まり具合だった。


さて、誘拐未遂犯の三人をお縄にし、動機を問い質したところ。

先日、酒席の罰ゲームで上官の小隊長に、「可愛い女の子を連れて来い」と命じられたのが発端と知る。顔に×傷のある男がむくれっ面《つら》で、コニーを睨んだ。

「可愛い女の子が必要であって、あんたみたいなドブスに用はねぇんだよ消えろ」

光速で足払いされ、男はすっ転んだ。コニーはすかさず、そのイキがった右頬を踏みつける。

「聞こえませんでした。もう一度お願いします」

一連の動きが速すぎて、あっけにとられる警備兵二人と騎士二人。踏まれた本人も何がどうなったのか分からず、しばらく呆《ほう》けたあと――ようやく我に返って怒号を発す。

「こ、この、クソア――マアアアアアァァァ⁉」

文句を言い終えない内に、爪先で蹴り上げられた。否《いな》、森の上空へドガンと打ち上げられた。闇に染まる木々を突き抜け、そして、重力に従い落ちてくる。枝葉をバキバキと折りつつ、やや失速ののち――地面に激突した。骨折は免れまい。

「聞こえませんでした。もう一度お願いします」

コニーはもう一度、無表情に見下ろしながら尋ねる。

「――」

「もう一回、飛びますか？」

「ご、ごめんらはぃ……」

冷ややかな笑みを浮かべ、靴先で×傷男の横腹をゴッゴッとつつく。

「今後、うちの同僚に手を出したら、あの世まで飛ばしますよ？」

「ず、ずびばぜん、もぉじまぜん……」

息を止めて見守っていた警備兵が、そっと息を吐きだす。自分が見たものが信じられなくて、隣の仲間に思わず確認してしまう。

「今の見たか？　垂直に蹴り上げたぞ……」

「地面抉れてる。女中さん、すげぇ……」

決してこちらと目を合わせないようにしている二人の騎士にも、コニーは視線を向けた。

「そちらの御二方、自分関係ありませんて顔して目を逸らしてますけど。あなた方にも言っているんですよ？」

「へ、へぃ……」

「も、もちろん聞いてやす……」

ガタイのいい毛むくじゃら男と、痩せぎすの男。彼らには見覚えがある。一週間前の早朝、「ダグラー副団長が謎の高熱で倒れた」と声をかけてきた二人組だ。

「あら、今日は灰緑の騎士服なんですね」

そう言うと、二人はぎくりと顔を強張らせた。第一王子騎士団の騎士服＝灰緑、第二王子騎士団の騎士服＝深緑なのである。

「嘘つきを探す暇はないので放置していましたけど、忘れていると思ったら大間違いですよ。よその騎士団の制服を着るなんて、許されることだと思います？」

冬なのに青い顔で冷や汗をかく三騎士。追い立て役の警備兵たちも合流してきたので、あとは彼らに任せることにした。とりあえず軍施設にある仮牢行きである。

4　気を引く者たち、木は森の中

十二月三十一日

聖霊祭。それは生前、国に貢献した聖人たちの御霊を讃え祭るもの。本日、前夜祭を含めて四日間行われる。聖なる御霊は宵闇に川を渡ってやってくると云われている。なので、王都の人々は聖霊が道を迷わぬよう、街中を通る川べりに蠟燭《ろうそく》入りのランタンを並べ、光の道を作る風習がある。それを〈迎え千燭《せんしょく》〉と呼ぶ。

もちろん、城の敷地内においても同じだ。主に城の中庭にある人工水路や噴水回りにランタンは置かれる。まだ昼過ぎなので灯は入っていないが、夕陽が沈む頃にはいっせいに点《とも》され、とても幻想的な眺めになる。

――〈聖人の称号〉。それは当人の死後、国王によって正式に承認されるもの。未曾有《みぞう》の危機から、国を救ってお亡くなりになったパターンが多いためである。

ハルビオン国の聖殿にて祀《まつ》られているのは戦時中の英雄ばかりだ。現在、ハルビオン国に生存する聖人はいない。ここ百年ほどは同盟や不戦条約が各国で締結されたおかげで、大きな戦もなくて平和だからだろう。まぁ、王族でもないのにそこまで国のために人生捧げるような高潔で徳高き御《ご》仁《じん》というのは、近隣諸国でも滅多に現れるものではないのだが。

それはさておき、今夜は城で年越し夜会がある。客人の入城もピークである。雑多な手伝いを日々引き受けることに慣れているコニーでさえ、目が回るほどに忙しい。

早朝、人のいない時間に迎賓館の広い玄関ホールや階段、廊下といった共用部分の清掃。それから各小館に出向いて備品の補充、客室から大量の洗濯物を回収し幌付魔獣車に載せて洗濯場へ、そして洗濯を手伝う。そのあと、厨房の仕込みを手伝いに行く。

「おい、いい加減にしろよ！　いったい何枚割れば気が済むんだ⁉」

壁一枚隔てた洗い場から怒号が響く。おそらく声の主は、先ほど貯蔵庫に食材を取りにいったはずの副料理長だろう。コニーは肉を捌《さば》いている途中で手が離せない。料理人見習いの子が隣の洗い場へと様子を見に行き、何があったかを教えてくれた。女中のノエルが運んでいた皿をまとめて落としたらしい。

また、ノエルですか……

コニーが呆れるのも無理はない。昨日も割っていたからだ。面倒なので首は突っこまなかったが。

再度、立て続けに皿が割れる音と、女中たちの怒りの声と悲鳴。

「ふざけているのか！　今わざと落としただろう！」

「……んな、……とじゃ……」

弱々しく抗弁する側《そば》から、また派手に割れる音。

「うわっ、だから、なんでそうやってわざと皿を落とすんだ⁉　オレに怨みでもあるのか⁉」

「て、……が、あた……だけ……」

コニーはぶつ切りにした肉を大鍋に放りこんで蓋をすると、隣で別の大鍋にハーブを入れている王宮料理長ガオに尋ねた。

「あの子、毎日お皿を割っているんですか？」

「いや、昨日と今日だけかな。最近忙しいし、疲れが溜まっているのかもしれんなぁ」

ガオはそう優しく新人をフォローをする。

まさかと思いますが……わたしが様子見に来るのを待っている、わけじゃないですよね？

ノエルはグロウ団長の異母妹。彼には妹と仲良くしてほしいと言われたが、冗談ではない。彼はコニーの主および義兄の政敵なのだ。ノエルを使っての企みが前提なのは疑いようもない。マーベル侯爵家推薦の女中は三人いる。関わり合いを避けるためにも無視とスルーを徹底していたが、それでもコニーに接触しようと試みているのはノエルだけだ。とはいえ、そもそも人と意思疎通させるだけの会話能力すらない子だ。挨拶すらどもるので、言い終える前にコニーが素通りしてしまう。

夜の仕込みを終えると、コニーは遅い昼食の包みをもらって王宮厨房をあとにした。

ガシャガシャガシャーン

背後で引きとめるかのように、再度、皿の割れる音と怒号が飛んでいたが……足を止めずにその場を去った。今晩から明朝にかけては夜会。そこで出される数多《あまた》の料理のため洗い場は戦場と化す。そこにコニーも助っ人動員されるので、ノエルとも同じ空間に長時間いることになる。

あれだけ副料理長に怒られているのだ。またやれば、さすがに自分の居場所がなくなることぐらいは分かっている……と思いたい。

さて、食事休憩を挟んだら、午後は小聖殿の清掃と祭壇の飾りつけだ。美しい模様の描かれた蠟燭をたくさん並べる。〈迎え千燭〉の点灯儀式は四時半に合図の鐘が鳴らされ、城の小聖殿と城下の大聖殿が同時に行う。そのあとに王都の民が川べりのランタンに火を入れてゆく。

三十分ほどで手早く小聖殿での仕事を終えると、王妃付の女官たちが生花や供物を両手に抱え列をなして運び入れてくる。その後ろからは一足早く客人を案内してきた王妃とゲスお……第一王子ドミニク。客人の中にはレッドラムの王女らしき美しい女性がいる。見事な艶のあるセピアの長い髪を背中に下ろし、印象的な柘榴色のドレスを纏《まと》う。さすが王妃の姪だけあって、王妃に負けず劣らずの気の強さと高慢さが滲み出た顔つきをしている。

コニーは彼女たちの視界に入らぬよう素早く移動して、裏口から出た。そして、掃除用具を外の物置小屋に片付ける。午後三時の鐘が鳴り響いた。頭上からバサリと羽音がして、白馬に乗った義兄が舞い降りてくる。真珠色の艶を放つ白翼があいかわらず魔獣らしくない。だが、首元を飾るオパールの鱗はまさしく魔獣の証。

コニーは辺りに人がいないかと確かめる。小聖殿の表庭と内部は大勢の人で賑やかだが、裏庭は遠目に警備兵が見えるだけ。裏口の扉もきっちりと閉めてある。コニーは義兄に近づいた。

ちょうどよかった。ハンナ誘拐未遂のことで、あの騎士たちがどうなったか聞けるかもしれない。所属騎士団は違えど、そういった醜聞は筒抜けになりやすいのだ。

蹄の音もかろやかに止まると、義兄は白馬から下りてきた。

「コニー、一緒に〈迎え千燭〉を見よう！」

——この人は、誘い文句がいつも断定的ですね。

意思確認のための「見ないか？」ではなく、「見よう！」なのだ。さすがタラシは押しが強い。

しかし、コニーはそっけなく返す。

「夕方から明け方まで仕事があるので無理ですね」

「じゃあ、夜回りの時にでも！」

〈迎え千燭〉は深夜まで灯すので、確かに夜回り中であれば眺めることもできるだろう。だが。

「皿洗いで洗い場にこもるので無理です」

「夜通しで皿洗い⁉」

何をそんなに驚くのか、騎士様には未知の世界だからか。

「リーンハルト様、ちょっと聞きたいことがあるのです。昨夜の洗濯女中誘拐未遂の件で」

「君ってほんと、さらっと私の誘いを受け流すよね……」

洗い場でもプロですので。

コニーは、問題を起こした第一王子騎士団の三名について尋ねた。

彼の話によると、人事室長の命令により、小国エアとの境にある砦に左遷が決まったとのこと。問題ある人物を更生させる「劣悪で過酷な環境」あり、「怖い支部団長」ありの場所だ。

「ハビラール砦ですね、白髪の軍薬師様はお元気でしょうか？」

「支部団長が彼を気に入ってるから、こっちに戻すつもりはないみたいだよ」

追加の三名ともども、曲がった性根を叩き直すよい機会ですね。

酒の席とはいえくだらない命令を下した小隊長は、「冗談を真に受けたやつらが悪い！」と言ったらしいが、こちらは平騎士に格下げが決まったとか。しかし、今朝になって自ら退団願を出し城を去ったという。下っ端に戻りたくなかったのだろうと周囲は言っているらしいが、小隊長ぐらいで「矜持《きょうじ》が――」などと言っていたら出世なんか出来ないので……これは、騎士団の名に泥を塗ったことに腹を立てたグロウ団長が圧力をかけたのではないか、とコニーは思っている。

「それにしても、よく攫われた後輩が森にいると分かったたね」

「知り合いの少年が教えてくれたんです。おそらく、彼らの計画を小耳にでも挟んだのでしょう」

確信がなかったから、狼という比喩を使ったのかも知れない。

リーンハルトはそれについて関心を示した。

「それ、初耳なんだけど。下男？　名前は？」

「庭師見習いの――です」

ざわりと木立が鳴る。

「誰って？　よく聞こえなかった」

「だから、庭師見習いの――」

葉ずれの音が騒がしい。

「ごめん、名前のところだけ聞き取れないんだけど」

……聞こえてない？

訝しく思いながらも、もう一度、答えた。彼は不思議そうな表情でこちらを見つめる。

「コニー、わざと……じゃなさそうだね」

「何ですか、わざとって！」

コニーは近づきすぎた彼の顔を、片手で押しのけた。

「何かに邪魔されていると思うのは、気のせいかな……？」

そう言われて、風が吹いているわけでもないのに草木が揺れていることに気づいた。

彼は何かを思い出すように、しばらく空を見つめてから言う。

「……前から不思議に思っていたんだけど、コニーって……たまに誰もいないところで挨拶をしていたよね。私から見えない位置に猫でもいるのかと思ってたけど。もしかして、その誰かさんと話してた……？」

突拍子もない問いかけにコニーは目を瞠る。さらにリーンハルトは尋ねた。

「その少年が、〈緑の佳人〉という可能性はないかな？」

「ふつうの少年ですよ。まぁ、昔から失せ物探しとか得意みたいですけど、それ以外は……」

「歳はいくつで、どんな外見をしてる？」

「十二歳ぐらいです。髪は肩につかないぐらいの長さで、顔立ちは……」

言葉にして伝えようとすると、さっきまで明確に覚えていた少年の姿が――水面に映った影をかき乱すようにぼやける。

……あら、……どんな顔でしたっけ？　体型は……？　名前は……

「えぇと、太っても痩せてもいませんね。特徴はあまりないというか……いえ、その言い方も変……ですよね。すみません、何か急に記憶が曖昧になってきて……」

彼はその様子を見て、「じゃあ、質問を変えようか」と言った。

「失せ物探しが得意な少年なんだよね。具体的に、誰のどんな物を見つけたのかな？」

コニーは頷いた。そういった出来事ははっきりと覚えている。

「いろいろですよ。ある台所女中の母親の形見の指輪とか、ある清掃女中が婚約者にもらった首飾りとか、有志で集めていたお祝い金とか。そういえば、下男君たちが失踪したことを伝えに来た子がいるのですが、庭師見習いにわたしに相談するのを勧められたらしくて。おそらく彼でしょう。

――ずいぶん昔ですが、わたしも紛失したメガネの在り処を教えてもらったことがあります」

「それっていつの話?」

「九歳の頃ですね」

大事なメガネがなかなか見つからず、見上げた少年が頼もしく見えたものだ。

……あ。

言ってから矛盾に気がついた。いや、おかしい。コニーの記憶の中ではすでに靄がかかっているが、ぼやけた彼の背格好は十二歳のままだ。八年前なら四歳のはずなのに。

記憶がおかしい……いえ、そんなはずは……だとしたら……彼は歳を取っていないことに?

頭の中で〈人外〉という言葉が閃く。

それを義兄に伝えると、彼はやはりと肯定した。

「〈緑の佳人〉と見て間違いなさそうだね」

「――話は聞かせてもらったよ」

背後の茂みから現れた二人にぎょっとする。

「ジュリアン殿下、〈黒蝶〉の長……」

「何やってるんです?　揚羽隊長」

目の前にいるのに気配がない。きっと揚羽が術で二人分の気配を消しているのだろう。

コニーが呆れた視線を揚羽に向けると、彼は美女にしか見えない微笑みを返してきた。

「いえ、ねぇ。大国王女のお誘いを断って逃げた男がどこに行くのかと思って――」

「断って当然だよ。ただでさえ祭の間は警備で忙しいんだ」

リーンハルトがムッとしたような顔で揚羽を睨む。

「あらぁ、その割に、仕事中なのにうちの仔猫ちゃんにちょっかいかける暇はあるのねぇ？」

「義妹に偶然会って声をかけるのは普通じゃないか」

「偶然ねぇ？」

そこへジュリアンが話を取り戻すように、ぱんと両手を打った。三人の視線を集めると、正面にいるコニーとリーンハルトに告げる。

「本題だよ。僕もね、三日前から中庭や温室で何度か怪しいと思う人物を見かけていたんだ。だけど、すぐに姿が消えてしまう。幻でも見ていたかのようにね。おまけに、後々どんな人物だったかすら思い出せない。記憶が消えているんだ、〈緑の佳人〉を直接見たアベルや下男たちのように」

それはもう揺るぎなく確定ですね。〈緑の佳人〉＝庭師見習いの少年。

コニーはふと、疑問を口にする。

「何故、〈緑の佳人〉を覚えているわたしまで、少年の記憶が曖昧になってしまうのでしょうか？それじゃヒントになりませんよね」

それには、ジュリアンが分かりやすい仮説で答えた。

「その少年については、誰の記憶にも残りにくいようになっているんじゃないかな。ずっと歳を取らない少年なんて不自然だし、怪異の存在として広まってしまうだろうから」

「とりあえず、中庭と温室にいる十二歳の少年を捕まえますか？」

リーンハルトがこれからすべきことを提案する。だが、そこにコニーが懸念を述べた。

「待って下さい、〈迎え千燭〉の点灯儀式は四時半からです。じきに城の中庭には大勢の人が集まります。そんな中でやみくもな捕縛は他国の客人の不審を買うのでは――」

「でも、あまり時間を置くのはドミニク側にも好機を与えかねない」

そう言ったジュリアンは右手の甲を上げて見せた。そこに嵌まる魔道具の指輪が薄桃色に光っている。同時に義兄の手と、コニーの手にも。効果範囲は半径十メートル。どこに――

「そこです！」

コニーは素早く抜いた短剣で、葉陰にいた青い蜘蛛を切り払う。拳サイズのそれは、ぱくりと割れて地に落ちた。前に見たものより大きい。下生えからぞろぞろと現れたのは、ボタンから拳サイズの蜘蛛の魔獣――数百単位で出てきた。まるで抗議するかのようにコニーに群がってくる。

「なっ……なんでこんなにいるんですか⁉」

隣にいた義兄がさっと彼女の腰に手を回して掴むと、ジュリアンのいる後方まで大きく跳び下がる。揚羽が三人の前に踏み出し、短い呪文とともに右手を掲げる。瞬時に、青い蜘蛛の群れを魔法の炎が包みこんだ。それは庭木や土を焦がすことなく、小さな密偵だけを灰に変えて鎮火する。

ジュリアンは指輪の石が無色になったのを確認してから、コニーに問いかけた。

「コニー、君は何度もその庭師見習いと会っているよね。僕らよりはずっと、彼との縁があるはず。見つけ出せるかい？」

自分の腰に巻きついたままの義兄の手を払い、彼女は主に向き直る。薄れゆく記憶を心の中で注視しつつも、確信をもって答えた。

「――実物を見れば判別は出来ると思います。これまでがそうであったように」

そう、いつも会った時には、彼が庭師見習いの少年だと当たり前のように認識していた。

「だけど、見つけても……人混みの中では大声で呼ぶわけにもいきませんね。どうします？」

「各々、コレを耳か襟につけてちょうだい」

通信の魔道具だという片耳分のイヤークリップを、揚羽が渡してきた。耳たぶサイズの三角ラインで銀製のシンプルな形状だ。その端に魔法の込められた極小の精霊石がついている。ここにいる四人に同時に声が伝わるとのこと。精霊言語で起動する魔道具なので、すでに揚羽が準備してくれている。さすが魔法士団長を兼任する〈黒蝶〉長。指輪の時といい、用意がいい。

コニーも手早く右耳につける。声を伝えるときにはこれに指先を当てるだけ、と使い方も簡単だ。

「んじゃ、アタシと殿下は東中庭へ行くわ。仔猫ちゃんは件《くだん》の少年を見つけたら知らせて」

揚羽とジュリアンは光の粒子をまとい、転移魔法で姿を消した。

「じゃあ、私たちは西中庭に行こうか」

義兄がそう促してきた。コニーは一言言っておこうと思い、呼び止める。

「リーンハルト様、……あのぐらいは自分で避けられますから」

蜘蛛魔獣の数が多くてびっくりしただけである。

「うん？　別に君の腕を信じてないわけじゃないよ」

「でしたら――」

「可愛い義妹に虫がたかるのは見たくないからね」

当たり前のようにさらっと言う。この天然たらしの言動には未だ慣れない。

だけど、義兄としての親切心と考えれば……頑なに拒否しなくてもいい……？

そのとき、小聖殿の裏口がバァンと、大きな音を立てて開いた。

「まぁっ、本当に裏庭にいましたわ！　つれないフリでわたくしの気を引こうとするなんて！　そのようなことをしなくとも、わたくしの心は貴方のものよ、リーンハルト！」

とても熱烈な台詞を口にするのは、レッドラム国王女メティオフール。彼女はバラ色に頬を上気させ、うっとり夢見る乙女の顔つきになっている。足止めのつもりか――蜘蛛で盗み聞きしていた愚王子が、義兄の居場所を教えたのだろう。コニーは義兄から素早く距離をとった。

だが、ドレスを持ち上げ小走りに突進してくる王女を前に、彼は思いもよらぬ行動に出た。

「そうだ、大事な仕事があるんだ急がなくては！」

棒読みでそう言ったかと思うと、一瞬でコニーの腰を攫い、目にも止まらぬ速さで白馬魔獣に飛び乗って空へと駆け上がる。それをぽかんとした表情で見送る王女。

「ちょ……っ、何やってるんですか⁉」

予想外過ぎて抵抗すら忘れていたコニーは、飛び降り不可の高さまできてようやく我に返った。

しかも、小脇に抱えられたままなので摑まるところがなくて怖い。小さくなってゆく王女が、こちらを指差しながら金切り声を上げている。あれ絶対、敵認定された！

「リーンハルト様！」

なんとか顔を上げて義兄を見れば、もう一方の手で手綱を摑む彼は青ざめて何かぶつぶつ呟いている。え、肉食が何？

「リーンハルト様？」

すると、目線が合って彼はハッとした顔になる。「ごめんね。怖い思いさせて」と謝りながらコニーの体を引き上げ、すとんと自分の前に座らせた。

「あの王女はどうも苦手で……数日前、迫られて以来――彼女の顔は牙だらけの獰猛な口腔だけになってるし背中には十対の薄羽が生えて不気味な音を奏でているし」

それは擬人爆乳魔獣ビオラスウィートのことではないのか。

――あの大国の美姫がそんなふうに見えてるのですか？　幻聴まで聞こえるとは……

「近づいただけで蕁麻疹が出るんだ……王宮薬師にはストレス性のものだと言われたよ」

あ、本当に首に紅い点々が出てる。接触してもいないのに……思ったよりトラウマが深刻ですね。

以前より重症化しているような……

青い目には未だにおかしなものでも映っているのか、どこか虚ろだ。今から人混みの中を少数精鋭で人探しだというのに、使い物にならなくては困る。

「ほら、しっかりしてください！　お仕事ですよ！　ジュリアン様の側近なら、こんな時こそ気合を入れてください！」

後ろの彼を振り返りつつ、叱咤の言葉をかけた。

「……そうだね」

強張っていた義兄の表情が、ふわりと和らいだ。

有翼の白馬は迎賓館へと向かい、緩やかな傾斜の屋根へと降り立つ。

白馬から下りたコニーは、エプロンの胸当てにある裏ポケットから小型の望遠鏡を取り出した。

真正面に西中庭とハルビオン城、右手側に東中庭と温室がある。屋根の東端に立てば、ほぼ中庭全体を見渡すことができた。まだ三時半にもなっていないはずだが、西中庭にはすでに二百人近い高貴な人々が入っている。東中庭もいつもは王族とその世話役などしか入れないが今日は貴族なら誰でも入ってよいので、こちらにも同数ぐらいの人がいる。いくつかあるあずま屋には風除けの魔道具が設置され、そこで温かいお茶が飲めるスペースが作られている。

コニーは左手の指輪が光っていないのを確認して、もう一度、望遠鏡を覗きこんだ。

「……警備に第一騎士団の人が増えてますね。グロウ団長と第一王子サマ、発見です」

すこし前まで小聖殿にいたはずなのに、行動が早い。

「蜘蛛魔獣が伝えたんだろう」

「あっ！　早速やらかしてますよ、あの愚王子！　貴族の少年を部下に捕縛させています！　しかもあちこちで……」

「まさか、私の言った言葉を実行しているのか……？」

義兄はあのとき『十二歳の少年を捕まえますか？』と言っていた。

「肝心の〈庭師見習いの少年〉という部分を聞いてない、ということですね」

目下の中庭では大騒ぎになっている。これはマズイのではと思っていると、城の正面口から堂々と出てきた国王が、ドミニクの前にやってきた。

「大事な式典の前に何をやっておる！」

国王の怒号が通信用イヤークリップを通じて、間近にいるかのような声で響いてくる。

ジュリアンか揚羽が、あの場にいるのだろう。

「父上、ご覧ください！　今オレは〈裁定者〉をあぶり出しているところです！」

自信満々のドヤ顔で、ドミニクは縄で縛られた少年たちを引っぱって見せる。

「この馬鹿者が！　自国の貴族に軽々しく縄をかけるなどあってはならぬ！　さっさと解け！」

国王の怒りを受けて、事態を察したらしいグロウ団長がすぐに部下たちに縄を切らせる。これに焦ったのはドミニクだ。

「お待ちください！　せっかく〈裁定者〉を、〈緑の佳人〉を捕まえたのに！　父上はオレから王になるチャンスを奪うおつもりですか!?」

さすがに相手が国王だからか、いつもの下品な言葉使いはなくへりくだって反論をする。ちなみにドミニクの声も、イヤークリップでコニーと義兄のもとまではっきり届いている。

国王の呆れと疲れの滲む声が続く。

「そもそも、この者たちは〈裁定者〉ではない。一体何を根拠に勘違いしておるのだ？」

「それは、あの男が言ったからです！　ダグラー副団長が！」

思わずコニーは義兄と目を合わせた。まさか、そこで言うのか。

「彼は弟の側近であろう。何故、お前にそんなことを教える必要があるのだ？」

胡乱《うろん》げな国王の問いにも、愚王子は馬鹿正直に胸を張って答えた。

「偶然聞いたのです！　彼がジュリアンに言っているのを！」

盗み聞きは偶然とは言いませんよ。

望遠鏡を覗くと国王は苦い顔で、自身のこめかみを指先で揉んでいる。頭痛でもするのだろう。

今更ながら温厚な国王の気苦労が忍ばれる。コレさえいなければ、茶番などせず優秀なジュリアンをすみやかに王太子に出来ただろうにと。

「では、聞くが――ジュリアンはこの中庭でお前のような振る舞いをしたのか？」

「オレの行動が早かったのです！　あいつは愚鈍ですから！」

「貴族の子弟に〈裁定者〉はいない。もとより君の猿真似などする必要もないのだよ」

人垣が割れて現れたジュリアンに、ドミニクは素に戻って噛みついた。

「何だと⁉　キサマっ！　わざとオレに嘘の情報を流したな！」

「人の会話を盗聴している輩が何を言ってるんだい。白々しい」

ざわめく衆人の好奇と侮蔑の視線を浴びるも、ドミニクは強気でそれをはねつける。

「ハッ、それこそ何を証拠に――」

「両者とも控えよ！　我が前であることを忘れたか！」

愚王子の言葉を国王が遮る。ジュリアンはすっと片膝をついて礼をとった。遅れてドミニクもそれを真似る。国王はそれを見て再びこめかみを指で揉むと、ひとつ咳払いをした。

「二人に問う。〈裁定者〉が〈緑の佳人〉だと突き止めたのだな?」

「はい、確かに」

「オレの方が先でした!」

国王の問いかけにジュリアンが返事をし、それにかぶせるようにドミニクがまた嘘を吐《つ》く。

「知ることの後先は問題ではない。重要なのは、かの者を捕らえることだ。配下の手を借りるのは構わぬが、無関係の者を捕らえてはならぬ。これより、ひとり間違える度、一減点とする。三減点で王位継承試験の資格を剝奪する。不正防止のためにも試験官らを配置する故、心して取り掛かるがよい!」

——国王様、〈迎え千燭〉の点灯儀式を台無しにされたくないんですね。

イヤークリップから揚羽の声が聞こえた。

「仔猫ちゃん、続行よ」

5　裁定者を捕まえる

コニーの役目は迎賓館の屋根から、〈緑の佳人〉と思《おぼ》しき庭師見習いを見つけること。

小型の望遠鏡を片目に当て、西と東の中庭を探る。しばらくのち——狭い視界の中、きらびやかな衣装に身を包む貴族たちの間を一人の少年がよぎる。

霞んでいた記憶がふいに明瞭になり、重なった。

「いました！　肩より短い薄茶の髪、体型は中型よりやや細め、涼しげな目許で利発そうな印象の少年です。草色のエプロンを身につけています。場所は城の西回廊の外側――」

位置を確認し、イヤークリップを通して告げる。

「私が行こう」

義兄が白馬に跨ると、上空からその場所へと急行した。コニーは望遠鏡から目を離さなかったが、いつのまにか少年の姿はない。近くを探してみるも見当たらない。

「姿が見えません！　――あ、見つけました……温室の入口にいます！　中に入りました！」

ジュリアンの声が耳元に届いた。

「僕が近いから行くよ」

しかし、その後も少年はランダムに中庭での出没を繰り返した。西かと思えば東に、北かと思えば南にと、ありえない移動距離と速さから転移術を使っているのだと思われる。

国王に釘を刺されたドミニクは、次は失敗出来ないと思ったのだろう――部下たちとともに、ジュリアンやリーンハルトに貼りつく形で動きはじめた。ジュリアンの先ほどの発言もあって、こちらに合わせれば間違いなく見つけることが出来ると思ったに違いない。入れ知恵したのは傍にいるグロウ団長か。陽のあるうちは真っ黒ひらひらで人目を引くはずの揚羽なのだが、さすが隠密の長――どこにいるのかさっぱり分からない。時間を追うごとに人が増えてきた。中庭の広々とした道は、すでに密集した人々で真っ黒にすら見える。

――ジュリアン様には、グロウ団長と五人の騎士が貼りついてますね。リーンハルト様には、愚王子と十人の騎士……あら、ボルド団長も参戦していたのですね。

彼には愚王子派の宰相が自ら貼りついている。未来の国王候補への胡麻《ごま》スリか。

五十半ばの肥満の方に、追いかけっこはハードではありませんかね？

ちょうど、ボルド団長が例の少年を追いかけているのを、宰相とその秘書官たちが必死に追いかけていたのだが——やはりというか、雑踏に足をとられた宰相が周囲を巻きこんで転倒している。

——また少年が消えた！　次はどこに……!?

コニーは望遠鏡を片目から離さずに、中庭をくまなく探す。いた！

「西塔に近いあずま屋の近くにいます！」

「俺が向かおう」

聞きなれた上官の声に、レンズの先を西塔周辺に巡らせる。ほどなく、執務棟から西塔へ繋がる通路を人混みをかきわけ進むアベルの姿があった。彼も同じ通信魔道具を持っているようだ。

ん？　あれは……

アベルの後方、同じ速度で人波を進む茶髪の男がいる。第二王子の側近にアベルがなったことは、公表されていない。第一王子側にとってはノーマークの存在のはずだが……

てっきり、ダグラー公爵家と縁の出来たわたしを監視しているのかと思っていましたけど……本命はアベル様でしたか。

だが、これまでにアベルに危害を加える素振りはなかったように思う。——いや、地下に潜ったあとから彼は人前に姿を現していない。ということは——

「アベル様、最近のホルキス経理官について、何か不穏なことを見聞きしませんでしたか？」

「地下で……クレセンワームの襲撃を受けた時、あいつは腕の仕込み刃で自身の窮地を切り抜けた。護身用だと言っていたが、どう見ても暗器だった」

「背後から襲われませんでした？」

「いや、あの時はいつの間にか姿を消していた」

……それは、道に迷ったアベル様をアレが見失ったのでは……

それはともかく、駄犬官吏が現時点でアベルを追うということは、少なくとも彼がジュリアン派だと感づいているからだ。

「その後、彼からの接触はありましたか？」

「ない。南の官僚宿舎を訪ねたが引き払われていた。人事室に一身上の理由での退職願の書類が届いていたらしい。一応受理する前にと、アイゼン卿から俺の方に連絡が来たのが今朝だ」

――やはり、間者としてマークされると動き辛いからでしょう。

だが、わざわざ届けを出す必要などあるのか。妙な律儀さに何か意味でもあるのかとも思う。

「その怪しい元経理官ですが……アベル様の三十メートルほど後ろを尾行しています」

「分かった、気をつけよう」

辺りが夕暮れ色に染まってゆく。件の少年はなかなか捕まらない。

いつもとは違う音色の鐘が聞こえてきた。四時半、〈迎え千燭〉の点灯儀式の合図だ。毎年、王族は揃って小聖殿で蠟燭を灯すのだが、今年は国王と王妃だけで行っている。寵妃は病弱のため公的な行事はいつも欠席だ。鐘が鳴り終わると、水路脇に置かれた数千個のランタンに次々と灯が入ってゆく。これには貴族たちもこぞって参加するのであっという間だ。中庭にはすでに千人を超える人々がいる。

あと五メートル、そのぐらいの距離でいつも少年は姿をかき消す。何故捕まらないのか、捕まる気がない？　いや、そんなことはないはずだ。わざわざクレセンワームの巣窟《そうくつ》と化した地下に、〈緑の佳人〉はコニーに手がかりを与えに来たのだから。そこで国王の言葉が頭をよぎる。

『配下の手を借りるのは構わぬが――』

――そう、だからこそ両王子は自身の配下を動員している。どちらかの部下が、かの人に触っても「捕まえたことになる」と解釈して。

もし、ジュリアン様が彼を捕まえたときに、横から手を出したグロウ団長も捕まえたらどうなるのでしょう……？　それも捕まえたことになる？

ジュリアン側のメンバーに貼りつく形で利を得ようとするのは、公平さに欠けると思う。次代王を決める〈裁定者〉という役柄、公平さなくして務まるものではないだろう。だからこそ、あちら側にも何らかの示唆は与えているとは思うのだが……答えに辿りつけなくて、こちらに便乗する形になっているのではないか。

では、この状況をどうやって打開する？　このままでは、何時間追いかけっこをしても捕まらない気がする。こちらの誰かが、愚王子率いる連中を出し抜かなければ――

コニーは気づいた。自分こそノーマークではないかと。ダグラー副団長の義妹として注目はされても、まさか〈裁定者〉探しに参加しているとは思われないだろう。

レンズの先にいる少年が、こちらをまっすぐに見ている。屋根の上にいるコニーを。細められた瞳——先ほどまでの無表情が一変してどこか満足げな印象に感じる。コニーの考えを肯定するかのように。

彼女は身を翻すと、天窓から物置になっている屋根裏部屋へと滑りこんだ。薄暗い使用人用の裏階段を駆け下りてゆく。目指すは執務棟の屋上だ。

しかし、コニーはガンツとの計算勝負で、聖霊祭の間は執務棟への出入りを禁じられている。

イヤークリップに指先を当て、アベルに連絡した。

「アベル様！　執務棟への立ち入りを一時許可願います！」

そして、推測ながら少年が捕まらない理由を手短に話した。この会話はジュリアンたちにも聞こえているはず。

「事が終わるまで許可する。速やかに行きなさい」

「ありがとうございます！」

迎賓館の裏口から出ると、そのまま西中庭へ出て人混みの隙間を素早くぬって執務棟へと向かう。

いきなり目の前を、派手な赤と金の装いに身を包むニキビ面が塞いできた。

愚　王　子！　よりによって何故、ここに！

「チクショウ、あの白金野郎が！　このオレを出し抜くなんざ百万年早いんだよ！　どこ行きやがったあああ!?」

どうやら義兄に撒かれたらしい。貴《とうと》き血の御方とは思えない汚い言葉を発している。周りの貴族たちがドン引き、関わりたくないとばかりに避けているのが見えないのか。

そういえば、この王子と面識はなかった。コニーは何食わぬ顔で通り過ぎようとした。

「まぁ、落ち着いてくださいな。ドミニク殿下」

視界の隅に、愚王子を宥めるグロウ団長が映る。

「キサマも、なんでジュリアンを見失ってんだ！　さっさと見つけろ！」

「宰相殿が魔獣召喚士に見張らせると言っていたので、こちらに加勢に来たのですよ」

「なんだ、それならそうと……」

――魔獣召喚士とは、あの蜘蛛魔獣の使い手でしょうか？　それがジュリアン様を見張っている？

背後で捉えた物騒な内容に、コニーは眉を顰《ひそ》める。

「おや、あそこにいるのは……ダグラー副団長の義妹殿ではないかな？」

コニーは聞こえなかったフリをして、足を速める。

「何!?　どいつだ!?」

「ほら、あの藁色の髪をまとめて灰色のショールを肩にかけている女中ですよ」

グロウ団長、余計なことを！

人混みに紛れる凡庸さには自信があったのだが、グロウ団長の目は誤魔化せなかったようだ。

最近は義兄にもよく見つけられる。自身の存在の認知度が上がっているせいなのか？

「捕らえろ！　ダグラー副団長をおびき出すのに使えるぞ！」

「女性を楯にするのはいささか気が引けますが、ドミニク殿下のご命令とあらば致し方ない」

噴水近くで人の密集度が高くなり、コニーは思うように前に進めなくなった。何度も方向転換しつつ隙間に潜りこんでから進む。

「待ちたまえ、コニー・ヴィレ！」

すぐ後ろにグロウ団長が迫ってくる。あちらは権力者なので、周囲の人が自然と避けて道を作るようだ。こうなったら追跡不能にするしかない。先手必勝と振り向き、前蹴りで鳩尾《みぞおち》を狙おうとしたら――こちらに伸ばしたグロウ団長の手を横から掴む者がいた。

「私の義妹に気安く触るんじゃないよ」

「は――っ!?」

グロウ団長の体が、ぶわりと人々の頭上を舞った。噴水が盛大な水柱を上げ、降り注ぐ冷たい水に人々が悲鳴を上げる。

……リーンハルト様、豪快に投げ飛ばしましたね。

蹴りの構えをそっと解く。

「ここは私に任せて、君は先に行って」

義兄の口調にいつもの軽さはなく、その視線は執務棟の屋上を捉えている。コニーもつられて見ると、屋上の端に座っている少年がいた。こちらでの騒ぎをじっと見下ろしている。

「では、行ってきます」

コニーが頷くと義兄は微笑んだ。思わず、コニーの口角も上がる。走り出した背後で、追いついたのだろう愚王子が何か喚いているのが聞こえた。

「コニー！」

執務棟の入口でジュリアンに会った。彼もまたグロウ団長を撒いてきたらしい。一緒に執務棟へと足を踏み入れる。祭り始めの日でもあるため、棟内にはほとんど人がいない。外の喧騒が嘘のような静けさの中、五階まである階段を足早に上ってゆく。

「魔獣召喚士が僕の見張《や》り？　どうりで……変だと思ったんだ。グロウ団長が途中で追いかけてくるのを止めたから」

「でも、近くにいるなら指輪が光るはずですし……」

自分の左手の指輪を見る。魔力反応はない。だが、四階まで上がると急に赤い点滅を始めた。

「ジュリアン様、これは……」

小さな蜘蛛魔獣であれば、感知する魔力が低いため薄桃色のはず。赤は高い魔力を示す。

薄暗くなり始めた階段。コニーとジュリアンは、五階から見下ろしてくる黒い影法師のような女に気づいた。襟の高い黒ドレス、髪を覆い隠す黒頭巾に大きな黒帽子、黒い手袋、黒い扇子で口許を隠す。のっぺりとした白い顔だけが浮く。官僚が仕事をする執務棟で違和感しかない存在だ。

「――見たことありますね。夜中のあずま屋で、間者疑惑クロの元経理官ジョン・ホルキスと密談していた人です」

コニーの言葉にジュリアンも心当たりを口にした。

「僕は、半年前の国庫金不正事件を思い出したよ。黒幕に深く関与しながら、未だに捕まらない黒ドレスの女。白塗りの女の仮面。特徴が一致している」

「それは、わたしも同感です」

黒ドレスの女がぱちりと扇子を閉じると、その背後からのそりと大きな蜘蛛魔獣が現れた。体高が女の腰の位置まである。

「よくも、うちの可愛い蜘蛛を斬っておくれだね」

コニーに向けて静かに殺意を向けてきた。盗聴に来た蜘蛛を始末したことを言っているようだ。

魔力の高い者は城門で厳しいチェックを受ける。身元を保証する貴族がいなければ入れない。通過すれば記録が残るし、外部の人間なら王族暗殺を警戒して漏れなく魔法士団の監視対象となる。間者であるこの魔獣召喚士が、どうやって城の結界を潜り抜けてきたのか。聞き出したいことはあったが、今は主の試験が最優先だ。コニーはジュリアンより前に大きく踏み出す。

「そこをどいてもらえませんか？　あなたと遊んでいる暇はないのです」

「おやまぁ！　なんてこと、お前の目にはこのコが映ってないのかい？」

女の声とともに、蜘蛛魔獣は側面にある青い鱗を魔力で光らせて、シューッと威嚇音を発する。大きいせいか意外に毛深い。だが、コニーはそれを一瞥だけして、再度、女に告げた。

「お耳が遠いのですか？　では、もう一度だけ言いますね。そこをどきなさい」

とたんに、女は仮面の下で低く唸った。

「――この私に命令したね？　卑しい下女の分際で！　私の可愛いコ、あいつの頭を食いちぎっておやり！」

女は閉じた扇子を前に突き出した。同時に、階段の上から巨大な蜘蛛魔獣が音もなく跳ねて襲ってくる。

「揚羽隊長、出番です！」

「分かってるわよ」

コニーの隣に忽然と現れたのは、長い赤金髪をたなびかせた美女……もとい、美青年。彼は右手を掲げて短い呪を唱えた。寸前で撥《は》ね返された蜘蛛魔獣が、ボンッと魔力の炎に包まれる。コニーはそれを避けて階段を一気に駆け上がり、旋風のような速さで女の真横に立った。女が呪文を口にしながら扇子を掲げたので。

「邪魔なんですよ！」

間髪いれずの、鋭い回し蹴り。女は一直線に階下へ飛ばされて、四階の壁に叩きつけられた。

通常、呪文とはある程度の長さがあり、その韻律で魔法を編むという。揚羽のように短縮させて発動を可能とさせるのは、それなり以上の才能が必要で、誰でも出来るものではないらしい。つまり、魔法を使えないコニーは、それが発動する前に相手に強いダメージを与えるのが必勝の鉄則というわけで。ちんたら呪文を言ってる時が狙い目なのだ。

のびた女を横目に、ジュリアンはコニーのもとへと階段を駆け上がる。

「揚羽隊長！　それの回収お願いします！」

コニーは揚羽に後始末を頼んだ。

「別にいいけどぉ～……コレ、死んじゃってないかしら？」

「手加減はしているので生きてます」

コニーとジュリアンは五階から屋上への細い階段を上る。一人しか通れない狭さだ。危険回避のため先を行くコニーが、扉を開けて屋上に出た。庭師見習いに化けた〈緑の佳人〉は……いない。障害物のない広い屋上なので一目瞭然。コニーはがっくりと肩を落とす。

あと少しだったのに！　あの黒ドレスのせいで！

ふつふつと怒りが湧き上がる。ジュリアンが叫んだ。

「コニー、うしろっ！」

とっさにスカート下から短剣を抜き放ち、振り向きざまに斬りつける。先ほどより二回り大きな蜘蛛魔獣がのけぞり転がって、ばたばたと暴れる。コニーは素早く距離をとり、それが撒き散らす黒い飛沫《しぶき》を避けた。召喚魔獣は〈地涯〉で瘴気が染みつくため血が黒い。腐敗した油のような異臭を放つ。毒素を含むため触れてはならないものだ。

これはどこから現れたのか。辺りを見回す。彼方に沈みかけている夕日。藍色の空にぽかりと空いた漆黒の穴から、次々と屋上に零れ落ちてくるのを見つけた。

……え、空に穴が空いてる？　まさか、結界に穴が……!?

いや、それはおかしい。魔力のないコニーに結界は元々見えないし、見えないものに空いた穴など視認できるわけがない。では、一体どこに通じた穴なのか。ジュリアンを背に庇《かば》いながら、大小様々な蜘蛛魔獣らにじりじりと屋上の端に追い詰められてゆく。

「揚羽隊長は……!?」

出入口の扉からも、大きな蜘蛛魔獣が押し合いへし合いしながら出て来ようとしている。もしや、階段もあれで渋滞しているのか。隊長は一体何をしているのか。

あの黒ドレスは気を失っていたはず……ということは、この蜘蛛たちは自主的に行動を？

暗くなり始めた空、中庭の人々は気づいていないのか。ゆっくりと四方から迫ってくる蜘蛛魔獣。

コニーはスカートのポケットから小さな鉤《かぎ》付の縄を出すと、手早く屋上の柵に巻きつけて固定した。

「とりあえず、ふたつ下の階に避難しましょう。中の階段が占領されていても外階段がありますから。ジュリアン様、先に下りてください」

縄が細いため一人しか支えられない、主《あるじ》優先だ。縄を受け取り柵の手摺から下を覗いたジュリアンが、困惑したような顔をコニーに向けてきた。

「――すぐ下にいるんだけど、どうしようか？」

下から蜘蛛どもが攻めてきたのかと、慌ててコニーも覗く。

四階の窓辺に探していた件の少年が腰かけていた。何故、そんな所に移動しているのか。

ドオン！

突然、背後から爆風が来た。屋上へ出るための扉が、蜘蛛魔獣が爆風に巻かれて飛ばされる。

揚羽は炎系魔法が得意だ。だから爆炎でないのは配慮だろう、だが――

「わたしたちまで飛ばしてどうするんですかっ！　揚羽隊長！」

屋上から中庭の上空にまで二人は飛ばされた。とっさに爆風でなびく細縄を左手で掴み、同時に右手でジュリアンの手首を掴んだ。この縄の耐荷重では長く持たない。しかし、目の前の窓に、捕獲すべき少年がいる。こちらに背を向け窓辺から立ち去ろうとしている。

ピンチとチャンスは同時に発生している。ならば――

「ジュリアン様！　捕まえるチャンスです！　突撃してもいいですか⁉　出来ればご無礼不問でお願いします！」

コニーと目を合わせたジュリアンは力強く頷き、その言葉の意味を正しく理解してくれた。

「投げてよし！」

見た目が柔和で華奢《きやしや》な印象さえあるジュリアンだが、さすが王の器、度胸と決断力がある。

爆風が止《や》むと縄は振り子のように戻る。コニーはそれを利用して、ジュリアンを四階の窓から廊下へと投げ入れた。これには少年も予想してなかったのだろう。真上からの気配に振り返ると、驚愕の表情を浮かべ――避ける間もなくジュリアンを受け止めるはめになり、勢い余って一緒に廊下を転がっていった。コニーはその次の反動で窓に飛びこみ、猫のようにくるりと受身をとって軽やかに着地。本日、三階より上階が無人でよかったと思う。官僚らに目撃されたら、それこそ女中生命が終わったことだろう。

――その少年は、地味な薄茶の髪と瞳に庭師見習いの格好をしてはいたが、利発さと気品を感じる顔立ちに、細身ながら脆弱ではない柳のようなしなやかさがあった。

ジュリアンは自分が下敷きにしてしまった少年に、しっかりと目を合わせて確認を取る。

「貴方が、〈裁定者〉殿で間違いはありませんか？」

「――如何にも」

ジュリアンが退いたので、彼は起き上がり厳かに言った。

「我を捕らえたことを認めよう。そして、これより新たな試練をそなたに与えよう。だが、その前に――」

彼は窓を見た。外壁を伝ってざわざわと追ってきた小蜘蛛に大蜘蛛。

「まずはアレを片付けねばならぬな。邪魔であるゆえ」

〈裁定者〉の少年は薄暗い廊下で、タンと片足を踏み鳴らした。一瞬にして、白緑の魔法陣が床を彩り、光の波紋が廊下、壁、天井、階段と隅々まで広がってゆく。特に攻撃をしている感じはしなかったが、蜘蛛魔獣たちはすぅっと潮が引くように遠ざかっていった。いつのまに現れたのか、廊下の突き当たりの壁に漆黒の穴がぽかりと空き、彼らはそこに吸いこまれるように逃げてゆく。そして、漆黒の穴もまた掻き消えた。

「何の魔法ですか?」

コニーが尋ねると、少年は答えた。

「威嚇だ。魔力が上であることを示せば召喚魔獣は無益な争いはせぬ。あの召喚士の窮地を助けようとしていたのだろうが……」

「やだぁ、もう参っちゃったわ～」

開いた窓からふわりと、黒い蝶のように揚羽が飛びこんできた。

「ジュリアン殿下は無事ね! あら、彼が〈裁定者〉ね! 無事捕まえたようで、何よりよ! 仔猫ちゃんもお疲れ様！」

「揚羽隊長、何やってたんですか……」

「突然、クモが大量に湧き出すから手間取っちゃったのよ！　あの召喚士は持っていかれるし……」

「え、何やってるんですか！　あんな危険人物にまた雲隠れでもされたら……！」

「その話はあとでするわ。まだ殿下の試練内容を伺ってないのでしょ？」

揚羽の台詞にジュリアンも軽く首肯《しゅこう》し、〈裁定者〉の少年に尋ねようとすると、彼は「しばし待て」と片手を上げた。ややして、複数の靴音が慌《あわ》ただしく近づいてくる。

「ジュリアン殿下！　無事か!?」

ボルド団長、リーンハルト、アベルが現れた。彼らのかなり後ろの方を、息切れでよたよたとふらつきながら追いかけてくる愚王子がいる。供がいないのはあの三人に排除されたからか。

少年はジュリアンに尋ねた。

「今回、我の捕獲に参加した〈配下〉はこの者たちだけか？」

「はい」

「この五名の中に、そなたにとって不要な者はいるか？」

「いいえ、おりません」

「よかろう。では、この者たちにも我が言《こと》の葉《は》を聞く権利を与える」

少年が右手の指をぱちりと鳴らすと、少年を中心にジュリアン、揚羽、コニーと先ほど駆けつけた三人を囲むように白緑光の壁が立ち上がった。やっと追いついてきた愚王子が、きょろきょろと辺りを見回して天井に向かい何か喚いている。こちら側が見えていないようだ。

「結界ですね」

ジュリアンの問いに、少年は「そうだ」と答えた。

魔法を使ったせいか、コニーの指輪が真紅を通り越して赤黒く点滅している。きっと、ふだんは揚羽のように魔力の気配を消していたのだろう。

ふいに、少年の体は強い輝きに包まれてその形を変えてゆく。まっすぐな長い白緑の髪、深緑の双眸の、人形ほどに整った清麗な美貌の青年に。その身に纏うのは聖職者のような裾長の白衣——蔦と花と月の紋様が美しい。コニーが地下で会った〈緑の佳人〉だ。

「我が名はイバラである。ハルビオン国において次代の王を選ぶ〈裁定者〉として——第二王子ジュリアン・ルーク・ハルビオンに試練を与える」

イバラはジュリアンの琥珀の双眸を見据えて、厳かに告げた。

「——忠義なき青の臣を一人、そなたの前から排せよ」

一瞬の沈黙が場を支配した。ややして、ジュリアンは彼に問い返す。

「それは、僕の臣下に裏切り者がいる……ということですか？」

「当試練についての助言はなしだ」

自身で解釈する所から始めろということらしい。だが、ジュリアンが口にしたことに間違いはないだろう。

——青は裏切り者を示す色ですね。わざわざ「忠義なき」と言うのは、逆に周囲から「忠臣」だと思われている人物なのでは……？

目の前にいるボルド団長の蒼いマントに目がいく。彼の地位を表す色。いや、彼は第二王子騎士団の創設時から長年、ジュリアンを守ってきた人だ。さすがにあり得ないだろう。次に隣に立つ義兄の横顔を見た。その深海色の瞳を。

「私は違うからね？」

視線に気づいた義兄が、すかさず訂正してくる。

「別に、あなたが怪しいとは言っていませんが」

「そう？　それならいいんだ……」

あからさまに安堵したような顔を見せる。

個人的には、ここにいる側近の中に裏切り者はいない、とコニーは思う。

――ですが、イバラ様が言う以上は、〈青色〉を持つ忠臣ということで疑惑の対象になるでしょう。王となるべく万難を排するためにも、幼き頃より信頼できる者だけで身辺を固めてきたジュリアン様です。その彼らを疑わなくてはならない。さぞお辛いことでしょう。

イバラは言葉を続けた。

「試練を完遂すれば、そなたを次代の王として認めよう。一年後の戴冠式には、我と契約を結ぶ権利〈王の証〉を得ることを添えておく。――我は緑を司る高位精霊である。ハルビオンは建国前、全土が茫漠《ぼうばく》とした荒地であった。我と初代女王の契約により大地は緑化した。女王の死後、この契約を引き継ぐ者は我に一任されている」

「――その契約がないと、ハルビオンは再び枯れるということですか？」

ジュリアンの困惑に対し、彼は「一夜のうちに」と簡潔に答えた。そして、補足する。

「先人の知恵で土壌改良や水源確保に成功している地もあるが、それでも七割方は荒地に戻ることだろう」

コニーが片手を軽く上げて尋ねた。

「あの、腑に落ちないことがあるのですが、聞いてもよろしいでしょうか？」

主との会話中に無粋であることは承知だ。

「申すがよい」

イバラは寛容な態度を示した。

「ハルビオンにはいくつか荒地があります。はじめの試験にも使用されましたが……イバラ様の御力なら、難なく回復させることが可能だったのではないでしょうか？」

「――あれは穢《けが》れの地だ。多少の穢れならば我とて払えるが、幾世代にもわたって染みこんだものに我が力は及ばぬ。人の血が大量に流れた地、または瘴気《しょうき》で汚染された地。その穢れを払うのは人の業でもある。例のふたつの地は、王子らが真摯に取り組めば解決出来る見込みがあった」

ジュリアンはその地が元戦場と知っていたので、井戸工事を始める前に戦死者のための簡易祭壇を作っておいた。工人や村人が率先して礼拝に来ていたこともあってか、以前は工事の度に頻発していたという事故や怪異が起きることはなかった。これにより、イバラの守護が届きやすくなったといえる。水源も整備されたことで短期間で緑が蘇《よみがえ》った好例だ。

一方、ドミニクが任された地は、過去に〈地涯〉より召喚された巨大な魔獣が討たれて死んだため、濃い瘴気溜まりがある。宰相が「高名な魔法士を雇い瘴気払いをさせるように」と助言をしたものの、ドミニクは高額の依頼金を出し渋りそれをしなかった。ドミニク派である宰相がそれについて肩代わりしなかったのは、あらかじめ支給された資金のみを使うのがルールだったからだ。瘴気は良くない気を呼びこむ。結果、彼は己の愚策に加え、いくつもの不運に足を取られて失敗した。未だにかの地は干からびている。

「そうだったのですか……」

それまで思案深げな表情で話を聞いていたアベルが、イバラに声をかけた。

「――間違っていたら申し訳ないのだが。貴殿はどことなく、国庫管理人のイバラ侯爵に面差しが似ている。彼は貴殿の身内だろうか？」

「あれもまた、我の仮初めの姿のひとつである」

イバラ侯爵は厳格な老人だ。重鎮なのに薄暗い金庫付近にしか現れず、社交界など宮廷の賑わいを避けている。コニーも殆ど見た覚えがない。

一同は驚くものの……少年にもなるのだからさもありなん、と納得する。

――やっと思い出しました。庭師見習いの時の名もイバラでしたね。今更ですが。

「この姿で王宮に留まるは不便なのだ。何もしないというのも退屈極まりない。よって、代々の国王より国庫の鍵を預かり管理している。たまに子供の姿で庭師の真似事もする」

我が国の守護精霊様はなかなかにフリーダムだ、とコニーは思う。

「――さて、まだ聖霊祭も始まったばかりだ、皆戻るがよかろう。その前に……第二王子よ、試練に挑む覚悟はよいか？」

「はい！」

明瞭な声でジュリアンが答える。イバラは頷くと、視線をコニーに向けた。やや眉を顰《ひそ》め諭すような口調で――

「娘よ。今後、主を投げ飛ばすのはやめるのだ。主が頭を打って脳震盪《のうしんとう》でも起こしたらどうする」

「イバラ様ならきっと、受け止めてくださると思いましたので」

「……」

決して目の前で逃げようとするのが腹立たしくて、クッションにしたわけではありませんよ？人外様なので少々ぶつけても大丈夫かな～とは思いましたけど。

「娘よ、我とて床に後頭部をぶつければ痛いのだ」

不機嫌そうに抗議され、コニーは平身低頭で謝り倒した。

その後、周囲にあった光の結界は弾けて消え、同時にイバラも姿を消した。執務棟の四階に戻った六人。ドミニクはいなかったので、諦めて去ったのだろう。

「はぁ～、緊張したわぁ」

揚羽がため息とともに肩の力を抜く。日頃からお喋りな彼がやけに静かだと思ったら――

「緊張していたのですか？」

コニーの問いに対し、揚羽は憤然と彼女の鼻先に指先を突きつけてくる。

「いいこと、仔猫ちゃん！　高位精霊なんて、生きているうちにそう何度も拝めるものじゃないのよ！　しかも、我が国の生きた伝説じゃないの！　それをどーいう捕まえ方してんのよ⁉　聞いたアタシの方が冷や汗モノだったわ！　心臓縮むわ！」

「寛大な方でよかったです」

ジュリアンのとりなしと、聖霊祭のあと旬の果物のパイを献上することで、今回の無礼は不問にしてもらうことになった。

さっきまで揚羽同様、ずいぶんと静かだったボルド団長が肩の付け根をぐるぐる回している。彼も緊張していたのだろうか。ふと、ボルド団長から目を逸らした先で、義兄と目が合った。何か呆然としていたと思ったら、急に真剣な顔で見つめてくる。どうしたのかと思っていたら。

「コニーってパイを作れるの？」

「作れますよ」

「知らなかった……今度、私にも作ってほしいな」

「イバラ様の先約がありますし、忙しいので無理ですね」

わたしの場合、趣味や暇を持て余してお菓子作りをしてるわけではありません。

食事に毒を仕込まれやすい主への差し入れや、迷惑をかけた相手にお詫びで作るもの。誰が相手でもこれがいつものスタンス。よって義兄の機嫌とりには必要はない。

しかし、明らかにがっかりした義兄の顔に——ほんの少しだけ、心が波立った。何だか自分が意地悪をしているようにさえ感じる。

——何ですか、いつもなら「じゃあ、時間のある時に！」とか言いそうなのに。……いえ、別に言わなくていいです。

「さぁ、夜会警備の準備をするか！　行くぞリーンハルト！」

「じゃあ、コニーまたね！」

義兄は笑顔でそう言うと、ボルド団長とともに去っていった。

「俺も経理室に戻ろう。コニー、祭の間にここに用事があるときはニコラを通すように」

アベルは気遣いを残して二階へと向かった。

「んじゃ、アタシたちも～」

転移術でジュリアンを連れて跳ぼうとした揚羽の黒衣を、コニーはとっさに掴んだ。

「揚羽隊長、召喚士を取り逃がした件について、まだ説明してもらっていませんよ？」

「あらやだ、だって、あの数のクモよ？　いくらでも湧き出てくるのよ？　アタシだって取っ払うの大変だったんだから！」

思わずコニーは彼の襟元を両手で掴み直して、引き寄せる。

「苦労自慢なんか要りません！　あの蜘蛛を放てば王宮のどこだって探り放題じゃないですか！敵にとっても重要な駒のはず！　それなのにっ」

「ちょっ、襟のレース引っぱらないで！　破れちゃう！」

「まぁまぁ、落ち着いてコニー」

横から主に宥められ、コニーはその手を離した。

「も〜、仔猫ちゃんたらカリカリしすぎよ。少なくともあのクモの行動で分かったこともあるんだから〜」

といって揚羽が語ったのは——あの蜘蛛魔獣は異次元を渡る珍しいタイプであること。召喚士のいる場所ならどこでも異次元の穴を繋げて出現する。結界すら穴を空けて侵入することが出来るらしい。しかも去った後の結界にほころびはないという。

「どういうことですか？」

「おそらくだけど、魔力で綺麗に修復してるのよ」

揚羽は穴に引きこまれる召喚士を挟んで、大型の蜘蛛魔獣と引っ張り合いになったらしい。力負けして持っていかれた時、目の前で穴が糸で複雑に縫い合わされるような形で閉じて消えたのだという。

彼は懐から白塗りの女の仮面を出して見せた。

「あと、収獲はこれ。素顔を見たの。男だったわ」

「変装していたのですか……言われて見れば、ちょっと裏声っぽかったですね」

「元・宰相の第一秘書官キースよ」

コニーとジュリアンは瞠目する。半年前の不正事件で捕まった人だ。

「待ってください、その人、牢の不審火で亡くなったはずでは——？」

驚くコニーとは対照的に、ジュリアンは納得顔で言う。

「……でも、ありうるかな。宰相お気に入りの優秀な秘書官だったから、あんなふうに宰相が切り捨てるのも何か違和感があったんだ」

じゃあ、あの火事からどうやって逃げて、死体の偽装を——と考えて、コニーも気づく。

なるほど。異次元の穴で牢から脱出して、代わりの死体を放りこんだというわけか。

「まぁ、キースも仔猫ちゃんがぶちのめしたから、当分、復活は出来ないでしょうね」

——そうですね。


王太子が決まる試験の期限は、来年三月半ばまで。残りは二ヶ月半。

五章　枯れ女子の動揺

1　追いかけてくる困った人達

暁星暦五一五年　一月一日

新年を知らせる鐘の音が鳴り響く。それに交じって、城の大広間から音楽隊の奏でる楽曲がかすかに聞こえてくる。深夜の中庭は多くのランタンの灯でとても幻想的だ。

クレセントスピア大陸に住む者はすべて、新年ごとにひとつ歳をとる。コニーも十八歳になった。

王宮厨房内にある洗い場で、コニーはせっせと食器を洗う。壁一枚隔てた隣室からは料理人たちの気合の入った怒号と掛け声。まだまだ夜は長い。料理の提供においてもこれからが本番。洗い場に下がってくる食器も、片付ける側《そば》から増える一方。

「コニーがいてくれて助かるわぁ」

「この日ばかりは、ここに慣れてる私達でも大変だもの」

「うぅ、腰が痛い～休憩はまだなの～」

洗い場の女中たちが手を動かしつつもそう言う。コニーは彼女たちに聞いた。

「ノエルはどうしました？」

「お皿を割り過ぎて暇をもらっているわ。ここ最近、洗い場もずっと忙しかったから、疲れが出たんだろうって——新人だから料理長が庇ってたけどね。明朝には出てくるけど」

女中ナギがそう答える。彼女はコニーより一回り年上で、洗い場の監督役も務める。

すると、次々に周りの女中たちが不満をこぼしはじめた。

「あたしらだって疲れてるっつーの！」

「ガオさんは若い子に甘いから」

「あいつ休みたくてわざと皿割ってるようにしか見えなかったよね！」

「仕事も鈍いから、その分こっちに皺寄せくるのよ。ほんと、いい迷惑」

「泣き落としも鬱陶《うっとう》しい」

——彼女たちには以前、ノエルが孤立しないよう最低限でいいので、と声かけを頼んでおいた。おかしな行動をしていないか見張ってもらう、という思惑もあったのだが……

ナギが、困惑もあらわに言った。

「コニーの頼みでもあったし、あの子が人の輪に入れるよう注意をしてきたけど。だめだわ、あの子、見た目ぼ〜っとしておとなしそうだけど、すごく自己中なのよ。例えば、人からハンカチや流行の本を借りても返さない、食後の食器を下げない、話の途中でいきなり走り去る、仕事中なのにトイレが三十分とか一時間とか長い、ちょっとしたミスを同僚から注意されても上の空でだんまり、かと思えば皿を割っても謝らずに言い訳ばかり、そこに男性が来て叱責すれば泣き落とし」

これだけ悪目立ちしてノエルは何がしたいのだろうか。このままだと聖霊祭が終わる前に、村八分で叩き出されそうな予感。

——それはそれで洗い場は平和になるし、わたしとしてもグロウ団長の目付け役がいなくなるので良いことですが。

とりあえず、変なモノの世話を押しつけてしまったナギには申し訳ないと謝っておいた。

「あの子のフォローはもうしなくていいですよ。自滅に巻きこむと悪いので」

「そう言ってもらえると助かるわ。一応、女中頭にノエルの異動を相談してみる」


——夜明け前です。やっと終わりました。

十二日間、連続で仕事や事件があったので、さすがに疲れが溜まっているのを感じる。今日の仕事の開始時間は九時にずらしてもらっているので、これからすぐ官僚宿舎に戻れば三時間は睡眠がとれる。自室で待っているだろう黒猫たちに思いを馳せる。

あぁ〜、はやく猫に埋もれて寝たいです……

王宮厨房を出るとまだ外は暗い。ショールで冷える肩を覆い、欠伸《あくび》を手で押さえていると——

「お、おつ、おつかれさま……です」

背後から声をかけられた。首だけで振り向くと、木陰から妙に手足の細い少女がぶるぶる震えながら現れる。ノエルだ。この寒空の下、待ち伏せしていたのか。

「――お疲れ様です」

すっと顔を前へ向けて、コニーはすたすたと歩き出す。ノエルは追いかけてきた。

「ままま、まって、待ってください！　ごそ、ご……っ、ごそうだんがあるのです！　あな、あなた、がっ、悩みを、聞いて、くれると……ぜひっ！」

コニーは足を止めると、くるりと体を彼女の方に向けて対峙した。話を聞いてくれるのだと勘違いしたノエルが、嬉しそうな顔をする。しかし、コニーはぴしゃりと断った。

「現在、多忙につき人様の相談事を受けている余裕はありません。あしからず」

「あの、ででも、コニーさ、んは、やさしくて、親切な人だと、聞い、て」

「あなたも洗い場担当なら、わたしが今この時間に仕事を終えたことぐらい分かってますよね？　疲れている相手に相談を持ちかけるのは非常識ですよ。とても迷惑です」

無表情に淡々と言うと、ノエルはたった今、そのことに気づいたかのような顔で、「え……あ、はぃ……」と答えた。

「それと、職場で迷惑行為をする人の相談事は受け付けません。今後も、わたしがあなたの相談に乗ることはないでしょう」

ぽかんとするノエルを置き去りにして、その場を去る。

「あ、あああの、でも、それ困……ま……っ」

追いかけてこようとして、何もないところで派手にすっ転んだ。コニーは振り返らない。

しばらく歩くと、ぼんやりと明るい西中庭に出た。ランタンの灯がまだ残っている。昨日はばたばたして〈迎え千燭〉をゆっくり見ることが出来なかったな、と思いながら庭沿いの通路を歩く。

少し先のあずま屋に、翡翠色のマントが吸いこまれていくのが見えた。

今のは……リーンハルト様？

コニーはそっと茂みに隠れつつ近づいてゆく。あずま屋には義兄とレッドラム国の王女がいた。

王女の一方的なお国自慢に、義兄が適当に相槌を打っているようだ。王女はのぼせているのか、そのことに気づいてない様子。

「密会かしらね。さすが、色男は手が早いわぁ〜」

茂みにしゃがんで二人を観察していると、隣で囁き声がした。そちらを見れば黒いひらひら。

「揚羽隊長、いつの間に」

「彼の調査よ」

――やはり、リーンハルト様は碧眼なので〈忠義なき青の臣〉の対象に入ったのですね。

ジュリアンはさっそく、青色をもつ裏切り者探しをはじめたようだ。

彼の臣下に瞳や髪色で青を持つ者は多い。諜報部隊〈黒蝶〉で手分けをして、怪しい人物の洗い出しにかかるのだろう。折よくレッドラムの王女との逢引である。彼女はドミニクの従妹《いとこ》にあたる。

当然ながら、あちら側の勢力に通じている。

「もともと、王女殿下の方がご執心とも噂があるけどね。あっちに引きこむつもりだと思うわ」

その言葉を裏付けるかのように、王女が義兄に媚びるように擦り寄っていく。セピアに輝く髪を結い上げ黄金の扇子を模した髪飾りを挿し、金レースが随所に入った豪華な柘榴色のドレスを纏う。

その姿は美しいが、どこか毒を含んでいるようにも感じる。

「ねぇ、リーンハルト。この靴、覚えているかしら？　以前、この国に来た時、貴方に見立ててもらったものよ」

甘えた声で王女は言う。対する義兄は。

「えぇ、お似合いですね」

蕁麻疹でも出ているのか首筋に右手を当てながら、虚無の広がる表情で棒読みした。その言葉に満足しつつ、恋する乙女は恥じらいながら視線をさ迷わせている。

「このドレスもその時に合わせて作らせたものなの」

「えぇ、とてもお似合いです」

「この髪飾りも、今日この日のために用意したの」

「よくお似合いですよ」

やはり棒読み。揚羽が眉を顰《ひそ》めて首をかしげる。

「……彼、具合でも悪いのかしら？　何かこう、かつての女たらしのスマートさがないわね」

しかし、王女は誉め倒されているとでも思っているのか、頬を紅潮させ両手の指を組んで感極まっている。

「嬉しいわ、リーンハルト！　そんなにわたくしのことを……！」

コニーも首をかしげる。

「彼、そんなに感動すること言ってましたか？」

「アレじゃない？　彼のために全身コーディネイトしたわけだから肯定されて大満足、みたいな？」

なるほど、恋する乙女フィルターのせいなのか。

「あぁ、リーンハルト！　わたくしの騎士になって！　レッドラム国へ来てちょうだい！」

話しながら彼との物理的距離を縮めていた王女。素早く彼に抱きついた。

「来たわね！　さて、あの色男はどう出るかしら⁉」

揚羽が興奮したように囁き身を乗り出した。野次馬ですか。

「断るでしょうね」

コニーの言葉に一瞬驚いた顔を見せた揚羽だが、すぐにあずま屋へと視線を戻した。

義兄は王女の肩を摑んで剝がし、まっすぐ彼女の目を見て告げる。

「私の主は、ジュリアン殿下お一人です」

王女の手が小刻みに震えている。美しい顔を紅くして鼻息が荒い。たぶん彼に再度しがみつこうと抵抗している感じがする。

「貴女の要望には応えられない」

きっぱりと拒絶を見せて彼女の体を完全に引き離すと、義兄は立ち去るべく背を向けた。

すると、王女は背後から飛びついた。両腕を義兄の背中から、ぐわしっと巻きつける。獲物を捕らえる執念を感じる。

……カマキリみたいです。

「言ったはずよ、その程度の理由でわたくしは引き下がらないと」

それはとても小さな声だった。だが、夜明け前の青い静けさの中、妙にはっきりと笑いを含んで聞こえた。

「彼がいなくなればよい話でしょう？」

コニーは足元の小石を拾うと左手の平に載せ、右手の親指と中指を丸めて、王女の後頭部に小石をぶつけるべく狙いを定めた。しかし、すぐに気づいた揚羽に手を叩き落とされる。

「何やってるのよ！」

少しずれたメガネの位置を指先で正し、揚羽を無表情に見返して彼女はつぶやく。

「カマキリ王女、許すまじ……」

暗に主を害する発言だ。権力行使可能な王女であればこそ、口先の冗談ではすまない。

「気持ちは分かる、でも落ち着きなさいって」

そこに、やけに落ち着いた――重く鋭い声が耳に届いた。

「これより君は私の敵だ。金輪際、話しかけないでくれ」

王女を乱暴に突き飛ばすと、彼は足早に去っていった。冷たい石床に投げ出された王女は、呆然とその背中を見送っていた。

どんな表情をしているのかは見えないが――大国で蝶よ花よと育てられた姫君である。山より高いプライドはへし折られたことだろう。少しだけ溜飲が下がったので、揚羽から見えない位置で集めていた小石を捨てる。

ややして、王女を探す侍女たちの声がして、彼女も去っていった。

「ったく、主を害なす者には頭に血が上りやすいんだから」

「わたしはいつでも冷静です」

——殺意の湧く相手に跳び蹴りしなかったのだから、冷静です。

レッドラムの国王は、あの王女をことのほか可愛がっていると聞く。そんな王女がおねだりをしたら武力行使か、または何かしらえげつない策でドミニク派の勢力を後押しすることだろう。ただでさえ、〈黒蝶〉メンバーの半分が消息を絶ち、味方に裏切り者が紛れこんでいるというのに——

「あの王女、いずれこちらに甚大な被害を及ぼしますよ。庭に出るたびすっ転んで脳震盪起こしてハルビオンに来るのが嫌になればいいのに——」

「国の賓客である以上、今は手を出さないでちょうだい」

揚羽はそう言って釘を刺す。先の言葉を実行するとでも思ったのだろう。その懸念はあながち間違いではなく、コニーは不承不承、「了解」と頷いた。

2　言祝《ことほ》ぎ菓子の赤いジャム

一月二日

王都の大聖殿では新年明けの三日間、民衆に向けて〈言祝ぎ菓子〉を販売している。

それは、丸い焼き菓子とお御籤《みくじ》がセットになって銅貨一枚（＝林檎一個分）の値段だ。大聖殿の大巫女様の言祝ぎには幸を呼ぶ力があるので、毎年恒例となっている。ただ、かなりのご高齢なので、今年でこのお御籤は最後になるとの噂があり、販売初日の昨日は二時間で完売したという。

「買ってきましたあああ！」

その〈言祝ぎ菓子〉を朝一で並び、同僚たちの分をゲットしてきた洗濯女中のハンナとミリアム。仕事終わりに女中寮の談話室に呼ばれてきたコニーは、籤引きに参加することになった。

ミリアムが女中たちから代金を徴収すると、ハンナがテーブルの上に菓子を山積みにする。大聖殿の印が押された紙で菓子は個装されていた。本日、仕事に出た女中の分だけとはいえ、百人分だ。一人ずつ籤引きしていたら時間がかかると思ったのだろう、いつもはおっとりのハンナが冗談交じりで言った。

「一人一個が原則ですよ～！　人の分まで取ったら百倍の代金をもらっちゃいますからね！　約束できる人はテーブルの前に来てくださ～い！」

「手に取ったら後の人に場所を譲るのよ。——さぁ、皆、用意はいい？　それでは良き幸を！」

ミリアムが次いで号令をかけると、女中たちが歓声を上げて〈言祝ぎ菓子〉に群がる。コニーもひとつ取ろうとすると——他の女中たちが押し合いへしあいして飛んできたものが、ポンと手の中に落ちてきた。あれっと思う間もなく、テーブルの上は空。皆、さっそく菓子の包みを開いている。

言祝ぎは紙の内側に書いてあるのだが、それが実現するのは中の菓子を食べてからだという。

コニーも食べたことがあるのは三年前に一度だけ。あのときは仕事運大躍進とあった。毎年この時期は仕事で忙しく、〈言祝ぎ菓子〉は大人気でなかなか手に入らないのだ。むしろ今回、これだけの量をよく確保できたと思う。

「皆、ちゃんと行き渡った？」

ミリアムの声かけに、取れなかったという女子が一人いた。「これでよければあげるわ。〈恋愛運好調〉よ」とミリアムが自分の分をさっと差し出す。片思い中だという彼女は喜んで受け取った。

「よかったのですか？」

「ええ、欲しいのは仕事運か、富運だったから」

「ミリアムは結婚願望があったのでは？」

恋愛運には結婚運も含まれるはずだが。

「今は仕事がしたいのよ。自分の力で稼ぎたいし、もっと自身の視野を広げたいというか……だから恋愛は邪魔だと思うわ」

色恋は視野が狭まりますからね（逢引のために平気で仕事をさぼったり同僚に迷惑をかけたり、あげくストーカー女の標的にされたことにも気づかなかったり）。――ミリアムは成長しましたね。意外と人をまとめるのが得意なので、今では洗濯場の監督役を任されてますし。

「誰ですか、一個余分にとった人はっ！」

ハンナが怒っている。コニーはぐるっと室内を見回し、挙動不審な女中を見つけた。さっきまでいなかったはずのマルゴが、変装のつもりか顔にマフラーを巻きつけて隠し、こそこそと談話室を出て行こうとしている。

つまり百人だと思っていた女中は、百一人いたということ。菓子の数が合わないわけだ。当然、代金をマルゴは払っていないわけで。コニーが近くの窓を開けて「泥棒です」と巡回中の警備兵を呼ぶ。マルゴは菓子を取り上げられて引きずられていった。

物が物だし、今回はマーガレットの叱責ぐらいで済むだろうが……懲りない人だ。

取り上げた菓子は自動的にミリアムのものになった。

「よかった！　見て、仕事運だわ、〈才能で飛躍できる、精進せよ〉ですって！　ところで、コニーは何運だったの？」

嬉しそうに焼き菓子を口に運ぶミリアム。コニーは自分の包み紙を開けた。

〈今年はモテ期、恋愛大波乱。潔く突き進むべし〉

恋愛運だった。しかも、恋　愛　大　波　乱――！

なんて面倒な！　いえ、このお菓子さえ食べなければ言祝ぎ効果はないのです！　誰かと交換するという手も――

しかし、周囲はすでに食べてしまっているもよう。一人一個原則というのは、一人につき一つ分の言祝ぎ効果しかないからだ。大巫女様の最後かも知れない言祝ぎを捨てるなんて、罰当たりなことはできるはずもなく。やっと一人、菓子を食べずに手に持ったままの女性を見つける。だが「健康運だったから、体の弱い旦那にあげようと思って」――既婚者にモテ期はダメだろう。

誰か、誰かコレを貰ってくれる人はいませんか……！

「何の騒ぎ？」

そこへ入口から義兄がやってきた。近くの女中たちが色めきたって籤引きのことを話している。

いつもなら「何故ここに？」と訝るコニーだが、今回ばかりはちょうどいい。

――過去には数多の女性と浮名を流したリーンハルト様。恋愛耐性は高いはず！　大波乱などちょろいじゃないですか！　トラウマの克服にもなるかも知れません！（他人事）

と彼に押しつけ、高みの見物を決めこもうと考える。だが、言祝ぎ内容を知ったら彼は受け取らないだろう。未使用のハンカチに菓子を移し、包み紙を握り潰してスカートのポケットに隠す。

近づいてきた義兄に、コニーは愛想よくにっこりと微笑んだ。それを見て彼も笑みを返す。

「ご機嫌だね、いいことでもあったのかな？」

「ええ。ところで、リーンハルト様は〈言祝ぎ菓子〉を、もうお食べになりましたか？」

「いや、まだだよ」

「よかったら、これをどうぞ。あいにく包み紙はなくしてしまったのですが」

ちょっと苦しい言い訳かも知れない。横でミリアムが察し顔。義妹の言葉に何の警戒心もなく、彼はハンカチの上から焼き菓子を取り上げると、「ありがとう」と一口食べた。よしっと心の中で拳を握る。ふいに、外が騒がしくなったので窓を見る。午後六時を過ぎたため、外はもう暗い。

魔獣車が停まっているらしく、貴婦人らしき人影が下りてくる。付き添った従者の掲げたランタンで照らされたそのドレスは、見覚えのある柘榴色。

「あれは……！　リーンハルト様、表に――」

振り向くと、口の中に焼き菓子を押しこまれた。「半分食べて」と、さらっと事後承諾を求めてくる。さらに――

「これ、恋愛の言祝ぎだよね？」

何でバレたのか。動揺を抑えるべく、口を片手で塞ぎ急いで菓子を咀嚼《そしゃく》しつつ呑みこむ。

「中にクランベリージャムが入っていたから」

と彼が種明かし。〈言祝ぎ菓子〉が久々過ぎて、コニーは中のジャムが色分けしてあるのを忘れていた。今思い出した。恋愛運のジャムは赤だ。

「大丈夫、どんな内容でも半分引き受けてあげるから」

親切っぽく言ってるけどなんだろう、すごい見透かされてる感。

――それ言うなら全部引き受けてくださいよ！

菓子を食べ終えてげんなりしつつ、彼に問う。

「ところで何しに来たんですか？」

「夕食に誘おうと思って。食事、まだだよね？」

「まだですけど……あぁ、そういえば、外にレッドドラムの王女様が来ていますよ？」

窓を見て、彼は硬直した。庭先にいる王女がドレスの裾を捌きながら、獲物を見つけた鋭い眼光でずんずんと窓に近づいてくる。義兄はコニーの手首を掴むと、勢いよく談話室を飛び出した。

「コニー、裏口はどこ!?」

「そこを左に曲がって廊下中央の扉です。王女様は何故ここに？」

「中庭で撒いたはずだけど……ここまで嗅ぎつけるとは……！」

あれだけきっぱり拒絶されてもめげないんですね。……もしかして袖にされた報復に来たとか？

裏口から出ると、有翼の白馬が低空飛行で近づいてくる。女中寮の表口に待機させていたが、彼がこっちから出たのを察知して来てくれたらしい。賢い。

「あらためて、食事に付き合ってほしい。城下の店に行こう」

「今は、どこも混雑して入れないのでは？」

「大丈夫、知人がオーナーの店に予約入れてるから」

どのみち、ここに残っても厄介事が起こる予感しかしない。彼女には二度ほど顔を見られたが、ちらっとだし時間が経てば忘れるだろう。だが、あの場にいる女中の誰かがコニーの名を教える可能性が高い。そう考えて、一緒に城下街に行くことにした。

白馬に乗って上空まで飛ぶと、女中寮の玄関先で王女がうろうろしているのが見えた。また金切り声をあげている。「あのメガネは何なの!?」と怒りがこちらに向かっている。

「あの王女、明朝には帰国するらしいから。大丈夫だよ」

二度とハルビオンには来ないでほしいですね。

向かった先は、城からほど近い貴族街にある高級レストラン。彼の奢《おご》りということでたくさん頂いた。食事中の会話はここ最近あった事件など。だが、運ばれてくる料理も終盤になると、何故かコニーの上官の人柄や仕事ぶりについて聞かれた。

当たり触りない程度に話していたコニーも、上官の趣味や休日何してるかなど聞かれると、深掘りする意図は何かと考えてしまう。しかも、初めは明朗でテンポのよかった彼の喋りは、次第に間が多く歯切れが悪いものに。

もしや、側近同士、理解を深めるためにも相手のことを知りたい――ということだろうか？

「アベル様のご趣味や休日のご様子などは知りません。ですが、気さくな方ですので、本人にお尋ねすれば答えてくれるかと」

そのとき、給仕の青年が優雅な手つきで目の前にデザートを置いてくれた。チョコレートの丸いアイス。斜めに刺さった薄くて小さな三角パイに、コニーの視線は吸い寄せられる。

――最近、彼にはよくしてもらっている。意識が飛んだときは自室に運んでくれたし、〈裁定者〉探しの時もグロウ団長の追手を阻止してくれた。「忙しいので無理」などと突っぱねず、あのとき――もう少し言い様があったのではないか。

小さなパイを見て、心に引っかかる罪悪感の欠片に気づく。

「私が興味あるのは君なんだけど」

ぽそっと小さな声。聞き間違いかと、顔を上げてテーブルの対面に座る彼を見た。

「アベル様の話をしているんですよね？」

「彼は常から経理室にこもっているし、社交界には出てこないから……君の上官でもあるし」

えぇーと……？

「私は君のことを、よく知らないことに気づいたんだ」

義妹のことを知るために、その上官まで探ると？　それは、アベル様にとっていい迷惑では……

「――答えられる範囲でなら、答えますよ？」

呆れ気味にそう言うと、彼の表情がぱあっと明るくなった。

「それじゃあ、……コニーはパイ以外の料理も出来るのかな？」

「ええ。大抵のものは作れますが、よく作るのはお菓子です」

「経理室長も……君の作ったお菓子を食べたことがある？」

「お菓子はないですね。風邪の時にジンジャーレモネードを差し入れしました。喉にいいんですよ」

「……同位置か」

「え？」

「いや、何でもないよ。じゃあ、お菓子を作るのはどんな時？」

「ご迷惑をかけた方へのお詫びとか、ジュリアン様への差し入れですね」

笑顔で固まったリーンハルトがややして項垂《うなだ》れ、どんよりと陰気な声でつぶやく。

「――まさかの伏兵が主《あるじ》……」

意味はよく分からないが、何か変な想像をしているのは分かる。

「リーンハルト様？　主が伏兵って失礼ですよ」

顔を上げた彼は、どこか釈然としない面持ちで尋ねてきた。

「コニーは仕事を掛け持ちして大変なのに、何故そこまでする必要が……？」

「――食事に毒を仕込まれやすいお立場なので、お腹を空かせていらっしゃることがあるんですよ。昔から」

そういった情報は逸早《いちはや》く〈黒蝶〉で仲のよい梟が教えてくれるので、簡単に作れるお菓子を持ってゆく。

「まぁ、それ以外でもご要望があれば差し入れはしますけど。ジュリアン様は宮廷菓子が苦手ですので」

砂糖を贅沢に使うことで高級感を出す宮廷菓子は、とにかく凶悪なレベルで甘い。王宮厨房で余りものを試食させてもらったことがあるが、味は二の次なのである。ちなみに、宮廷菓子の調理を任されているのは、王妃が嫁入り時に連れてきた菓子職人だけと決まっている。

コニーの菓子は甘味を控えているのでジュリアンが好んでいる、という理由もある。

リーンハルトは眉根を寄せて美麗な顔を曇らせる。しばらく考えこんだあと——

「もしかしてだけど。ジュリアン殿下はコニーにとって、主である以上の思い入れがある……？」

コニーは瞳を瞬いた。「いいえ」と即座に否定の言葉を返す。しかし、彼は。

「でも、何か……特別な感情を持っているように感じるよ」

室内の暖炉のせいか、まだ手をつけていないアイスの表面がとろりと溶けてゆく。

またこの人は……何かおかしなことを想像してるのかも。義妹が主に懸想《けそう》してるとでも思っているのだろうか。特別な感情。それは当然ある。けれど、決して彼の考えているような浮ついたものではない。ごく限られた人しか知らない秘密だ。——黙ったままで、主の側近に不謹慎な女と誤解されるのもどうだろう——別に困りはしない。けれど、何か引っかかる。あの時と同じ。

……わたし、彼に誤解されたくないと思ってる？

少しだけ、心を許し始めているのかもしれない。彼はあの〈悪逆の義兄たち〉とは違う。謝ってくれた、心配してくれた、気遣ってくれた。だから、あの時も——彼のためにパイを作ることを断って、罪悪感が芽吹いたのだ。

コニーは瞳を軽く伏せて穏やかに微笑んだ。そして、彼の懸念を払うべく答えた。

「特別で当たり前ですよ。幼い頃、居場所のなかったわたしをお城に連れて来てくださったのが、ジュリアン様なのですから」

◆とある男の癇癪

「このゴミが！　一体何のために、あそこに送り込んだと思っている⁉」

男は痩せ細った少女を足で蹴りつけていた。何度も何度も。

「お、お許しください、――様っ」

「キサマが女中寮に入ってどれだけ経つ？　四十二日だ！　どれだけ怠《なま》ければ気が済むんだ？　たかが小娘一人と仲良くするのに何の労力がいる⁉　オレのために役に立つと言ったのは嘘か⁉」

少女はダンゴムシのように床に丸まって、頭を両手で庇いながら叫ぶ。

「いいえ、いいえ！　あの、あの、ひと、手ごわ……くて！」

必死の訴えに、男は蹴るのをやめた。「手強いだと？　どんなふうに？」と尋ねる。

少女は痛む脇腹を押さえながら、青ざめた顔を何とか上げて答えた。

「あ、あの、挨拶しても、無視するし……お皿をたくさん割っても、ちっとも、注意を引けないし。そ、相談にのってと、お願いしても、迷惑だって……め、目の前で転んでも、手をさしのべてくれ

ない し……噂と違って、ぜんぜんやさしくも、親切でもなくて、ものすごく冷たい人だし……あ、あたしじゃこれ以上はムリです。だから、一緒に寮に入った他の二人に協力をしてもらえれば――」

男はその顎を蹴り上げた。少女の体が浮き、床に叩きつけられる。男は腰から立派な装飾の長剣を鞘ごと外すと、その顔に憤怒を浮かべ唇を大きくゆがめて凄んだ。ふだんは人当たりのよいエリートの仮面も脱ぎ捨て――今やまったくの別人である。

「あの二人はマーベル侯爵が手配した者たちだ。そんなことも忘れたのか?」

「え? それ、聞いてな――」

少女が言い終える前に、鞘で頬を殴りつけた。

「やはり、キサマは大嘘つきだ! オレとの約束を平気で破る!」

さらに少女の顔を何度も殴り、獣のような唸り声で男は恫喝する。

「一体、誰のおかげで生きていられると思っているんだ! 言ってみろ!」「――」「聞こえん!」

床に這いつくばった少女の髪を乱暴に掴み上げる。

「えん、でぃみ……お、さまの……おかげです……」

「そうだ。よく分かっているじゃないか」

男はその醜く腫れ上がった顔を見下ろす。まるで化け物だなと思う。可哀想などとは思わない。

だが、怪我人が目の前にいれば〈普通〉は気の毒がるものだ。コレは使える。

男はおくびにも出さないが、ある騎士を嫌悪していた。歳や地位が近く、なのに剣の才能や見目のよさは向こうが上。常に周囲から比べられてきた。過日、貴族たちの目前でその騎士に投げ飛ばされた。自尊心だけは誰よりも高い男である。この世で自分こそが一番尊い。嫌悪はたやすく憎悪に変化した。憎い騎士には義妹がいる。いずれは派閥間の争いに利用するつもりで少女に取り入るよう命じておいたのだが、思いのほか警戒心が強いようだ。しかし、部下に調べさせた所、付けこむには絶好の哀れな身の上。揺さぶりをかけ、多少、強引にでもこちらに寝返らせてしまえばいい。自分の手を汚さず報復する素晴らしい方法を思いつき、先ほどまでのイラつきも消えてゆく。

男は急に優しい声音で、少女の頭をなでた。

「あぁ、痛かっただろう、つい激昂してすまないね。だけど、――は許してくれるだろう?」

彼女は何度も頷く。壊れた人形のように。

「さぁ、もう一度、あの女に接触するんだ。今度は――」

3　これが、わたしの答えです

一月三日

気がつくと、苔生《こけむ》した石壁に磔《はりつけ》になっていた。半円状の光る輪が四肢を拘束し、石壁に食いこむ。

これは、魔道具ではないのか。灰色のショールがなくなっている。寒いと思った。

どこでしょう、ここは……?

目の前には林と土手、その下に流れる川。古ぼけた石橋。その向こうには重厚な外観の古邸。昼間なのに妙に静かだ。背後の石壁は広大な敷地を囲むためのものらしい。高さは十五メートルほど。

コニーは記憶を振り返る。


今日は二週間ぶりの休日。一日中、惰眠を貪《むさぼ》るつもりでいた。しかし、昼過ぎに空腹で目覚め、部屋には食べ物がないことを思い出す。女中服を着て使用人食堂へと向かった。

席は半分ほど空いていた。セルフサービスなので列の後ろに並ぶ。あたりには空腹を刺激するいい匂いが立ち込めていた。

今日の昼食は、そば粉のクレープですね。中身はほうれん草と鮭に半熟卵……美味しそうです。先にもらっていく人の分を見つめながら、楽しみに待っていると――突如、入口付近がざわついた。なんだろうと振り返ると、そこには人外魔境。いや、女中服を着ている。「何あれ、誰?」「顔、顔が――」周りから驚愕と困惑の声が漏れる。その人物は、コニーの前までやってきた。

「……そうだんに……のって、く、ださい……」

顔がぱんぱんに腫れている。だが、その棒切れみたいな手足の細さと台詞で、誰か分かった。皿割り女中のノエルだ。彼女は床に這いつくばり頭を下げて叫んだ。

「おねがいします！　おねがいします！」

「……あなたの相談は受けないと言ったはずですが」

「もう、あなたしか……たよるひとが、いなくて！」

「わたし、二週間ぶっ続けで働いて疲れてるんですよ、正直、今も眠いんです」

「おいおい、話ぐらい聞いてやれよ！　可哀想だろ⁉」

柄の悪そうな男の声が割りこんできた。そちらを見ると、見覚えのない男が人垣に紛れている。

すると、今度は別方向から非難めいた声が飛んできた。

「いつもエラそうにしてるくせに！　何が万能女中だ、聞いて呆れるよ！」

マルゴだった。以前見たときよりもやつれて、目の下にクマがある。

「厄介事には関わりたくないんだろ！　あ～あ、冷たい女だね！」

その言葉に同調したのか、周囲からも――

「あんなに頼っているんだ。話だけでも聞いてあげちゃどうだい？」

「そうだよ、引き受けるかどうかの判断はそのあとでもいいだろう」

「面倒だからって、そんな頭ごなしに拒否しなくても……」

と、コニーを説得する者まで出てくる始末。

ノエルが手当てをして来なかったのは、こうして同情を引くためだろう。こんなときに限って、仲のよい同僚がいないし、洗い場で彼女からプチ被害を受けてる女中もいない。

コニーはこの状況を冷めた目で眺めつつ、警戒心を強める。話がある→ここじゃ言えない→二人きりになれる場所へ→拉致の罠。という流れが見えるからだ。

「――以前にも言いました。職場で迷惑行為をする人の相談は受け付けないと。冷たい女で結構ですよ？　わたしに声をかける前に、ご自分の素行を直してきてください」

「皆聞いたかい⁉　なんて女だい！　怪我人相手によくもまぁ、上から目線で――」

「マルゴ・ボーレ。あなたにも言っているんですよ。あなたの迷惑行為で亡くなった方が二人もいるということ、もう忘れたのですか？」

「あ、あれは、事故だよ！　あたいが殺したわけじゃない！　言いがかりだ！」

真っ赤になったり青ざめたり、喚き散らすマルゴ。コニーは彼女を見据えて言った。

「あなたがリーネ館を荒らさなければ、彼らはあなたを追う必要もなかったのでは？」

周囲の視線を浴びて、マルゴは逃げるように食堂を飛び出していった。

ノエルに目を向けると、腫れ上がって細くなった目からぼろぼろ涙を零している。コニーは呆れた視線を向けた。ノエルは打つ手がないと、泣き落としで周りを動かそうとする。それは女中頭やナギから聞いたことだ。面倒なのでここでのご飯は諦め、食堂を出ようと入口に向かっていると人々が騒ぎだした。

「ちょっと、コニーさん酷いんじゃ……」

「マルゴはともかく、その子にきつく当たるのはどうかと思うよ！」

「ヴィレって差別的なのね、親切な人だって聞いてたのに見損なったわ！」

「あんな冷たい言い方しなくても！」

「あの子に何か個人的な恨みでもあるんじゃないか？」

ノエルの素行を知らない人からの非難が相次ぐ。傍目《はため》には鈍臭いだけの大人しい子なので、怪我もあってか同情が急増中のようだ。

「そう思うならあなた方が構ってあげてください。わたしは遠慮します」

「なんて言い草！」

「ノエル、こっちにおいで。手当てをしてあげよう」

「女の子の顔に誰がこんな酷いことを！」

「薬箱を借りてくるわ」

「あんな冷血な人に頼みごとなんてしなくても、私らに話してごらんよ！　力になるからさ！」

多くの人がノエルを取り囲んだので、これ幸いと止めていた足を踏み出す。突然、ノエルが何かを叫んだ。立て続けに鳴る破裂音。振り返れば、視界を遮るほどの真っ白な噴霧。ばたばたと人が倒れる音。コニーは慌てて入口へと向かうが——後ろから男に組みつかれた。体をねじって振り払い、躊躇なくその腹を蹴り飛ばす。直後に、彼女の意識は途切れてしまった。

あれから何時間経ったのか。陽も傾いてきた。冷たい風が吹きすさぶ。

一日何も口にしていないのでお腹が空く。知らない場所で磔にされては、さすがに眠気も吹き飛んでいる。あれだけ警戒していたのに誘拐されるとは、反省しきりである。

食堂でノエルが仕掛けてくるのも予想外だった。読みが甘かった。ノエルの後ろには〈彼〉がいたというのに。

——わたしが同情しないなら強硬手段に出るよう、指示されていたのでしょう。

軍が捕り物をするとき、犯罪者のいる部屋に意識を奪う薬を投げ込むことがある。卵型の入れ物に薬粉が入っており、叩きつけると噴霧状となり六メートル四方に飛散する。破裂音が複数、窓が閉め切られていたので、食堂はすぐに視界が利かない状態になった。それを用いたのはノエルだ。鼻声だったので聞き取り難かったが、おそらくあのときこう叫んだ。「邪魔しないでよ！」

そして、背後から組みついてきた男は、彼女の仲間に違いない。

敷地内にある川向こうの古邸は相変わらず静かで、人が出てくる様子もない。もしや廃屋なのか。覚醒した時には太陽の位置はさほど動いてなかった。ということは、王都からさほど遠くではないはず。

あの便利な通信用のイヤークリップがあればよかったのだろうが……魔力感知の指輪とともに、現在は身につけてない。使用されている精霊石の魔力が切れたため充塡が必要なのだ。今は差し迫って通信の必要性はないし、蜘蛛魔獣も召喚士が潰れている以上、しばらく使役は出来ないだろうということで、そのまま揚羽に返却してしまっている。

それにしても、屋外での拘束というのはやはり嫌がらせだろうか。川べりなので寒いし冷える。お腹空いた。そば粉のクレープ食べたかった……と思い出してハッとする。官僚宿舎の調理場には、自分用の小麦粉や卵などがストックしてある。簡単にクレープが作れるではないか。

帰ったら、早速作りましょう！

林の中を近づいてくる人影に気づく。顔に包帯を巻きつけたノエルだ。

暗い表情で俯きながらも、はっきりとした口調で彼女は声をかけてきた。

「エンディミオ様に、絶対に、逆らわないで。か、彼の言うとおりにして……」

今さら、主犯の名を聞いても驚かないが——本人登場の前に何でばらしているのだろうと思う。

「ダグラー副団長が……彼を本気で、怒らせたから……義妹の、あなたに容赦しない、と思うの。言葉に、注意して。彼を……絶対に怒らせないで。で、でないと、あなた、無事に帰ることは出来ない……」

「それは忠告？」

「警告。今度は、無視しないで……」

ノエルは敵側の人間だ。気遣われる理由などあるはずもない。

「わたしのためではないでしょう、誰のための警告なのですか？」

彼女は顔を上げた。雑な包帯の巻き方から、自分で手当てしたのかと思う。

「か、彼は、あたしをぶつ、けど……手加減はしてくれてるの。でも、きっと、あなたには……そうしない。彼の手を、これ以上、血で、汚したくない……」

――その顔はグロウ団長のしわざですか。誰だか判別出来なくなるまでぶつのは、手加減してると言えないのでは。

そして、暴行が流血沙汰に及んだ前科アリと――そんな話は、〈黒蝶〉内で共有される情報にもなかった。事件の揉み消しが相当お得意のようだ。となると、「上官の不正を告発し正すことで出世してきた」という経歴も、まったくの嘘だろう。上官の地位を狙って罠にはめて蹴落とした、が正しいのかもしれない。暴力にさらされても悲嘆した様子のない彼女には、違和感を感じる。殴られ慣れている……洗脳されているのだろうか。

「――グロウ団長の異母妹だとお聞きしましたが、本当ですか？」

ノエルが頷いたので、さらに「彼に何か恩でも感じていますか？」と問いかけてみる。

「あの、あたし、市井育ち……なの。母が元はグロウ伯爵家の女中で……あたしを身ごもった時に、奥様に追い出されて。病で、母が亡くなった時……エンディミオ様は、母の借金を返済してくれて……グロウ伯爵の反対を押し切って、あたしを引き取ってくれたの。恩人よ。それがなければ、娼館に売られてた」

……伯爵がノエルを引き取ったと言っていましたけど。アレも嘘ですか。

「それにあたし、いずれ彼の妻になるの。だから、彼のためなら何だって出来る……けど、やっぱり酷いことはしてほしくなくて――」

「――妻？」

「誰にも、内緒なの！　い、言ってはだめ！」

恥ずかしげに腫れた頬に両手を当て、口止めをしてくる。コニーは瞬きをして彼女を見た。

「血縁のある兄妹では結婚できませんよ？　この国の法律で禁じられています」

血が濃くなると、生まれてくる子供が虚弱で育たないからである。市井においても、これは常識として広く知られていることなのだが――

「そ、それは大丈夫なの！　あたしには、貴族の血が、半分あるから、結婚出来るの！　エンディミオ様が、そう教えてくれたの！」

法よりも、グロウ団長の言うことが正しいと言いたいらしい。なるほど、洗脳された頭に常識は届かないようだ。何においても彼女の原動力はグロウ団長ということなのだろう。洗い場でろくに仕事をこなさなかったのもただ単に要領が悪いだけでなく、きっと彼を思って始終上の空だったに違いない。その上、手駒として使い物にならないからと殴られても、慕うことが出来るとは――

「ノエルは、はっきり言って気持ち悪いですね」

思わず本音が口をついて出る。ノエルは自分の腫れた顔のことだと思ったらしい。

「こ、これは、ケガだし、仕方ないの……っ」

自覚がないのが気持ち悪い。

「……そういえば、グロウ団長には貴族の婚約者がいるはずですが？　それについてあなたはどう思っているのですか？　確か侯爵家のお嬢さんだったと思いますが」

伯爵家の次男でありドミニクの側近にして、その騎士団団長であるエンディミオ・リ・グロウ。彼が王妃の腰巾着であるマーベル侯爵の一人娘と婚約しているのは、周知の事実だ。

「あの人はお飾りの妻にするって、彼が……本当に愛しているのは、あたしだけって――」

「――侯爵の娘さんへの溺愛ぶりは有名なんですよ。そんなことをすれば、グロウ伯爵家など潰されるでしょう」

ノエルは「え？」と、うろたえる。はじめて知ったような顔だ。

「第一、出世欲が強く野心家のグロウ団長が、たかがサンドバッグと引き換えに次期侯爵の地位を溝《どぶ》に捨てるとでも？　ありえませんね。いい加減、騙されているのに気づいたらどうです」

「サン……？　うそ、よ。……だって、彼は、あたしのこと、ずっとそばに置きたいって……！」

それはストレス解消に役立つからでしょう。

「あなたは、嘘つき男にはとても都合のよい存在ですね」

彼女は目を見開き、顔を強張らせた。そこへ橋を渡って五名ほどの男たちがやってくる。全員が濃灰色のマントに身を包んでフードを深く被り、さらに口許に布を巻いて顔を隠していた。見るからに怪しい。先頭の男が声を発した。

「やぁ、ずいぶんと待たせたようだね。まだ薬で眠っているのかと思っていたが……」

頭の覆いをすべて外すと、前分けの短い銅髪に鼻筋高く太眉の整った顔が現れる。

「あなたと会うお約束をした覚えはありませんが……この魔道具を外して頂けるなら歓迎します」

淡々とコニーがそう言うと、グロウ団長は大仰に肩をすくめた。

「それは出来ない、足癖が悪いと聞いているのでね」

「まぁ、何を仰るやら。背後から抱きつく痴漢は蹴られて当然ですよ？」

彼の後ろでフードを上げて睨みつけるのは、食堂で腹を蹴り飛ばした男だ。

「ところで、あそこにあるお邸はどなたの所有ですか？」

視線を橋向こうの古邸に向けると、彼は簡潔に説明をした。

「二十年以上も前からある廃屋だ。家長を除く一族すべてが、奇怪な病で死を遂げている」

それでピンときた。王都近くにあるいわく付きの物件。家長が長らく失踪中。だが、当時から一族の死に家長が関与していることが判明しており、この場所は国が召し上げた。売り出したものの、奇怪な病の風評被害で買い手がつかない。なんでも、家長が一族を犠牲にして怪しげな研究に没頭していたという。被験者を逃がさないためにも高く厚い壁で敷地を囲い、門は頑丈な二重構造だったとか。手足の枷がなくてもなかなか逃走が難しいようだ。

「つまり、悪事を行うには打ってつけの場所なのですね」

皮肉ってそう言えば、予想斜め上の返事が戻ってきた。

「悪事とは敵対すればこそ、そう感じるものだよ。キミの立ち位置が変われば、キミの感じる悪もまた善になる」

――コレは悪事ではないと仰りたいので？　誘拐も拘束も犯罪です。

すると、彼は大仰に両腕を広げてオーバーアクションを見せてきた。

「キミはダグラー公爵家に爪弾きにされているのだろう！　なんと気の毒な――」

「それは、わたしの希望です」

変な哀れみを投げつけてきたので、即座に打ち返した。彼は一瞬、怯むも――

「女中に女官も兼業するなど、それほどまでに困窮しているというのに！　ダグラー副団長も援助の手を差し伸べないとはなんという――」

「いえ、金銭面での不自由はまったくありませんので」

「キミに思わせぶりな態度をしておいて！　大国王女と逢引するなど――」

「リーンハルト様が誰と逢引しようが興味ありません」

――どうも、この人はわたしを公爵家に見捨てられた〈可哀想な女中〉にしたいようです。

そして、付けこむつもりなのだろう。なるほど、それで自分はあくまで〈悪〉ではないとの主張か。立ち位置が変わればというのも、あちら側への寝返りが前提。ノエルのような都合のいい手駒をご所望なのだろう。

コニーはあまり感情を表に出さないので、誤解されることがよくある。とはいえ、それは置いても、グロウ団長配下の情報収集能力がとても低いのがよく分かる。

同情的に寄り添う演出を考えていたのだろう。彼は広げていた手をそっと下ろす。

「思っていた展開と違う……」

心の声が漏れてますよ。わたしはノエルほど単純ではありませんからね。

彼は困惑の表情を隠すように片手で顔面を塞ぎ、俯いてしばらく考えこんでいたかと思うと、ゆっくりと顔を上げた。また、あの人のよさそうな笑みを貼りつけている。

「こちらの早とちりだったらしい、すまない。つい、おかしな噂を聞いて、キミが不幸になっているのではと思ったのだよ。キミは冷静でしっかりしていて、実に素晴らしい女性だ！　出会ったときから惹かれていた、オレの妹ならどんなによかったか！　それに経理室でも働けるとは――」

矢継ぎ早に褒め倒してくる。胡乱な目つきで彼を見るコニー。彼の背後では、ノエルがショックを受けたようによろめいて木にぶつかっていた。コニーは礫状態のまままため息をつき、まだまだ続くグロウ団長の台詞を遮った。

「小芝居はもういいです。結局、わたしに何をさせたいのですか？」

嘘の褒め殺しで女性を落とすのに慣れていたのだろう。一瞬、間があった。それでも彼は笑みを崩さず、声のトーンだけを落として答えた。

「――これは話が早い。やはりキミは賢い女性だ。なに、とても簡単なことだ」

グロウ団長は懐から出した小瓶を見せる。

「コレをダグラー副団長の食事に混ぜてもらいたい」

急に悪事が直球ですね。あなたの人生、九割が小芝居なのでは？

「不安に思わなくていい。二、三日、体調を崩すだけで後遺症などは残らない」

仮に暗殺者を百パーセント返り討ちできる身体能力の人が、三日も動けなくなったら殺されますよね？　でも、彼は――

「返答は？」

「彼に毒物は効きませんよ」

グロウ団長の笑みが大きく歪んだ。紳士なエリート騎士の顔が完全に崩れ去っているが、本人気づいているのだろうか。とても下種《げす》な感じになっている。

「もちろん、彼に毒耐性があることは知っている。しかし、それはある程度の量だろう。完全に、何事もなく耐えられるわけがない。それでも、万が一を考えて無味無臭で強力なモノを用意はしたがね。違法なだけにとても高価だったが……」

「勝手にやればいいんじゃないですか？　わたしは共犯にはなりたくないのでお断りします」

「何？」

「聞こえませんでしたか？　お断りです」

彼は毒薬入りの小瓶を持つ手をぶるぶると震わせた。下種な表情が消えてまともな顔に戻ると、その怒りを抑えつつも吐き捨てた。

「残念だよ、少々痛い目に遭わないと分からないようだ」

目線で後ろにいる男たちに合図をすると、彼らは下卑《げび》た笑みを浮かべながらコニーに近づいてくる。真っ先に出てきたのは食堂にいた痴漢。その手には鞭が握られていた。

コニーは、すっと息を吸いこむと一喝するかのような大声を出した。

「そこ止まって！　ちょっといいですか⁉」

男たちはビクリと足を止める。グロウ団長は片眉を上げた。

「何だね？　今さら情けを請――」

「この足枷を外せるかどうか、試したいのですが！」

「は⁉　そんなこと出来るわけないだろう！」

あまりの馬鹿馬鹿しさに思わず彼は吼《ほ》え返す。コニーのメガネがきらり、夕陽に反射した。

「今、不可能だと決めつけましたね？　世の中には、存外、足掻《あが》けばどうにかなる事だってあるんですよ？　むしろ、どうにもならないのは足掻くのを止《や》めた時です」

一度、言葉を区切るとノエルに視線を向けた。

「そうは思いませんか？　ノエル」

話を振られた彼女は戸惑う。グロウ団長は足枷に緩みがあるのではと確認をする。魔道具である足枷は頑丈だ。金属環でその半分が石壁にがっちり食いこんでいるし、足首周りに少し隙間はあっても抜けそうには見えない。時間稼ぎだろうと鼻で嘲笑《あざわら》う。

「――いいだろう。それほど言うならやってみるがいい。ただし、三分だけだ。無駄な足掻きは何も生み出さないと思い知るだろう」

コニーは無言で微笑み、右足、左足と交互に小刻みに踵を石壁に、コッコッと打ちつけるような動作を繰り返した。その可愛らしいとも言える仕草を、グロウ団長は小馬鹿にする。

「ほら見ろ、無理、だ……!?」

ピシッと、小さな音がしたかと思うと——コニーを中心とした石壁に、ビシビシと大きな亀裂が入ってゆく。

「馬鹿な……ッ！　何が起きている!?」

男たちは目を瞠り、顎が外れんばかりに口を開く。足枷周りの壁が脆くなると同時に、コニーは右足を鋭く振り抜いた。足枷の金属環が飛んでグロウ団長の額を直撃。彼はひっくり返り、手にした毒薬瓶は木にぶつかって割れた。コニーはすかさず左足を振り抜く。飛ばした足枷が、今度は鞭を持つ男の口へと直撃。なんとか起き上がったグロウ団長だが、その額は割れて真っ赤な血が噴き出し、みるも凄まじい憤怒の形相を彩っていた。

「この下賤の女がぁ……ッ！　こうしてくれる！」

ついに本性を表した彼は落ちていた鞭を掴み、こちらに近づいてきた。鞭を唸らせて振り下ろす。だが、彼女がとっさに上げた左足に巻きつき、逆に引っぱられて体勢を崩した所に——右の蹴りが顔面に入る。靴底のあまりの硬さと威力に、彼は鼻の骨が折れたと感じた。尻を地面につき、新たに血まみれになった鼻を手で庇いながら叫ぶ。

「もういい、その女を殺せ！」

部下たちが剣を引き抜いたその時、コニーは右足の踵をガンと鋭く石壁に打ちつけた。バキリ、バキバキバキ。一際、大きな亀裂が不吉な音を立てながら上部まで走ってゆく。ギョッとするグロウ団長は、這いつくばりながら後ずさった。パラパラと頭上から小石の欠片が降ってくる。

——これはヤバイ。誰もがそう感じた。壁崩落の前兆に、部下たちが焦ったように声を上げた。

「このままでは巻き添えになります！」

「どうか撤退を！」

「グロウ団長！」

そこへ橋上からゴロツキのような風体の男が叫んだ。

「大変だ、旦那方！　門を突破されそうだ！　男が二人！　強すぎる！」

「——くそっ、裏門から出るぞ！」

舌打ちすると、グロウ団長はフードを被って顔を隠し、部下を引き連れて慌ただしく去っていった。

危険地帯に取り残されたコニーは、とりあえず静かに救助を待つことにした。

耳を澄ませば遠く喧騒が聞こえる。それから、しばらくして橋を駆けてくる魔獣車。御者台には顔見知りのニコラ。思わず、コニーは声を張り上げた。

「そこで止まってください！　壁が崩れそうです！」

二十メートルほど先で魔獣車が停まると、中から黒髪の精悍な青年が飛び出してきた。再度、ストップをかけるも、彼は躊躇することなく傍まで駆けてきた。

「アベル様、ここは危険ですので……っ」

「それは貴女の方だろう！」

両手首を固定する光る枷、足元の石壁が抉れているのを見て、彼は察したようだ。

「魔道具か……！　まさか、足は自力で外したのか？」

彼女の異常膂力を知っている彼も、さすがにこれには驚きを隠せない様子。

「壁の方を崩せばなんとかなるのでは……と思いまして。捕まってから数時間、靴の踵を使ってコツコツと力を加え続けていました。思いがけず亀裂が広がりすぎて、この状況です」

「無茶をする……怪我は？」

「ありません」

「無事でよかった……と言いたいところだが、まだ安心は出来ないな」

申し訳ありません。とりあえず目の前の危機を脱するためにも、グロウ団長らには退散してもらいたかったので……あえて崩落直前にしたと言ったら怒られますかね？　さすがに高さも厚みもあるし、力の伝わり加減が分かりにくいというのもありましたが。――わたし、鞭打ちぐらいじゃ屈しないんで。となると、あの下卑た連中に剝かれる可能性もあったので。まぁ、グロウ団長が小芝居してるあたりで遠くからの喧騒は聞こえていたので、助けが来るかなという予感はありました。

アベルは手枷部分に触れて、その強度を確認しながらつぶやく。

「あいつの剣なら、この枷も斬れるとは思うが……」

あいつ……？

遅れてやってきたニコラが、無言で首を横に振った。それにアベルも同意するように頷く。

「そうだな、あいつの剣技は力押しだから……枷に刃を当てた衝撃でこの壁は崩れるだろう。やはり魔道具屋を呼んできた方がいい、ニコラ」

ニコラは「承知です！」と魔獣車の方へ走っていった。

「他にどなたか来ているのですか？」

先ほど、グロウ団長に声をかけていた男は、二人来たと言っていた。てっきり、アベルとニコラのことだと思っていたのだが。

「ダグラー副団長が来ている。門前のゴロツキ連中を片付けるために残ってもらった」

――リーンハルト様も来ていたのですか。

ゴロツキによる門固めは、グロウ団長らが逃げるための時間稼ぎだろう。

「そういえば、門はかなり頑丈だと聞いていましたが」

「彼は魔法剣を持っている。それで門をぶち壊した隙に、俺たちが先に魔獣車でこちらへ来た。グロウ団長はずいぶんと逃げ足が速いようだな」

以前、魔法剣を揮う義兄を見たことがある。凶悪な野良魔獣や、蜂女となったゾフィを分断したときに。あの剣で門を壊すことも可能だったのか――驚嘆である。しかし、義兄がそれを聞いたなら逆に言うだろう。靴の踵で石壁を破壊する方が驚嘆だと。

「コニー！」

嵐のような勢いで義兄が駆けて来た。高い石壁に縫い留められたコニーを見て、彼はいきなり刃を抜いた。先ほど話していた魔法剣だ。柄に大きな精霊石が埋めこまれており、そこに込められた攻撃魔法を精霊言語で発動させることができる。

アベルが焦ったように「待て！」と叫んだものの――義兄は剣を振るった。閃光の軌跡が三本、その白刃より放たれる。それは、聳える石壁を凄まじい勢いで破壊し吹き飛ばしてゆく。剣圧の余波か、巻き起こる暴風にコニーが目を閉じて耐えていると、アベルがその身で覆い庇ってくれた。

――目を開けると、石壁はコニーのいる場所、二メートル四方を残してあとかたもなく消えていた。思わず「え?」と瞠目してしまう。

足早に近づいてくる義兄に、アベルが険しい顔で怒鳴った。

「いきなり攻撃魔法を放つやつがあるか！　彼女に当たったらどうするつもりだ！」

しかし、義兄はムッとしたような顔で彼を睨んだ。

「私がコニーに当てるわけがないだろう！　大体、あれだけ大きな亀裂が入ってるのに、何を悠長に構えているんだ！」

「もしもを考えろ！　お前の剣は雑で荒い！」

「失礼だな！　そっちこそ、先に行かせたのに何故、彼女を助けない!?」

「今、ニコラに魔道具屋を呼びに行かせている！」

「時間がかかるじゃないか！」

どちらが正解とも言えないのである。魔道具屋を待っていれば安全に枷を外せるのかもしれない。

しかし、その間に石壁が崩れないという保証はない。そして、義兄の剣技――威力がすごいだけに巻き添えを食う危険性もあった。義兄を非難するアベルの藍色マントには、大量の石飛礫《いしつぶて》がぶつかったような白い跡が残っている。

「リーンハルト様、この状況ではアベル様も慎重にならざるを得なかったのですから。それと、出来ればその剣で枷を外してもらえますか？」

義兄はハッとしたように、コニーに駆け寄った。

「すまない、コニー。こんな目に遭わせて……グロウ団長の狙いは私なのに！」

「このぐらいは想定内です」

ただ、読みの甘さもあった。ノエルが薬を使ってまで悪事に加担するとは思わなかったからだ。彼女の動きにもっと注意を向けていれば、薬を撒く行為を阻止できただろう。

グロウ団長の言動には、義兄に対する個人的な怨みを感じた。思い当たるとすれば、義兄に人前で投げ飛ばされたことだろうか。それを根に持っていたのだとしたら、今回の誘拐劇は義兄が自分を助けようとしたことに始まったと言える。どのみち、彼だけのせいではない。

「枷を壊すから、すぐに彼女を壁から離して下がってくれ」

義兄がアベルに声をかけると、彼は「分かった」と頷く。

右の手枷に刃を軽く振り当てると、砕けて地面に落ちる。左も同様に壊すと、すぐにアベルがコニーの手を掴んで、その場から引き離した。義兄も飛びのく。直後、音を立てて亀裂が走り、いっきに石壁が崩れ落ちた。自由になった手首をコニーはさすった。

「大丈夫かい？　痛いところは？」

「長時間捕らわれて体が冷えただろう」

義兄とアベルが同時に労《いたわ》りの声をかけてくる。コニーはお礼を言った。

「わたしは大丈夫です。お二人とも、ありがとうございます。……ところで、揃って来てくださったのは偶然ですか？」

いつもは見ない珍しい組み合わせに、そう尋ねると……リーンハルトは一瞬嫌そうな顔をしたあとに、笑顔を取り繕った。

「君と〈送り千燭〉を一緒に見ようと思って、官僚宿舎に行ったんだ。夕方なら起きてるかもしれないと思ってね」

〈送り千燭〉は〈迎え千燭〉とは逆に、聖人たちの御霊を天路へと送り出す儀式のことだ。

――リーンハルト様には二週間分の疲労を解消すべく、今日一日寝ると伝えたはずですが。

すると、アベルも「俺もだ」と言う。

――アベル様にも同じく伝えたはずなのですが。何か〈送り千燭〉にわたしと参加しなくてはならない理由でもあったのでしょうか？

こちらに来ることになった経緯を、アベルが話し始めた。

「彼とは官僚宿舎の一階で会った。貴女は留守だったから食事にでも出たのだろうと思い、使用人食堂まで覗きに行ったんだ。そこで大勢が昏倒する騒ぎがあったと聞いて――」

義兄も重ねて説明してくる。

「私も食堂に行ったんだよ。薬を撒いた女と君が消えたと聞いて、そこからは方々聞き込みで探して。城下へ捜索範囲を広げようと、リズを連れ出すために魔獣舎に行ったら……そこでも同じように魔獣たちが倒れていてね」

リズとは義兄の白馬魔獣のことらしい。第二王子騎士団の魔獣たちはすべて深い眠りに落ちていたという。それで仕方なく、彼はアベルが自前で用意していた魔獣車に便乗してきたのだとか。

先ほどの崩落音に気づいてか、ニコラが魔獣車で戻ってきてくれた。やっと帰れると思うと、コニーは安堵から気がゆるむ。忘れていた眠気が体の奥から這い上がってきた。

……いけません、気をゆるめるのは自分の部屋に戻ってからです。

小さな欠伸を噛み殺し魔獣車に乗りこむと、向かいの席に義兄と上官が座る。貴人用六人乗りなので、三人だとゆったりとした広さがある。動き出した魔獣車の心地よい揺れ。

二人には簡潔に、ここに拉致された経緯とグロウ団長との会話を話しておいた。

じっとこちらの足元を見つめていた義兄が、不思議そうに尋ねてくる。

「――気のせいかな？　君のその靴、踵部分がやけに光ってて……金属のように見えるのだけど」

石壁をコツコツし過ぎたせいで、革が一部剝がれてしまったようだ。

「あぁ、はい。靴には金属板を仕込んでますので。蹴りはわたしの武器なのです」

眠気と戦いつつそう答えると、アベルが優しい笑みで言った。

「無法者には遠慮なく見舞ってやるといい」

「はい。グロウ団長の顔に、思いきり蹴り入れてやりました」

「『よくやった』」

二人に褒められた。それで繋ぎ止めていた細い緊張の糸も切れたらしい。いつのまにか眠ってしまったようだ。


——何やら頭上が騒がしい。いきなり大きな手が後頭部に回り、右側に引き寄せられた。

「俺の部下に手を出すのはやめろ！」

すると、今度は左側に左腕を引っぱられる。

「そっちこそ、私の義妹に気安く触らないでもらおうか！」

……何これ、どんな状況？

眠すぎて瞼が上がらない。寝ぼけた頭でコニーは考える。魔獣車に乗った直後、二人は向かいの席に座っていたはずだ。何故か今、コニーを挟んで両脇にいる。しかも互いがコニーを引っ張り合っている。そして、何か言い合いを続けている。自分と彼らがどんな関係なのかと、主張しあってるような……？

「私はコニーから〈言祝ぎ菓子〉をもらったことがある！」

「俺は彼女が手作りした菓子を食べたことがある」

「ウソをつくな、彼女は君に菓子なんて渡してないはずだ！」

「直接はな。だが、ジュリアン殿下を通じて何度かもらったことがある」

「何度も⁉」

義兄の大声にコニーは二人の手を振り払い、むくりと起き上がった。目を据わらせて一喝する。

「お二人とも、いい加減にしてください！　わたしすごく眠いんです！　頭の上で騒がないで！」

そして、反対側の誰もいない席へと移動する。

「コニー、さっきの話、本当に……？　何かの間違いでは……」

真相を問い質《ただ》そうと、おそるおそる聞いてくる義兄。

もう、眠いって言ってるのに！　限界なんですよ！

「ジュリアン様が食べきれない分を渡しただけでしょう！　子供じゃないんですから、お菓子でケンカ腰になってどうするんです！　そんなことでわたしの上官に絡まないでください！」

「わたしの上官……」

義兄の呆然とした顔。コニーはごろんと横になり、背もたれに向かって目を閉じる。三秒もしない内に、意識はまた眠りの沼に沈んでいった。

一月四日

「コニーさん、何かどんよりしてますけど、大丈夫ですかぁ？」

「まだ疲れが取れてないんじゃない？」

翌朝。洗濯場での作業中、同僚のハンナとミリアムに心配された。

「いえ、大丈夫です……」

眠気でイラついたとはいえ、助けにきてくれた義兄に当たり散らしてしまった。何もあそこまで言わなくてよかったのに……と今さらながら反省している。

あのときの、呆然とした彼の顔を思い出してしまうんですよね……

おまけに、尊敬する上官にまでヒステリーだと思われたかも知れない。そんなわけで気が滅入っている。それでも、その手は仕事をてきぱきと片付けてゆく。聖霊祭は終わったが、洗濯物は今日が一番多い。宿泊客のシーツがあるからだ。そのため、コニーも午前中いっぱいここを手伝う。

濯《すす》いだシーツを絞って籠に入れていると、同じ作業をしながらミリアムが尋ねてきた。

「ねぇ、コニーはあの話聞いた？」

昨日、食堂であった多数の昏倒事件に関してだ。ノエルがダグラー副団長の義妹を妬み、自作自演の怪我で誘《おび》き出してゴロツキに始末させようとした――という噂が立っているのだとか。

グロウ団長による情報操作だろう。あくまで主犯はノエルであり、自分は事件に関与していないのだと、真相をうやむやにするための。それにしても、ずいぶんと噂回りが早い。ノエルもあれ以降、誰も姿を見ていないようだが、おそらく戻ってくることはないだろう。

二人が「実際、どうなの？」と、心配と好奇の混ざった視線を向けてくる。

「当たらずも遠からず、ですね。わたしが抹殺されかけたのは間違いありません」

自らの意思で、ノエルは悪事の片棒を担いでいましたからね。

「ノエル、なんて恐ろしい子……！」

「人は見かけによらないですぅ……！」

昼休憩になると、コニーは官僚宿舎へと戻った。コニーの行方不明騒ぎは周囲に知られている。ミリアムたちの追及は控えめだが、使用人食堂に行けば野次馬に根掘り葉掘り聞かれるだろう。かわすのも今はひどく億劫だ。手間だが、しばらくは自炊をしよう。今朝もリゾットを作って食べた。

昼食は……やはり、クレープですね。食べ損ねましたし。そば粉はあいにくありませんが。

自室を出て廊下の向かいにある調理場へと行く。材料を並べて準備をしているうちに楽しくなってきた。生地は卵、小麦粉、ミルクのみで甘くしない。昼食用なので具材はベーコン、茸《きのこ》、芋、卵、サワークリームを使う。縁の浅い専用のフライパンを操り、生地を丸く焼いてできたクレープを塔のように積み重ねてゆく。また別のフライパンで中身の具材に火を通して黒胡椒で味付け。クレープに包んだそれらを大皿に盛ってゆく。はい、出来上がり。

――ちょっと作り過ぎてしまいました。

温かいうちにここで食べてしまおうと、取り皿にナイフ、フォークを並べてお茶の準備。そこへ、五匹の黒猫が列をなしてやってきた。

あら？　扉が開いていましたか……

閉めに行くと、芋がひとつ扉に挟まって隙間を作っていた。どうやら、隣の貯蔵室から食材を運んだ時に落としたらしい。その隙間から自室の前に佇む人が見えた。

……何やってるんですか、あの人。

ドアノッカーに触れようかどうしようかと、義兄が右手を上げたり下ろしたりしている。

「リーンハルト様、何かご用ですか……？」

調理場を出てそう声をかけると、彼は小さく肩を揺らして驚いたように振り向いた。

「……その、体調はもういいのかな？　気になって様子を見に来たんだ」

「もう平気ですよ。午前中は仕事にも出ましたし」

「そう、それならよかった。昨日は配慮を欠いて悪かったと思って」

わざわざ謝りに来たのですか？

コニーは分厚いメガネの下、目をぱちくりして見つめ返す。

「ふざけてたわけじゃないんだ。ただ、君が眠そうに体を倒しかけていたから、支えようと思って隣に座って……そうしたら、経理室長が邪魔してきて、それで言い合いに……」

常なら華やかな美貌を曇らせて、しょんぼりと言い訳じみたことを言う。

たぶん、アベル様は……彼がわたしによからぬことをするのではと思って、阻止しようとしたのでは。

彼は義兄のトラウマを知らないので、まだ女遊びする人だと思っているのだろう。そして、あの状況になったのは自分が発端だったとは。これは、今が謝るタイミングではないのか。

「――あのときは、わたしも言い過ぎてしまいました。ごめんなさい」

彼は青い瞳を見開いてどこか戸惑ったように、「いや、こっちこそ、ほんとごめんね……」と再び謝ってくる。

「もしかして、まだ怒っていると思っていました？」

彼は「そんなことは――」と言いながら目を泳がせて、ぽつりと零す。

「でも……嫌われたかな、とは思ったよ。君の上官に絡んだから」

こちらに視線を戻してきた。コニーは昨日、自分が言った言葉を思い出す。

「お菓子で揉めてましたよね、そんなことで『上官に絡まないでください』と言ったからですか？」

「……〈わたしの〉上官って言った」

「ええ、アベル様はわたしの上官なので……？」

何かおかしいことを言っただろうか。彼はじっとこちらを見つめて身動きしない。

「リーンハルト様？」

「……君は、彼のことをどう思っている？」

「尊敬しています」

「……じゃあ、私のことは？」

え。

「少しは、……好意を持ってくれているのかな？」

そ、れは……

今までの義兄の中では一番マシである。いや、今となっては、道理もないアレらと同列に比べるのはいかがなものか。ダメだろう。このごろは気遣いが過ぎるし懐き過ぎている感もある。鬱陶しさもあれど、彼のお陰でけっこう助かっていることもある。それらを総合的に考えれば、彼は世の義妹たちから見ても、良き義兄像なのではないか。そうなるように努力している様《さま》も見られる。

――しかし、ストレートに好意を伝えるのはどうなのでしょう？

直感的によくない気がする。彼は肉食系女子にトラウマを感じている。そのため、傍にいても苦にならないという理由だけで、あえてコニーしか見ていない感じがするのだ。トラウマ故に、心理的視野狭窄《きょうさく》が起きているのでは。だからこそ、「義兄として好意がある」と答えれば、こちらが思う以上に食い込んできそうな予感。

十把《じっぱ》一絡《ひとから》げの地味子にありえない――とは思ってはいても、大巫女様の言祝ぎ〈恋愛大波乱〉が頭をよぎる。ふだんは信心薄めの彼女がこれに関して信じてしまうのは、三年前の言祝ぎが当たっていたからだ。あの年は、ジュリアンから直々に〈黒蝶〉として大きな仕事を任された。それに、義兄はジャムの色で恋愛運と見抜き、半分を強引に人の口に押しこんでくるような男だ。

やはり予防線は必要。義妹以上の役割を求められても困る。だから、ここでの返答は――

「嫌いではないけど、好きでもありません」

つまり、好感度はゼロだと言い切る。さぞ、がっかりするかと思いきや……彼は青い双眸を細めて、こちらを深く見つめてきた。感情を探られているような感じがして、居心地が悪い。

コニーは小首をかしげて「どうしました?」と問う。彼はいつものように余裕のある笑みを見せてきた。

「――残念だな。義兄としてのアプローチが足りないってことかな?　今後の課題だね」

そんなふうに軽口を叩くので、コニーは内心ほっとした。

「ところで……さっき、君は向かいの部屋から出てこなかった?」

「ええ、あそこは共用の調理場です。食事を作っていました」

「ジュリアン殿下の食事？」

「いいえ、自分の分です」

「食堂は利用しないのかい？」

「誘拐事件を皆にあれこれ聞かれてしまうのは、面倒なのです」

ノエルが姿を消した以上、薬で倒れた人々が事情説明を――とこちらに求めてくるのは必至。

コニーの大雑把な証言と、ノエル元凶説の噂が今ごろ食堂を回り、のちに下働き全体に拡散されるはずなので……数日も経てば周囲の関心も薄れることだろう。

「いい匂いだね。私も昼食はまだなんだけど……」

廊下に漂うクレープの香りに、彼は笑顔で催促してきた。

……まぁ、そうですね。助けてもらったお礼はしなくては。礼儀は人としての基本です。

「あり合わせで恐縮なのですが、食べて行かれますか？」

「もちろん、頂くよ！　君の手料理が食べられるなんて、最高の日だ！」

というわけで、過剰に期待してくれる義兄と一緒に食事をした。クレープは口に合ったようでベタ褒めされた。

ところで、その後。グロウ団長のコニーに対する悪事はどうなったのかというと――義兄の話によればシラを切り通されたとのこと。予想はしていたので別段驚くことでもない。

「グロウ団長に直接、抗議に行ったのだけどね」

彼は犯行時、王妃と謁見していたと答え、女中の虚言だとはねつけたそうだ。顔の怪我について問い詰めるも、「近頃、多忙で疲労がたまっていたのでね。ついうっかり階段を踏み外して負傷してしまったのだよ」と主張。

——失笑ものの言い訳ですね。

あの王都外の廃邸にいたゴロツキどもは、雇い主が何者か知らなかったらしい。

「そうでしょうね。部下ともども顔をしっかり隠していましたから」

「人数が多くて彼らを捕縛することは出来なかったけど、二度と悪さが出来ないように仕置きしておいたよ。グロウ団長もいたら叩き潰してやったのに」

にっこり笑って彼は言う。そういえば、帰りに魔獣車で門を抜ける際、五十人ほどの男たちが死屍累々といった感じで倒れていたことを思い出す。起き上がる者はいなかったので、相当なダメージを受けたのだろう。義兄には剣技で劣るグロウ団長が、早々に逃げた理由にも納得だ。

4　毒サブレと枯れ女子の動揺

一月六日

今日は臨時女官の日。女官用の紺ドレスに、白桃マント、お団子頭にはリボンを巻いて出勤する。

アベル様は救出時のお礼は不要だと仰ったけれど……

やはり上官でもあるし、ここは礼儀として仕事で返すべきだろう。経理は週二日勤務だが、女中業のあとにも二時間×一ヶ月ぐらいで、残業を申請しようと思う。

執務棟二階にある経理室長の執務室をノックする。返事がない。鍵がかかっているのでまだ来ていないようだ。

「あれ、ヴィレ君。今日から復帰？」

隣にある経理室の扉が開いて、年配の経理官が顔を出した。聖霊祭が終わるまで執務棟への出禁となっていたコニーは、軽く頭を下げる。

「はい、復帰しますのでどうぞよろしくお願い致します」

「うん、よろしく。……そういや、一階でジョン・ホルキスに会わなかった？」

間者疑惑クロの男の名に、ぴくりと反応する。

「――いいえ。彼が何か？」

「あいつ、官吏を辞めるんだってさ。ついさっき執務室の前で会ったよ。室長に挨拶に来たんだけどいないから、一階の入口で待ってみるって」

そこに、アベルと従者ニコラがやってきた。先の経理官がジョンのことを告げて経理室に戻ると、アベルは眉間にしわを寄せて不審感をあらわにした。

「何故、今ごろ……？」

ジョン・ホルキスを最後に見たのは年末の三十一日。裁定者探しの最中だ。アベルのあとを尾行してきたが、接触はなかったという。残業申請のため執務室に入れてもらうと、コニーは用心深く室内を見回した。鍵はかかっていたが油断は出来ない。その証拠とでも言うかのように、ぷんと強いバターの匂いがあたりに漂う。

——その異物は、広い執務机を占領する書類の谷間に置かれていた。赤いリボンが巻かれた可愛らしいレースの包み。バターの匂いの発生源。中身は焼き菓子に違いない。

コニーが包みを持ち上げると、その下にカードが。「コニー・ヴィレより」と書いてある。

「それは？」

「騙《かた》りですね、わたしではありません」

アベルに手元を覗かれてそう答える。そして、自分の名を騙る意図は何かと考えて、思い当たったのが——三日前にグロウ団長が見せてきた毒薬。違法で高価なものだと言っていたから、予備はないだろうと高を括っていたのだが、まさか——

中身は楕円形の厚みがあるサブレ。コニーは室内にある花瓶から花束を引き抜き、手で触れないように包みの上から菓子を砕いて、欠片を水に落とした。そこへ花を一本差し戻す。みるみる下の方から黒紫の斑点が広がり——花はしおれて花弁と葉がはらはらと散った。

「……ずいぶん強力な毒だな。バターの香りで異臭すら分からない」

アベルはコニーから菓子包みを受け取り、慎重に鼻を近づけてつぶやく。

「グロウ団長は無味無臭の毒を持っていましたから、もとより無臭なのでは……」

義兄に毒を盛ろうとしたことは、救出にきた二人には伝えてある。——何か釈然としない。あの駄犬がグロウ団長と繋がっていた。どちらも第一王子の派閥だから別におかしいことではない。だが、何か引っかかる。駄犬は誰の指示のもとに動いていたのか。ドミニク王子？　王妃？　宰相？

グロウ団長？

グロウ団長は違う気がする。彼は洗脳できる相手だけを手駒に使う。ノエル、部下、金で雇ったゴロツキ然り。ジョン・ホルキスがあの男に洗脳できるかと言えば、答えは否だ。間者としての片鱗を見られた時点での、引き際の早さ。地下騒動のあと、いつも通り経理室に出勤していれば、間違いなく不審に思ったアベルに問い詰められ捕まったはず。危機管理のできる者は洗脳にはかからない。となると他三人の内の誰かが雇い主になるわけで――

ふと、先日の毒薬入りの瓶が木にぶつかって割れた場面が脳裏をよぎる。特に枯れたり黒くなることはなかった。もしも、グロウ団長の失敗を見越して、駄犬が例の毒薬をすり替えて手に入れていたとしたら？　アベルを狙ったということは、彼が第二王子の側近だと勘付いたからで……

「アベル様！　他の側近方も狙われているかもしれません！」

コニーは矢継ぎ早に理由を説明した。そして、上官の了承を得ると部屋を飛び出してゆく。

第二王子の側近は複数名いるが、ボルド団長と義兄以外の公表はされていない。だが、アベルは裁定者探しに参加していたので、ジョンに気づかれたのだろう。コニーの名入りカードを添えるということは、それに気を許して食べてしまう可能性がある人だ。アベルはコニーの上官。では、あと狙われるのは？　間違いなく義兄だ。そして、その繋がりでボルド団長、それから――

とりあえず軍施設に向かうことにした。早朝なので誰もいない執務棟の廊下を疾走する。曲がり角の向こうに人の気配を感じ、靴底を鳴らすようにして速度を落とした。

何事もないかのように歩いて角を曲がると、人と鉢合わせしたので避けて軽く会釈をする。

顔を上げると、プラチナの長い髪を背中に下ろした冷たい美貌の御仁、人事室長アイゼンがいた。

「コニー・ヴィレ。早朝といえど人は通るのですから、廊下は走らないように」

見られてないのにバレていた。足音だろうか。

「はい、申し訳ありません」

「それと、ひとつ質問があります。私の執務室に菓子を置きましたか？」

「わたしではないです！」

早速の大当たり。彼もまた、中立派を隠れ蓑にした第二王子の側近なのだ。

ジュリアン様が能力主義なので、将来性のある官吏は何年も前から押さえているんですよ……駄犬のくせに鼻が利きすぎる！

コニーは経理室長のもとに届いた毒入り菓子のことを説明し、回収したいと申し出た。

「その必要はありません。暖炉に放りこんで燃やしました。素人の作る菓子ほど不衛生で不味《まず》いものはないので」

人事室長は潔癖で完璧主義だった。

「さ……左様ですか」

少々、顔が引きつってしまったのかもしれない。彼は咳払いして理由を付け足した。

「言っておきますが、カードの筆跡で貴女ではないのは九割確信していたので。先の問いは残り一割を確認するためです。そして、不衛生で不味いのは、過去、私宛に届いた女性たちからの手作り菓子のことです」

あ、はい。気を使って頂いてすみません。さすが人事室長、筆跡でそれが偽物だと確信してくださったのですね。

文字が記憶に残っていたのは、経理室で働く女官が珍しいためだろう。人事室と経理室との間では書類の行き来があるので、計算が必要なものにはコニーの署名が入ることがある。

その後、軍施設の入口に辿り着くと、すぐ横の鍛錬場からボルド団長の声が聞こえてきた。

やはり、ここは本人に聞いた方が早い。巡回中の警備兵を捕まえて「経理室長から頼まれて来ました」と言って大至急、ボルド団長を呼び出してもらう。こんなときは、経理官の徽章と女官服は役に立つ。

現れた黒髭の騎士団長は、白い歯を見せてニカッと笑った。

「嬢か、何があった？　あぁ、その前に、菓子サンキューな！」

コニーは口早に、先ほど人事室長にしたのと同じ説明を彼に伝えた。

「――でも、食べてないようでよかったです」

安堵の息をつくのも束の間。彼は頬を掻きながら、言いにくそうに――

「いや、甘そうだったんで……魔獣舎を掃除してるガキらにやっちまった――すぐに」

「回収してきます！」

ボルド団長が行動する前に、コニーは猛然と駆け去った。鍛練場の外側を囲む高い塀を回りこんで、その南側に位置する魔獣舎へと滑りこむ。まさに今、毒入りサブレを分け合おうとする少年たち――ベルン、エド、クリス、ギーがいた。

「待ってください！　皆、食べないで！」

素早く菓子の包みを取り上げ、これは宮中の陰謀により仕組まれた恐ろしい罠だと説明する。

突然のことに唖然としていた彼らは、その陰謀論に反応した。

「マジで⁉」

「狙われたのボルド団長ってこと⁉」

「うわー、そんなことあるんだ！」

「さすがの団長も毒には勝てねぇだよ⁉」

そうですね。ボルド団長もわたしに信頼を置いてくれるのは嬉しいことなのですが、もう少し危機感を持って欲しいところです。未来ある少年たちが犠牲になるところでした。

一応、包みの中を確認すると、毒サブレの数がやけに多い。楕円形のものが二十個ぐらい入っていた。アベルの包みには五つだったのに。ボルド団長は毎年の御前闘技大会で、七年連続の優勝保持者だ。他にも超人伝説があり、見た目も鋼《はがね》の筋肉。少しの毒では死なないと思われたのだろう。

――残るはリーンハルト様だけです。

こちらに向かっていたボルド団長と会ったので、少年たちが無事だったことを伝えておいた。それから義兄の居場所を聞いてみるが、鍛錬場と軍施設内にはいないとのこと。とりあえず、兵舎を訪ねてみることにした。玄関脇にある管理人室のおじさんに聞いてみたところ――

「ダグラー副団長なら、十五分ほど前に出かけたぞ。朝飯食いに官僚食堂に行ったんじゃねぇかな」

「こんな菓子包みを持っていませんでした？」

先ほどベルンから回収した包みを彼に見せる。

「あぁ、持ってたよ。可愛い義妹がくれたって、嬉しそうに言ってたなぁ」

コニーはお礼を言うと、急いで官僚食堂へと向かった。

――絶対、わたしからだと勘違いしてますよね！

義兄はコニーの筆跡を知らない。だから、カードの名を見て自分からだと思ったのだろう。

一昨日、手作りの食事を振る舞ったこともある。不審に思うことなく口に入れてしまうかも――本人から聞いたわけではないが、義兄は毒に耐性があるらしい。そのため、毒見係を兼ねて主と茶会などに出席することがよくある。だが、それもグロウ団長が言ったように〈ある程度の量〉、すべての毒物が効かないわけではないはずだ。

官僚食堂に着くと、混雑の時間帯は過ぎていたので広いフロア内でもよく見渡せた。いないようだ。義兄の部下を見かけたので尋ねてみると。

「副団長なら、さっきジュリアン様の使いに呼ばれて温室へ行ったぜ」

お礼を言って食堂をあとにした。西中庭を通り迎賓館の裏側を抜けて温室へと入る。

花園と薬草園が半々を占める境界線で、優しげな黒髪の王子が振り向く。

「コニー。そんなに慌てて、どうしたの？」

「ジュリアン様！　リーンハルト様を見ませんでしたか⁉」

「彼にはさっき、城下に行くように頼んだけど……何かあった？」

そこでコニーは手短に事情を話す。ジュリアンは困ったように眉根を寄せる。

「手には持ってなかったから、懐にでも入れていたのかな。実は、聖霊祭の間に城下で複数の事件があってね。その調査に出てもらったんだ」

朝食をとる前に呼ばれたので、小腹が空いて食べてしまう可能性がある。

しかし、主はさほど心配していないようで。

「大丈夫だと思うよ。うっかり口にしても、大抵の毒は平気だって彼言ってたし」

「一欠片で花瓶の花が黒紫に変色しましたよ！　しかも即効性です！」

「うん、それだけ強力だとね。逆に無味無臭を謳《うた》っているものでも、彼なら分かると思うんだ」

え、無味無臭なら分からないのでは……？　と困惑していると。

「リーンハルトが心配？」

「わたしから貰ったと誤解して口にされたら不愉快です。敵の思う壺ですよ、腹立たしいです！」

「――まぁ、万が一ということもあるし、探してくるといいよ」

そう言って義兄の行き先をいくつか教えてくれた。義兄は白馬魔獣で飛んでいったらしい。

コニーは魔獣一頭立ての荷車を借りると、まっすぐ南へと走らせ正門脇の通用門を通り抜けた。高台から城下街へと向かう。

空の色が変わり始めた夕方。城下の方々を探したが見つからず。行く先々で空振り、義兄は去ったあと――ということの繰り返し。

「一体、どこにいるんですか！」

丸一日、毒サブレ探しに費やしてしまった。

――せっかく、仕事でアベル様にご恩返ししようと思っていたのに！　計画倒れです！

義兄が街中で毒に倒れたなら騒ぎになるだろう。だがそういった噂も聞かない。閑散とした人気《ひとけ》のない路地裏の道、ゆっくり魔獣車を走らせていると――小路《こみち》の向こうに一瞬、井戸に腰掛けた人が見えた。白金髪に翡翠のマント。通り過ぎた位置で魔獣車を停め、急いでオイルランプを収納する鉄柱に縄で括りつけると、先ほどの小路へと駆け足で戻った。彼はこちらに気づいてないようで、手許の何かを食い入るように見つめている。近づくことで、それが――手の平よりも大きなハート型の毒サブレだと知った。

よりによって、ハート型！　あの駄犬、なんてマネを！　誤解を招くじゃないですか！

走る速度を上げながら声をかけようとした時、彼は毒サブレに顔を近づけた。

「リーンハルト様！　それ、毒が！」

「コニー？」

彼は弾かれたようにこちらを見た。傍まで辿り着くと、いささか乱暴に彼の手にある毒サブレを取り上げた。そして、厳しい口調で詰め寄る。

「これは、わたしの名を騙る敵の罠です！　毒入りです！　何食べようとしているんですか!?　少しは疑ってくださいよ！」

その剣幕にも動じず、彼はぽかんとした表情で答える。

「……やっぱり、そうなんだ。君にしては、この形は変だなと思っていたから」

「今、口に入れようとしていませんでした？」

「匂いを確かめてたんだ。バターに紛れてうっすらとだけど、異臭がする」

コニーは包みに鼻を近づけてみた。自分もかなり嗅覚がよい方だが、バターの匂いしかしない。

なるほど、だから主は心配していなかったのか。包みの上からハートの形をバキリと粉砕しつつ、脱力する。井戸べりから腰を上げた彼は、コニーの真正面に立った。

「こんな場所まで——私のために探しに来てくれたの？」

嬉しそうな声と、無駄に輝く美貌。そうです、と言うのも何か癪《しゃく》だった。

どれだけの場所を探したか、街の人に聞き込みまくったか、結局、一日潰れてしまった——と盛大に文句をぶつけたいが、そうすると、さらに彼を喜ばせるだけになる気がする。腹が立つ。

「……最も、それを食べる確率が高かったのがあなたですので」

他にも、側近三人の執務室に置かれていたと付け加えておく。そういえば、執務室を持たない彼はどこで手に入れたのだろうかと聞いてみた。

「私の場合は、兵舎でよく使う仮眠室のテーブルに置いてあったよ」

コニーは我が耳を疑った。兵舎は男所帯、女性は入れない決まりがある。

「そこは疑ってくださいよ！　なんですんなり受け入れてるんですか！」

「〈黒蝶〉の君なら兵舎にも簡単に侵入できるかなと……」

仮に侵入できてもしませんよ！　痴女みたいじゃないですか！

「用があるなら呼び出しますよ！　回りくどい！」

「そうだね、今考えるとちょっとおかしいと思うけど……」

ちょっとじゃないでしょ！　義妹のお菓子にどれだけ浮かれてるんですか！

「君の作ったクレープを食べてなかったら、うっかりその場で食べてたかも知れない。危なかった」

あまりに真剣な表情で言うので、つい突っ込んだ。

「真面目な顔で冗談を言わないでくださいよ……」

「本気なんだけど」

この人は、素の方が対応が難しい。

「そのマント、女官用のだよね？　コニーが着ると可愛いね」

素で誑《たぶらか》してくるので、どこまで本気なのかが分かりにくいのだ。生粋の女誑《たら》しが義妹に対してフルモードの好意だからアレな感じがするのか、それとも——

義兄が空に向けて「リズ」と呼ぶと、三階建てのアパートの上から白馬が翼を広げて優雅に舞い下りてきた。「一緒に帰ろう」と、ごく自然にコニーに片手を差し出してくる。

「荷車で来ましたので、わたしはこれで失礼します」

そう言い置いて、曲がり角の向こうにある荷車のもとへとすたすた歩いてゆく。ふと空が翳《かげ》ったので見上げると、先ほどの白馬が飛んでゆくところだった。人影が見えないと思っていたら、彼が曲がり角から追いかけてくる。「私もこれで帰るよ」と、素早く御者台の隣に座ってきた。

「何故、リズと帰らないんですか!?」

「わざわざ探しに来てくれた君を一人で帰すなんて、申し訳ないからね」

正直、止《や》めてほしいと思う。箱型の魔獣車ならともかく、荷車なのだ。屋根も囲いもない。

——副団長が荷車で城に帰還とか、悪目立ちですよ。隣にいるわたしまで注目されます！

義兄に「手綱を貸して」と催促されたが、コニーは「いえ、わたしが」と拒否した。

夕方の大通りは仕事帰りの人々でごった返す。荷車で出たら人混みと魔獣車による渋滞にはまる。見世物にならないためにも、こうなったら高台の下まで裏通りを走るしかない。少々治安の悪い区を抜けることになるが、そこは飛ばそう。

そう思い、前を向いて手綱をぐっと握ったところ——左頬に何か柔らかいものがぶつかった。

隣を見れば、やけに近い位置に深海色の青い瞳。義兄の顔が——

「——えっ……⁉」

瞬間的に状況を理解する。手綱を放り出し、後ろの荷台へと転がりこんで隅っこまで後ずさりした。

「何やってるんですか！」

憤然と抗議すると、彼は悪びれた風もなく笑顔を見せて手綱を拾う。

「これ、貸してくれそうになかったから」

「とんだ嫌がらせです！」

「嫌がらせだなんて……エスコートは男の役目だよ」

いや、待って、それっておかしいでしょ……⁉　エスコートさせないからってキスする⁉

荷台から見上げるように、コニーはじと目を向ける。そして、常から感じていたとある疑念を

――思い切ってぶつけてみた。

「もしや、わたしに……義妹以上の何かを求めています？」

「今は、義妹でいいよ。焦るつもりはないから」

波立ちのない穏やかな表情で、彼はそう答える。

今は義妹でいい――彼の中で将来的な恋愛候補に入っているのだと、コニーは確信した。

……二日前の、義兄としてアプローチ何たらは嘘ですか？　いずれ本気で迫る気だと？

一瞬、混乱しかけたがハッと思い出す。

彼はそう、肉食系女子のトラウマで、心理的視野狭窄に陥っているだけ。違うタイプの女性に会えば考え方も変わるはず。彼は公爵家の嫡男、次代のための嫁取りは必須。肉食系飽きたとでも噂を流せば、お相手はすぐに見つかるだろう。平民の地味子などすぐに恋愛対象外になろうというもの。コニーはその計画に安堵を見出し、かるく息を吐く。さくっと思考を切り替えた。

「わたしはずっと義妹がいいです！　あ、表通りは混むので裏通りを走ってくださいね！」

「……なんだろう。たった今、君の返事とスルー力に不穏なものを感じたよ」

☆

ちらりと背後を見れば、義妹が左頬を白いハンカチで拭っていた。

夕陽が彼女の頬を照らしている。その朱が不意打ちのキスによるものなのか、分からないのが残念だ。目が合うとムッとしたように睨んでくる。動揺はしているのだろうか？

こちらを意識させるために、あえて義兄枠から外れた言動をした。予定では、半年ぐらいは善良な義兄の顔で、彼女の信頼を固めたかったのだが……

彼女にその気がまったくないのだとしても、あの経理室長は侮《あなど》れない。彼女の窮地を嗅ぎ当てるなど、相当な入れ込み様だろう。――それに、彼女の周囲をよく見れば、彼女に関心を向けている男が意外と多いことに気づく。恋情ではないだろうが、昔からの知り合いのせいか距離感の近さを感じるのが、主君ジュリアン、〈黒蝶〉の長、裁定者イバラ。実はボルド団長すらも、彼女が城に上がった幼少期から面識があったという。それを知ったのはつい最近のことだ。女性には氷壁のごとく突っぱねることで有名な人事室長も、彼女相手ならまともに会話ができるらしい。

ついでに最近、失踪したという――毒サブレを仕込んだ張本人、ジョン・ホルキスという間者。経理室に潜りこんで彼女を付け回していたとか。見つけたら問答無用で斬り捨ててやるのに！

執務棟の前に到着すると、そこには経理室長がいた。

「アベル様、只今、戻りました」

荷車から下りたコニーが挨拶をして、毒物をすべて回収したことを告げる。

すると、彼はこちらを一瞥して言った。

「一日を無駄にしてしまったな」

一日……？　まさか、私を探すためにそんなに時間を？

「終業までまだ時間はありますし、残業を入れますので」

「疲れているなら無理はしなくていい」

「いえ、大丈夫です」

彼女は仕事のため執務棟へと入っていった。振り向きもしない。恋愛未経験の女子には、頬へのキスさえ刺激が強かったのだろうか。

……まさか、滅茶苦茶怒ってて目も合わせたくない、なんてことは……

ここに来てまだ早かったのでは、という思いが湧く。枯れ女子の取り扱いが、思いのほか難しい。

「無事だったとはな。彼女の菓子に執着しているお前なら、アレを口にしそうだと思ったが」

経理室長がさらっと毒を吐いてくる。リーンハルトは隙のない笑みを向けた。

「あんな稚拙な罠にはまるほど、私は間抜けではないよ」

彼は不審げに菫《すみれ》の瞳を細め、問いかけてきた。

「——ところで、わざわざ送ってきたお前に、彼女が見向きもしないのは何故だ？　何か怒らせるようなことでもしたのか？」

「君に教えてやる義理はない」

「図星か」

☆

官僚宿舎に帰宅後。コニーは小さな湯船に浸かったまま、ぼんやりしていた。

まだ感触が残ってるような気がします……

濡れたタオルで左頬をこする。経理の仕事中もそこが気になって、いつもより集中力が落ちてしまった。心の中では様々な感情が混在している。今の気持ちにあてはまる言葉は何なのか。

困惑は当然ある。予防線は張りつつも、まさか本当に恋愛対象には入るまいと思っていたから。

それが、親切な義兄に見せかけて実は下心が――とか。憤慨ものである。そう、怒り。これは義兄としての存在を認めていたからこそだ。

やっぱり義兄なんてろくなものじゃない――

しかし、脳裏に過ぎるのは真摯に謝罪をしてきた姿や、心配そうに覗きこむ青い瞳。

風呂を出ても頭の中はすっきりせず。寝台を占領する猫溜まりに毛布をかぶって仲間入りをする。

困惑、驚き、怒り、失望に似た何か。だけど、それ以上に感情を占めるものがある。認めたくないのだが、これは――

羞恥……ですね。滅茶苦茶恥ずかしい！　人前でなくてよかったあああ！

あと不思議なのは、嫌悪や不快感が湧いて来ないということだ。何故、とコニーは自身に問う。

今の心理状態で、素直に「義兄としての好意がある」とは言いがたい。

混沌とした心の中を見つめても明確な答えは出せず、首を傾げる。

……もしかして、恋愛百戦錬磨のキスが上手《うま》いからですか？

心の片隅にひっそり息づく、一輪の固い蕾。枯れ女子は気づかない。

フェアリーキス
NOW
ON
SALE
1～3巻
悪役令嬢
になりたくないので、
王子様と
一緒に
完璧令嬢を
目指します！
Saki Tsukigami 月神サキ
Illustration 雲屋ゆきお
私は悪役令嬢……らしい!?
違う違う、そんな最低女じゃなーい!!
第一王子アランとのお見合いにやってきたリズは、兄に語りかける弟王子の声を偶然聞いて仰天する。「彼女は傲慢な我が儘お嬢様で、まさに悪役令嬢という言葉がぴったり」悪役令嬢って何!? 絶対なりたくない！　婚約者となって悪役令嬢にならないように協力してあげる、と申し出てくれたアランの甘すぎる指導を受け、リズは弟王子を見返すために奮闘する！
定価：本体 1200 円+税
フェアリーキス
ピュア
F
fairy kiss

万能女中コニー・ヴィレ2

著者　百七花亭

2020年1月5日　初版発行
2022年11月30日　第2刷発行

発行人　藤居幸嗣

発行所　株式会社 J パブリッシング
〒102-0073　東京都千代田区九段北3-2-5 5F
TEL 03-3288-7907　FAX 03-3288-7880

製版　サンシン企画

印刷所　中央精版印刷株式会社

ISBN：978-4-86669-261-6
Printed in JAPAN